HEYNE

ROOPE LIPASTI

Sauna mit *Nachbar*

Roman

Aus dem Finnischen
von Regine Pirschel

WILHELM HEYNE VERLAG
MÜNCHEN

FSC
www.fsc.org
MIX
Papier aus verantwortungsvollen Quellen
FSC® C083411

Verlagsgruppe Random House FSC® N001967

Deutsche Erstausgabe 08/2017

Die Originalausgabe erschien unter dem Titel *Rajanaapuri*
bei Atena Kustannus Oy, Jyväskylä

Das Werk wurde durch die Stilton Literary Agency, Finnland, vermittelt.
Umschlaggestaltung: © Nele Schütz Design, München
Satz: Leingärtner, Nabburg
Druck und Bindung: CPI books GmbH, Leck

Printed in Germany
ISBN 978-3-453-42175-2
www.heyne.de

Dieses Buch ist auch als E-Book lieferbar.

1

Auf der Welt gibt es viel Dummheit. Sie findet sich als Konzentrat in Bergen, Tälern, Findlingen, kleinen Steinen und auf dem Grund von Bächen, aber das reichste Vorkommen nistet zwischen den Ohren meines Nachbarn. Das darf jedoch nicht falsch verstanden werden. Ich mag meinen Nachbarn sehr, denn es ist schwer, ihn nicht zu mögen. Er ist nur zufällig ein höchst origineller Mensch, was ihn gleichzeitig vollkommen unerträglich macht. Zur Erklärung: Wenn man die Menschen in zwei Gruppen einteilen würde, in solche, die keinen Müll produzieren, und solche, die ihn klauen, dann würde mein Nachbar zur letzteren gehören.

Wenn er von seinen Fahrten zur Mülldeponie zurückkehrt, hat er fast ebenso viel Zeug im Auto wie auf der Hinfahrt. Er liefert also nicht eigentlich Müll ab, sondern tauscht ihn gegen neuen ein. Die Sache geht mich an sich nichts an, aber man kommt schon ins Grübeln, denn immerhin wohnen wir nebeneinander. Ich selbst habe keine entsprechenden Neigungen.

Einmal hatte sich eine alte Holzkiste (leer) von der Mülldeponie auf seinen Anhänger gemogelt. Ein anderes Mal Türen, unglaublich alt und in schlechtem Zustand. Dann wieder brachte er glänzende leere Blechfässer (Getriebeöl) mit nach Hause. Letztens packte mich direkt die Neugier, und ich ging zu ihm rüber, denn der Anhänger wirkte leer, aber er war es nicht: Untendrin lagen auf dem Boden alte Fensterrahmen, säuberlich in eine Decke gewickelt. Sie waren arg verwittert, die Farbe blätterte ab, und das Holz war zerfurcht wie das Gesicht eines alten Menschen.

»Die kommen in die Hofsauna«, sagte mein Nachbar stolz.

So, so, die Hofsauna, dachte ich. Er besaß allerdings gar keine Hofsauna.

Ich sagte nichts. Da ich schwieg und nur die Fenster musterte, wertete mein Nachbar das als Interesse.

»Es war nicht leicht, sie zu kriegen.«

Ich kniff meine Lippen noch fester zusammen.

»Zur Deponie geht man nicht wie ins Wartezimmer«, fuhr er fort. »Nee, nee.« (An dieser Stelle beugte er sich zu mir vor und senkte seine Stimme zu einem Flüstern, so als wollte er mich als Komplizen gewinnen.) »Man muss sich anmelden und sagen, was man bringt.«

Er hatte behauptet, dass er Müll im Auto hätte (dort lagen die Tageszeitung und ein Stück Pappe), sodass man ihn einließ.

»Da begann dann der schwierigste Teil«, erzählte er und wirkte sehr zufrieden mit sich selbst. »Ich fuhr das Auto an den Müllhaufen ran, öffnete die Seitentür, zog die Fensterrahmen vom Stapel runter und gab Gas.«

Begeistert betrachtete er die Rahmen. Ich musterte ihn mitleidig und versuchte auf diese Weise zu demonstrieren, was ich von seinem Unternehmungsgeist hielt.

Er deutete meinen Blick richtig und fing an, sich zu verteidigen.

»Im Grunde genommen bin ich ein ordnungsliebender Mann«, sagte er und schlug sich mit der Faust auf die Brust. »Meine Sachen haben ihre eigene innere Ordnungslogik. Sie finden im Laufe der Jahre, wie einem Naturgesetz folgend, nach und nach ihren Platz und wandern dorthin, wo sie hingehören.«

Ich sah mich auf seinem Hof um und konnte mich überzeugen, welche Unmenge verschiedenster Dinge und Gegenstände dabei war, irgendwohin zu wandern. Der Hof des Nachbarn war groß, so wie hier in der Gegend üblich. Außer dem eigentlichen Wohngebäude gab es einen Stall für acht Pferde, der die Funktion des Schrottlagers ausübte. Dahinter stand eine alte Blocksauna, in die eine Art Zimmer hineingebaut worden war, aus dem schrecklicher Lärm ertönte, denn dort schlug eines der sechs Kinder des Nachbarn die Trommel. Außerdem standen noch weitere Bauten herum, die jedoch von so undefinierbarem Äußeren waren, dass man nicht recht wusste, ob er selbst oder eines seiner Kinder sie errichtet hatte. Überall lagen Bretterhaufen, Brennholzstapel, Baumaterial, Bleche und Gebrauchsgegenstände einer kinderreichen Familie, wie zum Beispiel Schlitten und Skier, obwohl jetzt Sommer war.

Ich konnte nur schwer glauben, dass all die hässlichen Sachen, die definitiv am falschen Platz waren, jemals an ihr Ziel finden würden.

Ich sagte das dem Nachbarn, der sich leicht überrascht umsah und den Kopf hin und her drehte beim Versuch, auf dem großen Grundstück einen Punkt auszumachen, der sauber und gepflegt war und an dem nichts Überflüssiges herumlag. Diesen Punkt gab es nicht.

»Auf der Zwischenetappe sind einem die Sachen natürlich im Weg, aber was willst du machen«, konstatierte er. »Zum Beispiel jenes Gestell benötige ich nächsten Sommer, und deshalb steht es da seit drei Jahren.«

Ich blickte in die Richtung, in die er zeigte. An der Wand lehnte ein Ungetüm von etwa drei Metern Höhe. Vielleicht war es ja ein Gestell. Der Nachbar musterte das Monstrum vorausschauend und beifällig. Er war liberal. Dann setzte er sich auf den Rand eines Bretterhaufens und fing an, von seiner Frau zu erzählen. Sie verstand seine Ordnungslogik angeblich nicht.

»Die Frauen sind so«, sagte ich, denn tatsächlich sind sie so.

»Sie verstehen einen nicht«, der Nachbar nickte.

»Die Männer besitzen Logik«, sagte ich.

»Eben«, sagte der Nachbar. Wir waren dabei, zum Kern der Sache vorzustoßen, nämlich zu den Unterschieden zwischen Mann und Frau. Die sind viel größer, als man meinen könnte, wenn man nur die Geschlechtsmerkmale betrachtet. Sie sind so groß, dass es einem den Atem raubt. Und trotzdem, mit ein wenig Mühe können die Frauen wenigstens in einigen Dingen dazulernen.

»Die männliche Logik im Ordnunghalten lässt sich trainieren, und am besten geht das für den Anfang an der Ladenkasse«, sagte ich.

Fragend sah mich der Nachbar an. Ich kaute ernst auf einem Grashalm, auf dessen Spitze ein kleiner grüner Käfer krabbelte. Ich schnippte ihn weg. Er flog ungefähr einen Meter weit und fiel auf die Erde. In der Relation ungefähr dasselbe, wie wenn ein Mensch aus hundert Metern Höhe herabfiele. Der Käfer überstand den Sturz unbeschadet, und trotzdem bilden sich die Menschen ein, die Elite des Planeten zu sein. Ich spuckte den Grashalm aus:

»Es gibt nur eine einzige richtige Methode, die Einkäufe zu verstauen, und die geht so: Trockene Lebensmittel kommen in die erste Tasche, Saft und andere Getränke in die zweite, Kühlwaren in die dritte. So fällt zu Hause das Auspacken leichter, weil die Sachen logisch geordnet in den Taschen stecken. Die Ordnung auf der Welt und andererseits das Abrutschen in die Unordnung hängen gerade von solchen Kleinigkeiten ab.«

Der Nachbar hörte mir zu, und ich hatte den Eindruck, dass er bis zu einem gewissen Grad verstand, obwohl er gar keinen Ingenieurshintergrund hat. Mein Vater war Ingenieur gewesen, sodass ich diese Dinge schon von Hause aus kannte. Der Nachbar hatte den Käfer von der Erde aufgenommen und beobachtete seine Fluchtversuche. Er nickte und sagte:

»Es ist absolut wichtig, dass die Wurst in der Tasche mit den Kühlwaren logisch geordnet liegt, weil man sonst ihre Gefühle verletzt und sie im schlimmsten Falle aus purem Ärger noch vor dem Mindesthaltbarkeitsdatum verdirbt.«

Wir schwiegen eine Weile, und der Nachbar fuhr fort:

»Die Frauen packen ihre Einkaufstaschen so, dass sie ungefähr gleich schwer sind.«

Er schnippte den Käfer hoch auf den Baum. Ein ereignisreicher Tag für solch ein kleines Wesen.

»Dadurch wird die natürliche Ordnung der Dinge erschüttert, und die Welt droht im Chaos zu versinken«, sagte ich und brachte das oberste Brett des Stapels auf Linie mit den unteren. Ich musterte das Ergebnis: So bekam die Welt Fasson! Der

Gedanke versetzte mich in derart gute Stimmung, dass ich beschloss, höflich zu sein:

»Du willst also echt eine Sauna bauen?«

»Eine Strandsauna«, bestätigte der Nachbar.

Er blickte zum Waldrand hinüber und zeigte auf eine kleine Wiese zwischen seinem Hof und den Bäumen.

»Dort grabe ich einen Teich.«

Ich sagte gar nichts. Größenwahn macht stumm.

2

An den folgenden Tagen ließ sich der Nachbar nicht blicken, obwohl ich angestrengt durchs Küchenfenster spähte. Ich kann von meinem Frühstückstisch aus fast seinen gesamten Hof überblicken. Zwischen unseren Grundstücken stehen ein Zaun – auf meiner Seite gut in Schuss – und ein paar Fichten, die teilweise die Sicht versperren. Wenn ich mich ans Fenster stelle, sehe ich direkt gegenüber, etwa hundert Meter entfernt, das Wohnhaus des Nachbarn. Der Hof umfasst etwa zwei Hektar. Rings um das Haus gibt es ein paar große Grasflächen und kleine Flecken mit Wald. Insgesamt ist das Grundstück sehr unergonomisch: Allein das Mähen des Grases dauert im Sommer eine Woche. Der eigentliche Platz vor dem Haus ist natürlich kleiner.

Links, von mir aus gesehen, steht der Pferdestall, teilweise verborgen hinter Schrotthaufen. Letzteres ist nicht unbedingt nur schlecht, denn der Pferdestall ist in einem schlimmen Zustand. Zwar hat der Nachbar die Erneuerung der Wände und des Daches in Angriff genommen, dann ist ihm aber anscheinend auf halbem Wege die Puste ausgegangen. Links neben dem Pferdestall befindet sich eine Wiese, und dahinter beginnt gleich der Wald. Es ist ein alter Fichtenwald mit Bäumen, an die sich jeder Grüne sofort anketten lassen würde. Als Souvenir aus der Steinzeit gibt es dort riesige Findlinge – einen davon habe ich auch bei mir auf dem Hof. Wenn ich mit dem Rasenmäher das Gras um den Stein herum sauber abschneide, ist es, als würden sich auf meinem Hof die Geschichte des Jahrmillionen alten Erdballs und die vom Menschen beherrschte Natur die Hand reichen.

Wenn ich hinter meiner Kaffeetasse den Blick nach rechts wende, sehe ich eine kleine Blockhütte, eine Art Schuppen, den der Nachbar aus übrig gebliebenen Holzbalken errichtet hat. Er ist flüchtig zusammengezimmert, und die Traufe des Asphaltdaches ist nicht ganz durchgearbeitet. Hinter diesem Schuppen steht jene zum Trommelraum umfunktionierte alte Sauna.

Die Straße zum Grundstück des Nachbarn führt leicht bergauf. Auf halber Strecke gabelt sie sich, sodass man mit dem Auto auch von hinten heranfahren kann, ein bisschen so wie bei den großen Gutshäusern, zu denen das Haus des Nachbarn wahrlich nicht gehört. Er hat außerdem mit dem Bau einer neuen Straße begonnen, die sich mit der alten kreuzen soll, sodass man aus drei Richtungen hinaufgelangt. Das Projekt ist unvollendet.

Als ich selbst baute, schwor ich mir, keine einzige Leiste zu vergessen, und das habe ich auch nicht getan. Mein eigener Hof ist außerdem kleiner und überschaubarer als der des Nachbarn, angemessener. Er lässt sich mühelos sauber und in Ordnung halten; der Mensch sollte so groß wie ein Mensch sein, und das sollte sich auch in der Bemessung des Hofes niederschlagen. Ein für den Menschen adäquates Grundstück ist tausend Quadratmeter groß, nicht mehr, aber auch nicht weniger.

Erst am dritten Tag entdeckte ich den Nachbarn wieder auf seinem Hof – ich bin mir ziemlich sicher, dass er sich nicht früher draußen aufgehalten hat, denn ich habe mich nur selten aus meiner Küche entfernt. Ich ging sofort rüber, um zu horchen, wie sein Projekt vorankam.

Ich grüßte freundlich und registrierte, dass er verquollen aussah. Ich bezweifle generell, dass er sich fit hält, geschweige denn gesund isst. Er erzählte, dass er kaum zum Schlafen gekommen war, weil er einen Antrag auf Baugenehmigung ausgefüllt hatte. Kein Wunder, ich nickte. Für einen Großteil der Menschen ist ein Antrag auf Baugenehmigung schlimmer als Steuererklärung und Wageninspektion zusammen.

Vor allem aber wunderte ich mich, dass er sich überhaupt damit befasst hatte, denn im Allgemeinen ließen ihn Genehmigungen kalt. Mehrmals hatte er betont, dass man hier in dieser hinterwäldlerischen Gegend tun und lassen könne, was man wolle, und eine Erlaubnis holte man sich höchstens für den Kneipenbesuch, in dem Falle allerdings nicht beim Bauamt.

Der Nachbar zeigte mir die Formulare. Darin wimmelte es von Ausdrücken wie Zielvorgabe, Terminierung, Planungssituation, Grundriss, Bauprofil und vielen anderen, die mir natürlich völlig klar waren, ihm aber zweifellos Verdruss und Herzbeklemmung bereiteten. Ich begnügte mich mit einem Nicken und sagte, dass das ja nun reine Grundforderungen seien.

»Grundforderungen für eine Saunahütte!«, stöhnte der Nachbar. »Es geht ja hier nicht um den Bau einer Stadt. Ein Saunahäuschen, vier Wände, Fußboden, Dach und Ofen.«

»Das Ausfüllen von Antragsformularen ist extra deshalb so schwer gemacht worden, damit sich der Antragsteller genau überlegt, ob er die Sache wirklich in Angriff nehmen soll«, sagte ich. »Auf diese Weise will man gewährleisten, dass sich die Menschen nicht blindlings in Dinge stürzen, die ihre Ehe gefährden und für die sie wahrscheinlich gar nicht das Geld haben.«

Während ich diesen letzten Satz sagte, richtete ich den Blick kritisch auf das Auto des Nachbarn, eine uralte Rostlaube, die die kommunale Fassadenkommission aus dem Stadtgebiet verbannt hätte.

»Drei Tage habe ich über den Papieren gehockt«, sagte der Nachbar. »Drei Tage! In der Zeit hätte man schon zwei Eiffeltürme und eine Pyramide bauen können. Wahrscheinlich haben die Ägypter nur deshalb Dreiecke gebaut, weil sie dadurch enorm bei den Architektenkosten sparten. Für die Bauzeichnungen reichten drei Striche.«

Die Einstellung des Nachbarn zeugte von Unreife.

»Genau aus diesem Grund müssen die Finnen zwei Jahrzehnte ihres Lebens in verschiedenen Schulen verbringen, damit sie dann als Erwachsene einen Baugenehmigungsantrag ausfüllen können«, sagte ich.

Der Nachbar hörte nicht zu, sondern fuhr fort zu klagen:

»So ein Antrag ist wie eine Bedienungsanleitung. Von beiden kriegt man Pickel und Atemnot, noch bevor man das Buch überhaupt aufgeschlagen hat. Und wenn man es dann aufschlägt – Bedienungsanleitungen haben ja immer den Umfang eines Buchs – sind siebzig Prozent der Sätze unverständlich, und daneben befindet sich eine Abbildung, die man noch weniger versteht. Die Abbildung hat die Wirkung, als werde ein Messer in der Wunde gedreht, denn sie ist ja deshalb dort, damit auch

Dümmere das Ganze kapieren. Wenn man es nicht kapiert, kommt man sich vor, als sei man geistig minderbemittelt und rangiere noch hinter dem Olm.«

Seine Stimmung schien mir dermaßen düster, dass ich rasch hinüberlief auf die andere Seite des Zaunes, zwei Dosen Bier aus meiner Küche holte und dem Nachbarn eine davon reichte. Er schien erfreut. Mitten auf seinem Hof stand eine altmodische Schaukel mit vis-à-vis angeordneten Bänken, dort setzten wir uns hinein, öffneten zischend den Verschluss der Dose und schwiegen eine Weile.

Ich bin ja Geschichtslehrer, und so beschloss ich, der Sache eine etwas breitere Perspektive zu geben.

»Früher war alles besser«, sagte ich. »Die Entwürfe für ein Haus machte man auf dem Deckel einer Schachtel *Klub*, und wenn das Haus dann nicht ganz so wurde, wie man es sich vorgestellt hatte, war das nicht weiter schlimm, denn man hatte ja die Zeichnungen auf der Schachtel. Außerdem waren die Häuser damals richtig dimensioniert, denn auf den Deckel einer Zigarettenschachtel passten keine Prunkpaläste so wie heute, wo die Zeichnungen auf Bettlaken ausgedruckt werden. *Klub*-schachteln gibt es außerdem gar nicht mehr.«

Der Nachbar konzentrierte sich auf sein Bier und sagte nichts, sodass ich mit der Weitergabe meines bautheoretischen Wissens fortfuhr:

»Das heutige System ist natürlich insofern berechtigt, als kaum noch jemand eine Zigarettenschachtel in die Hand zu nehmen wagt, nicht mal für den heiligen Zweck, hochklassige Architektur zu schaffen. Außerdem ist es schwer, sich auf bahnbrechende Fassadengestaltung zu konzentrieren, wenn auf demselben Papier in riesigen Lettern zu lesen ist, dass Rauchen deinen Embryo und deine Erektion abtötet.«

»Zumindest tötet es die architektonische Experimentierfreude«, bestätigte der Nachbar und starrte weiter auf seine Papiere, so als würde ihm darin der Termin seiner Hinrichtung mitgeteilt. Er schätzte ein, dass das ganze Theater um die gewissenhafte Einhaltung von Gesetzesparagrafen dazu führte, dass sich die Kosten und der Arbeitsaufwand höher hinaufschraubten als die Wolken. Das wiederum hatte zur Folge, dass die Menschen als ergraute Nervenbündel in Häusern lebten, an denen sie zehn Jahre gebaut und die drei Millionen gekostet hatten.

Ich fand, dass er übertrieb. Außerdem betraf seine Tirade durchaus nicht alle Leute. Ich selbst wohnte beispielsweise in einem Fertighaus, das fünfzehn Jahre alt, von guter Qualität und im Preis angemessen war. Die Außenverschalung war aus feinstem Sägeholz und in einem schönen Hellgrün gestrichen. Auf dem Hof stand ein Carport.

»Ein Saunahäuschen kostet nicht viel, wenn man es selbst baut«, versicherte der Nachbar. Er schien einen Teil seiner Willenskraft und Energie zurückgewonnen zu haben, von denen er normalerweise reichlich besaß.

Ich holte uns eine zweite Runde. Ich war ein wenig durstig. Bei uns Lehrern sind die Sommerferien so lang, dass man zwischendurch gegebenenfalls mehrmals verdurstet, wenn man nicht aufpasst.

Der Nachbar wollte die zweite Ration nicht, sodass für mich die doppelte Menge blieb. Stattdessen hielt er nach einem Platz Ausschau, an dem er seine Sägestämme lagern könnte. Ich folgte ihm und wäre beinah über eine alte Schlittenkufe gestolpert.

Ich genoss mein Bier und beobachtete die Kinder des Nachbarn, die immer in Abständen irgendwo auftauchten, mal am Waldrand und mal hinter dem Haus. Mir schien, als wären es mehr als sonst. Für Kinder war ein Chaos, wie es hier herrschte, sicherlich nicht gut. Kinder, die zu frei laufen, erlangen nicht das Maß an Ausgeglichenheit, das erforderlich wäre. In der Schule machte es sich dann bemerkbar, und die Lehrer bekamen die Schuld, wenn nichts klappte. Ich war froh, dass ich die Kinder des Nachbarn zumindest vorläufig noch nicht unterrichten musste. Es wäre mir unangenehm, ihr Betragen kritisieren zu müssen.

Es begann zu regnen. Überraschend, so wie häufig im Sommer. Ganz als wären die Wolken irgendwo hinter dem Blau versteckt, und sowie man für einen Moment seine Blicke und Gedanken auf die Erde oder in die Vergangenheit richtete, eroberten sie den ganzen Himmel. Anfangs fielen nur ein paar Tropfen, aber bald verdichtete sich der Regen, und ich stellte mich unter das Schutzdach der Brennholzmiete, um das Ende des Regens abzuwarten. Der Nachbar selbst durchschritt weiter sein Grundstück und merkte nicht einmal, dass er nass wurde. Triefend gesellte er sich schließlich dann doch zu mir. Der Himmel war auf einmal so schwarz, dass ich froh war, dass der Nachbar das zweite Bier abgelehnt hatte. Hier würden wir eine Weile ausharren müssen.

Der Nachbar sah zu, wie der Regen in Bächen aus der Traufe des Schutzdaches herunterrann, aber auch direkt vom Dach – schließlich hatte er es gebaut. Besorgt verfolgte er, wie ein Wasserrinnsal ins trockne Brennholz lief. Ich dachte mir im Stillen, dass es bei ihm im kommenden Winter wohl nicht nur im Bett

Zündprobleme geben würde. Obwohl er durchaus ein sehr viriler Mann sein mochte, angesichts der vielen Kinder. Oder er kümmerte sich einfach nicht um die Verhütung. Ich musterte ihn mit einem Seitenblick. Er sah in den Regen hinaus, und zumindest rein äußerlich hatte er absolut nichts von einem Casanova an sich.

»Schlimme Sache, dieser Klimawandel«, sagte er.

»Man darf das Wetter nicht mit dem Klimawandel gleichsetzen«, erklärte ich. Es war ein typischer Fehler, den Laien begingen, sie vermischten zwei Dinge miteinander und zogen irgendwelche falschen Schlüsse daraus.

»Man müsste wohl eine Arche bauen«, fuhr der Nachbar fort und schien mir gar nicht zuzuhören.

»Ein Kerl namens Noah hat das bereits getan«, erwiderte ich.

»Mithilfe der Arche bewältige ich sowohl den Klimawandel als auch das Problem nasser Bauabfälle, indem ich nasses Holz für den Bau verwende!«

Ich sah mich um. An nassen Bauabfällen bestand wahrlich kein Mangel. Ich schlürfte von meinem Getränk und musterte den Nachbarn, der echt interessiert zu sein schien. Er hob ein Brett von der Erde auf und warf es zum Trocknen in die hinterste Ecke des Holzhaufens.

»Gegen den Klimawandel kann man allerdings auch auf andere Weise vorgehen, etwa indem man den Stromverbrauch und überflüssige Autofahrten reduziert«, schlug ich vor.

»Die Arche ist trotzdem die einfachste Lösung«, meinte der Nachbar. Er erklärte mir detailliert, welche Anstrengungen seine Familie unternahm, um bei Heizung und Energie zu sparen. Er hatte Luftwärmepumpen und Energiesparlampen angeschafft und heizte im Winter mit Holz, so viel es ging. Man trug wollene Unterhosen. Aber all das half angeblich nicht, sondern die Stromrechnung führte ein Eigenleben und wuchs wie ein Jugendlicher im Pubertätsalter.

»Die mit Abstand beste Seite an der Arche ist die, dass der Energiekonzern keinen Zugriff auf sie hat«, sagte der Nachbar, und ich musste ihm recht geben. Falls es das absolut Böse gibt, sollte man es in den Energiekonzernen suchen. Dieser gemeinsame Feind veranlasste auch mich zu Scherzen, und vielleicht hatte auch das Bier seinen Anteil daran. Wir begannen zu überlegen, welche Tiere in der Arche mitgenommen werden sollten, denn selbstverständlich mussten Tiere dabei sein, damit es recht gemütlich würde. Der Nachbar wollte nur Exemplare aus der näheren Umgebung dabeihaben, also die, die auf dem Hof und im Haus lebten. Keine ausländischen. Das fand ich vernünftig, obwohl ich selbst im Prinzip nichts gegen ausländische Tiere habe. Aber mit Löwen und dergleichen muss man vorsichtig sein.

»In die Arche kommen vor allem verschiedene Typen von Nagern«, sagte der Nachbar und zog die Lippen ein, sodass seine Vorderzähne sichtbar wurden wie beim Biber, obwohl er so große Nager gar nicht meinte. »Mäuse haben wir genug. Im Wohnzimmer ist in der Wand ein halbrundes Loch, ähnlich wie in den Comics. Die Viecher haben sogar in den Fußboden ein Loch genagt, durch das bei Bedarf auch ein etwas dickeres Exemplar passt.«

Ich wagte mir gar nicht vorzustellen, welche Kreaturen im Wohnzimmer des Nachbarn aus den Ecken krochen. Er kündigte an, auch die Katze mitzunehmen. Das fand ich dumm, denn allein der Bauch seiner Katze füllt eine der drei Etagen der Arche. Der Nachbar war unschlüssig, aus meiner Sicht hätte auch eine einstöckige Arche gereicht.

Mit hinein kämen auch die Fische der Tochter, obwohl ich ihn darauf hinzuweisen versuchte, dass es unsinnig war, Fische vor der Sintflut retten zu wollen. Tickets reservierte er außerdem für das Eichhörnchen vom Dachboden des Hauses sowie für die Fledermaus, die im Pferdestall wohnte. In derselben Sekunde flitzte ein als Superheld verkleidetes kleines Bürschchen an uns vorbei.

»Und natürlich für den Fledermausmann aus dem Kinderzimmer«, fuhr der Nachbar fort.

Ich sah ihn an und konnte nur staunen, welche Persönlichkeiten das finnische Schulsystem hervorbrachte.

3

Als das Bier ausgetrunken war, hörte auch der Regen auf, und ich wollte nach Hause gehen, aber der Nachbar lud mich zum Essen ein. Das war eine nette Geste, denn jetzt, da ich allein bin, habe ich zu Hause selten etwas Anständiges parat. Vor allem während der Sommerferien ist es schwierig. Zu den anderen Zeiten gibt es wenigstens das Schulessen.

Wir steuerten also den Mittagstisch des Nachbarn an, doch der Regen hatte den Weg aufgeweicht, und ich glitt aus und fiel über ein sonderbares hölzernes Monstrum. Das Ding hatte zwei Räder, und es war eindeutig eine Art Motorfahrzeug. Oder einem solchen nachempfunden. Es steckte voller riesiger Nägel und war von oben bis unten mit wässrigen DIN-A4-Blättern beklebt, auf die mit zerlaufener Tusche diverse Dinge gezeichnet waren, die entfernt an Motorradteile erinnerten.

Der Nachbar half mir auf und verwünschte das Ungetüm, über das ich gefallen war. Es war dem Vernehmen nach ein Moped. Das Moped seines siebenjährigen Sohnes, und damit war eine lange Geschichte verknüpft, die tiefen Eindruck auf mich machte, denn sie enthielt in komprimierter Form vieles von dem, was die Menschheit an Gutem und Schlechtem aufzuweisen hat: Beharrlichkeit und Dickschädeligkeit.

Alles hatte schon vor zwei Jahren begonnen, als das damals fünfjährige Kind sich die Sache mit dem Moped in den Kopf gesetzt hatte. Der Nachbar hatte keines gekauft, aber da das Kind geschickt war, hatte es beschlossen, selbst ein Moped zu bauen. Aus Holz.

Gesagt, getan: Zunächst mussten Räder her. Wenn man einen dicken Baumstamm wie eine Wurst in Scheiben zersägte, bekäme man ein perfektes rundes Endprodukt. Der Nachbar hatte mit der Motorsäge geholfen, und bald waren umweltfreundliche Birkenräder für das Moped gewonnen.

In den Augen des Kindes war der Rest dann ganz einfach: Man brauchte ein Gestell und eine Art Achsensystem, an dem die Räder befestigt wurden. Das war allerdings nicht so leicht. Die Tage vergingen, wurden zu Monaten, und auf dem Hof sammelte sich eine beträchtliche Anzahl verschiedener Mopedprototypen an, Holzgebilde, die nicht für die Serienproduktion taugten, aber mit einer Unmenge an Nägeln gespickt waren.

Schließlich erkannte der Junge, dass ein Holzrad nicht die optimale Lösung war, und als er im Baumarkt Handwagenräder entdeckte, kaufte er zwei Exemplare.

Die Minuten vergingen, wurden zu quälend langen Stunden, und ein Missgeschick folgte auf das nächste. Wie gelingt es, mit einem kleinen Hammer einen zwölf Zentimeter langen und entsprechend dicken Nagel durch ein kleines Brett, dann durch die Achsenöffnung des Rades und weiter durch ein zweites Brett zu schlagen?

Und dann ging auch noch das Rad kaputt, und es musste ein neues gekauft werden.

Für wenige Augenblicke hielt sich das Moped angeblich sogar aufrecht, bis sich jemand draufsetzte und es sich unter ihm flachlegte wie überreifes Getreide. Und die Zahl der Nägel wuchs immer weiter. In diesem Stadium hatte ich jetzt mit dem Vehikel Bekanntschaft geschlossen, ich war über das jüngste Modell gestolpert. Ich betrachtete es nun erneut, mit anderen Augen und mit der Ehrfurcht, die man stets empfindet, wenn man auf Irrsinn stößt, der von einer Generation auf die andere übertragen wird, ohne dabei an Intensität zu verlieren. Ich zählte die Nägel: Es waren weit über hundert, die überall aus dem Moped ragten. Ich empfahl dem Nachbarn, sich bei eventuellen Verkaufsabsichten speziell an Fakire zu wenden.

Der Nachbar teilte meine Meinung nicht.

»Kinder sehen die Dinge anders.«

Er blickte auf das Moped nieder und atmete tief. Über unseren Köpfen war Pochen zu hören. Ich hielt Ausschau nach dem Verursacher: Ein Specht klopfte an einer halb morschen Birke herum, wie um daran zu erinnern, welches Schicksal Holzbauten drohte.

»In der Welt der Kinder gibt es nichts Unmögliches, sondern nur technische Probleme, die mit Draht, Klebeband und Pappe behoben werden können. Es gibt nichts, was sich nicht realisieren ließe, sondern nur unendlich viele Möglichkeiten«, sagte er und starrte für einen Moment in die Ferne oder vielleicht auch in allzu große Nähe.

»Das ist irgendwie schön«, fuhr er fort.

Ich dachte darüber nach. War es schön?

Der Nachbar richtete das Moped auf und lehnte es an den Stall. Es nahm sich unwirklich aus da vor der Exotik der schönen alten Bretterwand, die in rotem Ocker gestrichen war. Wir betrachteten beide das Gebilde, und es erinnerte uns daran, wie es sich angefühlt hatte, als man als Kind und Jugendlicher erstmals begriff, wie groß und offen die Welt ist. Dass man mit dem Fahrrad, dem Moped, dem Motorrad und schließlich mit dem Auto immer mehr von der Welt erkunden kann, die einem zudem noch ganz allein gehört.

Ich nickte zu den Gedanken, die der Nachbar laut geäußert hatte. Ich kannte das Gefühl. Jeder Mann kennt es.

Der Nachbar kannte noch mehr:

»Wenn man dann all das bekommen hat, wenn man Geld, das Alter und die Möglichkeiten hat, hat man keine Lust mehr wegzufahren. Einem Mann in mittleren Jahren genügt es, wenn er auf dem Hof herumpusseln und die Freiheit in seinem eigenen kleinen Universum genießen kann. Mehr kann einem die Welt sowieso nicht bieten.«

Hier war ich anderer Meinung. Im Herbst wollte ich nämlich nach Thailand reisen. Mich faszinierte die Kultur diese Landes.

Wir setzten unseren Weg zum Haus fort. Das Haus des Nachbarn war schön, sofern man Altes mag. Es war ursprünglich eines der Häuser, die nach dem Krieg für Frontsoldaten gebaut worden waren, wurde aber später rechts und links um jeweils fünf Meter verlängert, sodass es heute eher wie ein ostbottnisches Bauernhaus aussah. Es war also groß und in gutem Zustand. Rot gestrichen, weiße Fensterbretter, schwarzes Dach. Innen hatte es etwa ein Dutzend Zimmer. Alles renoviert. Zwar hatte der Nachbar das selbst gemacht, aber es war immerhin besser als gar nichts.

Wir gingen durch die Veranda in den Flur. Der Duft von Hühnerfleisch schlug uns entgegen. Die Frau des Nachbarn rief einen Gruß aus der Küche. Sie war eine sympathische Person und hatte ein Auge für Schönheit. Außer natürlich im Hinblick auf ihren Mann.

Ich beobachtete, wie er seine Jacke über die Garderobenhaken warf. Wenn man es nicht besser gewusst hätte, hätte man meinen können, ein Penner wäre ins Haus gekommen. In der Sommerhitze trug er Stiefel der Größe sechsundvierzig, dazu zerfetzte Jeansshorts, die mit Schlamm und Lehm bedeckt waren, ein buntes Hemd mit dem Abbild unseres siebenten Präsidenten sowie ein viel zu kleines grellgelbes Basecap mit der Aufschrift »Ich bin die Eins«.

Er war eine Naturerscheinung, die zumindest die Blicke der Bienen auf sich zog, denn sie hielten ihn vermutlich für eine Blume.

Der Tisch war einladend gedeckt. Die Frau des Hauses lächelte mich an. Sie war sehr hilfreich und nett gewesen, nachdem ich allein geblieben war. Aufmerksam, aber auf eine feinfühlige, unaufdringliche Art. So etwas braucht der Mensch ab und zu. Sie rief ihre Kinder zum Essen. In allen Ecken des Hauses ertönte Getrappel und Gepolter, so als wäre eine Schar Marder zum Leben erwacht. Das jüngste Kind kam als Erstes angerannt und wollte wissen, was es gab. Dann kamen die älteren Geschwister, und jedes von ihnen fragte ebenfalls, was es gab. Anschließend begannen alle gleichzeitig zu reden. Der Unterhaltung war schwer zu folgen. Ich fürchtete, ich würde Kopfschmerzen bekommen.

Der Nachbar blieb völlig ungerührt, stimmte seinerseits in den Chor mit ein und stellte als Rätselaufgabe in den Raum, was er wohl am Morgen gesehen hatte. Er sprach anscheinend zu mir. Ich erriet es nicht.

»Am Futternapf der Katze war eine Maus!«, sagte er, und ein paar Reiskörner spritzten ihm aus dem Mund.

Ich schlug vor, die Katze vors Arbeitsgericht zu zitieren, wenn sie ihren Job so schlecht machte. Seine Frau lächelte. Die Katze ging in diesem Moment vorbei, und wir sahen zu, wie ihr Bauch hin und her schaukelte.

»Vielleicht ist ihr Naturverhältnis gestört, und sie glaubt, der Gutsherr zu sein«, sagte ich. »Das hochmütige Verhalten deutet darauf hin.«

Der Nachbar meinte darauf, dies könne zutreffen, da auch alle anderen im Haus ihr Naturverhältnis noch suchten. Ich sah mich um und begriff nicht, wovon er sprach, denn alle sahen doch wie Waldbewohner aus, so schien es mir. Der Nachbar erzählte, wie er nach ihrem Umzug aufs Land geglaubt hatte, sie alle würden die Namen der Bäume und Blumen ganz von allein lernen. Würden ganz von allein den Kreislauf der Natur begreifen, wenn sie ihn von Jahreszeit zu Jahreszeit miterlebten.

»Aber so war es nicht«, sagte er.

Ich erinnerte mich daran, wie er hier einzog. Das Anwesen war lange Zeit mehr oder weniger verwaist gewesen und mächtig herunterkommen, kein Wunder also, dass die Käuferkandidaten im Allgemeinen die Flucht ergriffen, kaum dass sie mit ihren Autos vorgefahren waren. Nicht so der Nachbar. Er sah sich um, bemerkte die morschen und halb verfallenen Außengebäude, das verwahrloste und hässliche Wohnhaus und den ungepflegten Hof, aber er sah in allem nur ein Meer von Möglichkeiten.

Das war jetzt zehn Jahre her, in jenem Sommer wurde ich vierzig. Der Nachbar hatte zwei kleine Kinder und eine schöne Frau, wir stellten uns einander vor, und er meinte entschuldigend, dass das Gehämmer wohl gelegentlich bis zu mir zu hören sein würde. Ich musterte den schmächtigen Kerl und sagte mir, dass er nie und nimmer einen Hammer würde halten können. Er erzählte, dass er aufs Land ziehen wollte, weil das Leben dort echter war als in der Stadt. Diese Behauptung war so absurd, dass sie nur einem lebensfremden Städter in den Sinn kommen konnte.

Auch seine Kinder bezog er in sein Projekt mit ein: Auf dem Lande würden sie angeblich gesünder aufwachsen, denn dort hätten sie eine kleine Schule und ein kleines Umfeld. Da wir uns gerade erst kennengelernt hatten, brachte ich es nicht fertig, ihm zu sagen, dass Kinder in einem kleinen Umfeld zu Menschen heranwuchsen, die in einem kleinen Umfeld herangewachsen waren.

»Die Natur ist einem hier auf dem Lande auch nicht näher als anderswo«, fuhr der Nachbar in seiner Betrachtung über das nicht vorhandene Naturverhältnis seiner Kinder fort und schob ein Stück Hühnerfleisch auf seinem Teller hin und her.

Ich hob fragend die Brauen.

»Gestern spielten wir *Mein Schiff ist beladen.* Der Siebenjährige sollte Tiere nennen, die mit H beginnen. Als Hund und Hase durch waren, musste ich helfen, und ich fragte ihn, wie das Tier heißt, das er gern mit Pasta isst.«

Ich blickte auf meinen Teller und ahnte, welches Tier er meinte.

»Der Junge überlegte kurz, sah mich ärgerlich an und sagte, ha, das Huhn. Das ist aber kein Tier, das ist Essen!«

Ich musterte diesen Vertreter der jüngeren Generation, der meine Rente bezahlen und mich füttern würde, wenn ich alt bin. Auf seinem Teller schwamm ein See von Ketchup. Besorgnis überkam mich.

Als Nachtisch gab es Kaffee, und in diesem Stadium verkrümelten sich die Kinder, für mich eine pure Erleichterung. Ich hätte keinen einzigen Satz mehr ertragen, der mit dem Wort Mama begann. Konnte der Gesetzgeber nicht etwas in der Sache unternehmen, wenn die Eltern es nicht schafften? Finnland könnte auf Atomkraft verzichten, wenn all die Energie, die fürs ständige Mama-Sagen draufgeht, ins Stammnetz eingespeist würde.

Ich machte eine entsprechende Bemerkung. Der Nachbar nickte. Er wusste genau, wovon ich sprach. Er hatte sogar mal Berechnungen angestellt.

»Die kleinen Kinder stehen um fünf Uhr auf«, erzählte er. »Spätestens um sieben ist bereits mehrere dutzendmal Mama gerufen worden. Mama, wo ist meine Hose; Mama, rat mal, was ich mir zum Geburtstag wünsche; Mama, das hier willst du bestimmt hören; Mama, wann kriege ich meinen Kakao; Mama, wo bist du denn; Mama, du musst dir unbedingt diesen Batman-Trailer angucken.«

Zum Zeitpunkt seiner Berechnungen waren vier Kinder in der Familie gewesen. Laut seiner Schätzung hatten er und seine Frau sich das bewusste Wort durchschnittlich zwanzigmal pro Stunde anhören müssen. Nachts blieben ihnen mit etwas Glück acht Stunden Ruhe. Innerhalb von vierundzwanzig Stunden wurde das M-Wort dreihundertzwanzigmal in den Ring geworfen. Pro Woche machte das zweitausendzweihundertvierzig, pro Monat achttausendneunhundertsechzig und pro Jahr einhundertsechzehntausendachthundert M-Worte.

Als die älteste Tochter zwölf wurde, hätte die Familie gleichzeitig auch ein Jubiläum des Wortes Mama feiern können, denn es war zu diesem Zeitpunkt rund eins Komma vier Millionen Mal benutzt worden, eigentlich sogar noch öfter, denn inzwischen waren noch weitere Kinder geboren worden.

Die Hausfrau lauschte unserem Gespräch zerstreut, so als befände sie sich gar nicht im Raum. Ich versuchte ihr zuzuwinken, um ihre Aufmerksamkeit zu gewinnen, aber vergeblich. Ihr Mann erzählte, sie habe eine spezielle Methode des Abschaltens entwickelt. Sobald das M-Wort mehr als fünfmal gefallen war, verweigerte sich ihr Gehirn, nahm nichts mehr auf, auch wenn der Mund ja, ja sagte.

»Das ist eine Art Degeneration«, sagte er.

Ich musterte seine Frau und nickte. Sie erwachte wieder im Hier und Jetzt und fing an, den Tisch abzuräumen. Wir halfen ihr. Die beiden jüngsten Kinder saßen mitten im Raum auf dem Fußboden, sodass wir über sie hinwegsteigen mussten. Sie unterhielten sich darüber, was sie haben wollen würden, wenn sie jeden Wunsch frei hätten.

»Ich möchte Donuts«, sagte das Älteste der beiden.

Das Jüngere wollte ein Superheld sein:

»So wie dieser gute Hirte.«

Ich hielt es für das Beste, nach Hause zu gehen.

4

Als Geschichtslehrer entdecke ich mit Vorliebe die Parallelen zwischen früheren Ereignissen und der heutigen Zeit. Das ist eine Art Hobby, auch wenn sich die Geschichte nicht direkt wiederholt. Demzufolge war auf dem Hof des Nachbarn aus meiner Sicht eine Rekonstruktion der napoleonischen Kriege sowie der Feldzüge Nazi-Deutschlands gen Osten im Gange. Deren damalige Grundidee war es ja gewesen, sich mit schweren Gefährten an Orte zu begeben, die nicht asphaltiert waren, und dort im Boden zu versinken.

Ich habe all das jetzt hauptsächlich durchs Fenster verfolgt.

Der Nachbar selbst besaß kein Gerät, das größer war als der Betonmischer, weshalb er einen anderen Nachbarn hinzugerufen hatte, der an jedem Finger einen Traktor hatte, alle bestens dazu geeignet, zu versinken. Die Provinz Varsinais-Suomi bietet hierfür ideale Voraussetzungen, da es dort kaum etwas anderes als Lehmboden gibt.

Ich beobachtete also durchs Fenster, wie ein Traktor mit Anhänger auf den Hof meines Nachbarn kam. Der Anhänger war voll beladen mit großen Steinen. Der Fahrer lenkte das Fahrzeug an die Stelle, die ihm mein Nachbar zeigte und die sich leider als tückisch erwies. Die Ladung war zu schwer, und als der Traktor die Steine abkippen wollte, versanken alle beide, Traktor und Anhänger, einen halben Meter im Reich der Wühlmäuse. Der Traktor kam nicht mehr vor und zurück und konnte auch die Fuhre nicht auskippen. Es entstand ein mächtiges Tohuwabohu. Erst als weitere Traktoren geholt worden waren, konnte der erste Traktor herausgezogen werden. Es war ein großes Glück, dass es hier in der Gegend mehr Traktoren als Mücken gab.

Mit Interesse beobachtete ich den Verlauf der Rettungsoperation. Die tiefen Spuren, die die Räder des Traktors und des Anhängers hinterlassen hatten, wurden mit Steinen aufgefüllt, damit die Erde nicht noch weiter einsank, sobald der Traktor wieder ins Rollen kam. Allerdings schluckte die Erde recht viele Steine, ehe das Gefährt nebst Anhänger herausgezogen und die Ladung abgekippt war. Zu diesem Zeitpunkt war der Nachbar von oben bis unten mit Dreck und Lehm beschmiert und keuchte, als hätte er die versunkenen Großgefährte höchstpersönlich wieder auf trockenen Boden gehievt.

Als das Problem gelöst war und keine unmittelbare Gefahr bestand, zu körperlicher Arbeit herangezogen zu werden, ging ich rüber, um mir anzuschauen, was Sache war.

Da stand nun der Nachbar inmitten eines riesigen Steinhaufens und wirkte trotz allem zufrieden. Ich selbst wäre es wohl nicht gewesen, wenn mir jemand Granitblöcke auf den Hof gekippt hätte, die sich so hoch auftürmten wie ein kleines Eigenheim.

Ich stieß mit dem Fuß gegen einige Blöcke, um zu prüfen, wie schwer sie waren. Sie waren schwer. Ich ließ mich auf einem davon nieder, sagte aber nichts.

»Mal sehen, wie sie sich bewegen lassen«, sagte der Nachbar.

»Ob das wohl klappt«, zweifelte ich.

»Aus ihnen wird eine Mauer. An ihr geht man entlang, wenn man zur Strandsauna will.«

Ich sah ihn und den Steinhaufen ungläubig an. Selbst die kleinsten der roten Granitblöcke wogen mehr als hundert Kilo, von den größten ganz zu schweigen. Warum kann sich ein Mensch nicht einfach eine Strandsauna bauen, warum muss er im Schutz einer Mauer dorthin gehen?

»Hast du etwas dagegen, wenn ich zuschaue?«, fragte ich.

Der Nachbar hatte nichts einzuwenden, und ich setzte mich am Fuße des Steinberges bequem zurecht, um das Geschehen zu beobachten.

Der Nachbar holte ein paar dicke, etwa zwei Meter lange Holzpfähle, die als Hebel dienen sollten, ferner ein paar Brecheisen und einen Spaten. Dann machte er sich ans Werk. Mit dem Brecheisen konnte er zunächst den Spalt zwischen den Steinen so weit vergrößern, dass er den langen, dicken Holzpfahl hineinschieben konnte. Mit dessen Hilfe bewegte er einen der Steine so weit, dass dieser ein Stück vorrutschte und auf den weichen Erdboden fiel. Es machte plurps, als er von dem weichen Lehm wie von einem Saugnapf aufgesaugt wurde, und die nächste Runde gestaltete sich dann noch schwieriger. Schweiß rann dem Nachbarn über die Stirn, weshalb er durch seine Brille gar nichts mehr sehen konnte. Er versuchte sich den Schweiß mit seinen schmutzigen Händen abzuwischen, wodurch sein Gesicht bald ebenso lehmig aussah wie der Erdboden. Wenn alles gut ging, bewegte sich der Stein weiter, kippte aber oft in die falsche Richtung, sodass Finger und Zehen des Mannes in Gefahr waren.

Ich versuchte nach Kräften Ratschläge zu geben, denn die Arbeit schien schwierig. Es war heiß, und so holte ich mir etwas zu trinken. Im Vorbeigehen griff ich nach der Tageszeitung und nahm sie mit. Dann kehrte ich zur Arbeitsstelle des Nachbarn zurück und registrierte, dass er den ersten Stein fast an seinen Bestimmungsort bugsiert hatte. Auf dem Haufen lagen sicherlich noch hundert weitere. Die letzten würde er über eine viel längere Strecke bewegen müssen.

Ich setzte mich, öffnete meine Dose und schlug die Zeitung auf. Todesanzeigen. Kein Bekannter war gestorben. Das war schon mal gut. Ich fragte den Nachbarn, ob er Todesanzeigen lese. Er bejahte es. Er hielt inne, um Luft zu schöpfen und sinnierte darüber, warum sich die Menschen die Zeitungslektüre im Allgemeinen entgegengesetzt der Reihenfolge angewöhnten, in der die Dinge abgedruckt waren.

Ich gab ihm recht. Ganz am Anfang, als Kind, liest man als Erstes die Comicgeschichten im Schlussteil der Zeitung. Nach und nach interessiert man sich dann für den vorderen Teil: Reklame, Sport, Unterhaltung, Kulturseiten und Auslandsnachrichten. Schließlich erreicht man den Kern der Tristesse des mittleren Alters und fängt an, all die Artikel zu lesen, die sich mit Innenpolitik befassen. Die nächste Phase bildet dann das Interesse für Todesanzeigen.

»Und auch die Todesanzeigen sind noch nicht die Schlussetappe«, sagte der Nachbar.

»Was dann?«, fragte ich.

»Der Leitartikel.«

Hier waren wir unterschiedlicher Auffassung. Ich persönlich lese stets den Leitartikel, denn in ihm wohnt die Weisheit.

Außerdem bekommt man auf diese Weise mehr Gegenwert für die Abogebühr. Wenn man nicht die ganze Zeitung liest, ist das ein bisschen so, als würde man ein Brot kaufen, aber nur die Hälfte davon essen und den Rest wegwerfen.

Der Nachbar widmete sich wieder seiner Arbeit und versuchte einen Stein anzuheben, der sich jedoch nicht rührte. Der Nachbar ächzte und versuchte es mit Wut, bis der Stein schließlich nachgab. Allerdings war die Wut des Mannes so groß, dass er in der Eile nicht rechtzeitig die Hand wegzog, weshalb sein Daumen bös gequetscht wurde. Er sprang vor Schmerzen hin und her und versuchte das Blut aufzusaugen, damit es nicht überallhin tropfte. Solche Flecken bleiben für ewige Zeiten im Stein.

Ich bin Reservist bei der Armee, sodass ich nicht nur ausgezeichnet auf Ausnahmesituationen zu reagieren vermag, sondern auch über entsprechende Erfahrungen in Erster Hilfe verfüge.

Ich sprang sofort über den Zaun, holte aus meiner Küche das Verbandszeug und gleich auch ein neues Getränk. Dann eilte ich zum Nachbarn zurück, verband seinen Daumen und setzte mich wieder auf meinen Platz. Die Sonne wärmte angenehm. Die Farbenpracht des Sommers machte die Welt bunt, die Düfte in der heißen Luft und das Gezirpe im Gras erfüllten die Sinne und signalisierten nur eines: Es war schön, am Leben zu sein.

Der Nachbar setzte sich, da er nicht recht wusste, ob er noch weiterarbeiten konnte oder nicht. In der Zeitung waren immer noch die Todesanzeigen aufgeschlagen. Er blickte eine Weile auf die Seite und sagte:

»Korhonen. Mäkikalli. Wenn man Todesanzeigen liest, ist es immer, als täte man etwas eigentlich Unerlaubtes. Wobei wahrlich Dramatik drinsteckt. Manch einer ist viel zu jung gestorben. Ein anderer hat kleine Kinder hinterlassen, und wieder ein anderer hat das Leben nicht einmal richtig kennengelernt.«

»So wie ich die Reise begann, beende ich sie auch: mit nackten Füßen«, las ich feierlich einen der Trauersprüche vor.

Wir schwiegen eine Weile. Ich schlürfte mein Bier. Der Nachbar sinnierte, dass dennoch die Mehrzahl alte Leute waren, deren Ableben ein natürlicher, wenn auch trauriger Vorgang war. Die meiste Dramatik boten das Geburtsjahr der Verstorbenen und die Tatsache, dass es unaufhaltsam voranschritt und eines Tages jeden von uns erwischte.

Die großen Gedanken veranlassten uns, zum Himmel aufzublicken. Fern im Wald krachte ein Flintenschuss. Ein paar Vögel flatterten erschrocken auf, kehrten aber bald wieder dorthin zurück, wo sie hergekommen waren.

Der Nachbar erzählte von Snoopy, der immer in der Zeitung die Anzeigen »Hunde zu verkaufen« las, um zu kontrollieren, ob Charlie Brown ihn verkaufen wollte: »Ebenso verfolgt man besorgt, ob die Mehrzahl der Verstorbenen womöglich schon aus dem eigenen Jahrzehnt stammt«, sagte er.

Ich wunderte mich darüber, dass ein erwachsener Mann Comics las, sagte aber nichts dazu.

»Nicht doch«, sagte ich. »Wir sind jung, in der Mitte des Lebens.«

»Meine Tochter erzählte irgendwann, sie hätte gelesen, dass Laura Ingalls immer noch lebt, obwohl sie schon vierzig ist«, meinte darauf der Nachbar.

Er probierte aus, wie es mit dem Arbeiten klappte, schob mit dem Brecheisen zerstreut an einem Stein, war aber mit dem Herzen eindeutig nicht bei der Sache.

»Nein, es geht nicht«, sagte er und warf sein Arbeitsgerät auf die Erde. »Man darf gegenüber Steinen keine Schwäche zeigen, sie erkennen das sofort und bewegen sich nicht mehr.« Dann widmete er sich wieder dem Thema Tod.

»Die Namen der Verstorbenen sind interessant. Bei Sari, Jari oder Mari weiß man, dass es sich um Menschen handelt, die in den 1960er- und 1970er-Jahren geboren wurden.«

»In meiner Klasse gab es viele Hannus«, erinnerte ich mich.

»Und dann diese kurzen Sätze, aus denen man manchmal schließen kann, wie das Leben endete. Krebs. Ein Verkehrsunfall. Manchmal wird auch die Lebensgeschichte beleuchtet: Da ist einer in der ganzen Welt herumgekommen, nur um dann hier in einem Ort wie Raisio zu sterben. Manche Anzeige trägt zur Verzierung ein Kreuz, die andere einen Halbmond, die dritte gar nichts. Der eine Verstorbene hat eine ganz kleine Anzeige, der andere gleich zwei, wenn auch der Arbeitgeber seiner gedenkt.«

»Und immer waren es geschätzte Arbeitskollegen«, sagte ich. »Wenn ein Mitarbeiter stirbt, ist er auf einmal auch nach Meinung der mittleren Führungsebene liebenswert.«

Der Nachbar betrachtete seinen Daumen, von dem immer noch Blut tropfte. Er starrte auf den Steinberg:

»Ich werde wohl einen Bagger bestellen.«

Ich nickte, obwohl ich seinen Entschluss bedauerte, denn mir hatte der Gedanke gefallen, dass nebenan Sisyphos wohnte. Aber ich verstand natürlich, dass die Situation unmöglich war.

5

Der Bagger rückte am nächsten Tag an. Ich sah durchs Fenster, wie er auf der Straße wie ein Dinosaurier herangekrochen kam. Groß, langsam, dumm, aber stark.

Der Anblick eines Baggers birgt eine Mystik, wie keine Religion sie bieten kann, sodass ich sofort auf den Nachbarhof hinübereilte. Vor allem interessierte mich, was sie dort anstellen würden, sollte auch der Bagger versinken.

Das passierte dann zwar auch, aber der Baggerfahrer konnte sein Fahrzeug selbst wieder herausholen, indem er mit der Schaufel nachhalf. Das sah total verrückt aus, und die ganze Zeit schien es, als würde die Maschine gleich umkippen. Sie tat es nicht. Der Nachbar und ich standen etwas abseits und sahen zu, und wir hatten beide das Gefühl, als würden wir zum ersten Mal in unserem Leben an etwas Bedeutungsvollem teilnehmen.

Wenn der Nachbar zwei Stunden gebraucht hatte, um zwei Steine zu versetzen, schaffte der Bagger in der gleichen Zeit den ganzen Haufen. Als die Maschine weg war, hatte die Mauer Gestalt angenommen, aber die Erde ringsum erinnerte an Bergkarabach, nachdem der Monsunregen darüber niedergegangen war. Überall lagen Dreckklumpen, hier und dort waren riesige Krater entstanden, und alles in allem sah es aus, als wäre der

Lehmbrei verzweifelt entsteint worden. Die einzige Möglichkeit, den Hof wieder glatt zu bekommen, war, den Spaten in die Hand zu nehmen.

Es würde schwierig werden, denn Lehm hat zwei schlechte Eigenschaften, auf die ich den Nachbarn freundlich hinwies. Ist er trocken, kann man ihn nicht schaufeln, weil er so hart ist. Ist er wiederum feucht, ist er für die Schaufel oder den Spaten zu zäh. Der Nachbar holte einen Spaten, oder eigentlich zwei, aber ich übersah den zweiten. Schließlich habe ich Urlaub.

Zur Ehrenrettung des Nachbarn muss gesagt werden, dass er Arbeit nicht scheute. Er begann in einer Ecke und arbeitete sich zur nächsten vor. Sein Wühlen und Schwitzen zog so viele Bremsen an, dass ich beschloss, nach Hause zu gehen. Nach zwei Stunden kehrte ich zurück, um mir anzusehen, wie die Arbeit voranschritt. Und sie schritt in der Tat voran: Dem Nachbarn war es gelungen, ein Eckchen der Welt wieder so aussehen zu lassen wie in den guten alten Zeiten vor Kopernikus, als die Erde noch ein schöner platter Pfannkuchen war.

Der Mann selbst sah dabei aus, als wäre er so alt wie Kopernikus. Er stützte sich auf seinen Spaten, und aus seinen Blicken sprach Verzweiflung.

»Warum ist der Boden nur so fest?«, stöhnte er.

»Das wird schon wieder«, antwortete ich. »In zehn Jahren sieht es hier schon ganz anders aus.«

Der Nachbar sah sich um. Sein Blick war leer, als starrte er in einen dunklen Tunnel, der nie endete.

»Zehn Jahre sind keine lange Zeit«, erinnerte ich ihn. »Je älter man wird, desto schneller vergehen die Jahre. An den Kindern sieht man das am besten, was du ja eigentlich wissen solltest. Heute kommen sie in die Schule, und morgen kann man schon lesen, dass sie ihren Doktor gemacht haben oder ins Gefängnis gekommen sind – je nach ihren Voraussetzungen und ihrer Erziehung daheim. Zu altern bedeutet, dass man nicht mehr auf Weihnachten warten muss, weil es praktisch sowieso fast nächste Woche kommt.«

»Mir fällt es schon schwer, auch nur eine Woche vorauszuplanen«, klagte der Nachbar.

Ich beobachtete, wie seine Frau in einiger Entfernung ihr Blumenbeet jätete. Sie war hübsch. Klein von Wuchs, aber wohlgeformt, blondes Haar, im Sommer hatte sie Sommersprossen, und ihre Augen strahlten, als wäre ein Licht darinnen. Der Nachbar bemerkte, dass ich in die Richtung schielte, erkannte aber nicht den Grund.

»Beim Gartenbau wird besonders deutlich, wie schwer sich die Zukunft einschätzen lässt«, sagte er, stützte sich auf den Spaten und betrachtete sein Grundstück. »Nehmen wir nur mal einen ganz gewöhnlichen kleinen Strauch. Wo soll man ihn einsetzen? Er würde ausgezeichnet dort unters Fenster passen, aber was macht man, wenn er in zwei Jahren so verwuchert ist, dass man nicht mehr rausgucken kann?«

Mein Blick fiel auf das Fenster des Pferdestalls, und ich verstand das Problem.

»Oder nehmen wir eine Eiche. Wenn man jetzt den Schössling einpflanzt, erinnert er in dreißig Jahren schon entfernt an einen Baum, aber zu dem Zeitpunkt kann man ihn nicht mehr versetzen, sodass man ihn, falls man ihn an der falschen Stelle eingepflanzt hat, fällen muss, und ein Projekt von dreißig Jahren ist zunichte.«

»Bäume zu pflanzen ist eine Herausforderung«, gab ich zu. Mein eigener Garten war klein, aber praktisch. Die Stauden waren in Inseln gepflanzt, damit man den Rasen rundherum leicht mähen konnte. Ich bevorzugte mehrjährige Exemplare, weil sie keine Pflege brauchten, sie kamen jedes Jahr wieder wie Ostern – garantiert, allerdings jedes Mal zu einer etwas anderen Zeit. Früher hatte ich auch einjährige gehabt, aber jetzt nicht mehr. Vor zwei Jahren habe ich meinen Hof sogar neu gepflastert, sodass er auch bei Regen sauber bleibt. Ein Hof muss so beschaffen sein, dass ihm das Wetter nichts anhaben kann.

»Der Dichter Pentti Saarikoski sagte, dass dem Menschen das Leben gegeben ist, damit er sich genau überlegt, welche Stellung er als Toter einnehmen will. Aber das war wohl das Gefasel eines Säufers«, sagte der Nachbar und brachte sich in Wurfposition. Vielleicht wollte er seine persönliche Ewigkeit gerade in dieser Haltung verbringen. Dann kehrte er wieder in diese Welt zurück:

»In Wahrheit ist dem Menschen das Leben gegeben, damit er genau überlegt, wo er den Fliederstrauch einpflanzt, oder vielmehr, damit er nach genauerer Überlegung darauf verzichtet ihn zu pflanzen, weil es sowieso schiefgeht. Eine Mauer ist etwas anderes. Die bleibt und wird nur noch schöner, wenn sie bemoost ist«, sagte der Nachbar und begann, den Boden weiter zu ebnen. »Neben der Mauer säe ich Rasen. Dabei kann nichts schiefgehen.«

Ich war anderer Meinung. Die Frauen wollen Blumen, und genau deshalb würde eben doch alles schiefgehen. Blumen sind eine Zwangsvorstellung für sie.

»Die Welt teilt sich auf in Parkarbeiter und Gärtner. Die Ersteren wollen, dass die Natur eine gleichmäßige Höhe hat. Die Letzteren sind Frauen«, sagte ich.

»Vor meine Mauer kommen keine Blumen«, verkündete der Nachbar barsch, aber das glaubte er vermutlich selbst nicht.

Er arbeitete weiter und bekam wieder ein kleines Stückchen Lehmmatsch geebnet. Ab und zu tauchte eines der Kinder auf, wollte helfen und patschte, ohne sich um die Warnungen zu kümmern, in weißen Turnschuhen in den Dreck, plumpste in den Lehm und konnte so ein kleines Stück Boden vom Umfang seines Hinterns ein wenig glatter machen. Ich glaube nicht, dass das der Mutter gefiel, denn anschließend sah ich das Kind in derselben Hose und mit denselben Schuhen an den Füßen ins Haus gehen. Man durfte gespannt sein, was aus Kindern würde, die schon in jungen Jahren so unsaubere Neigungen entwickelten. Außerdem plapperten sie die ganze Zeit, obwohl sie nichts Vernünftiges zu sagen hatten. Ich war gerade beim Leitartikel angelangt, als das jüngste Kind kam, mir über die Schulter lugte und die Bilder auf der benachbarten Seite betrachtete.

»Als ich klein war«, sagte es, »hab ich gedacht, dass ich, falls ich ins Gefängnis komme, zwischen den Gitterstäben einfach wieder rausflutschen kann. Aber dann hab ich kapiert, so ein Pech, die sind extra ganz eng nebeneinander.«

»Man muss stolz sein auf die finnische Strafvollzugsbehörde, dass sie bei der Planung von Gefängnissen so schlau war, diesen Fakt zu berücksichtigen«, sagte ich und setzte mich so hin, dass ich in Ruhe lesen konnte.

6

Als die Mauer Gestalt angenommen hatte und die Erde ringsum einigermaßen geglättet war, konnte der Nachbar mit seiner eigentlichen Arbeit beginnen. Leider hatte er beschlossen, seine Strandsauna an einem Platz zu bauen, in dessen Mitte ein Strommast aufragte. Der Mann glaubte nicht, dass es auf der Welt Dinge gibt, gegen die man nicht angehen sollte, sondern rief, kaum dass er seinen Hof geebnet hatte, im Elektrizitätswerk an und bat darum, dass der Mast versetzt würde. Ihm war nicht klar, dass Samuel Becketts berühmtes Schauspiel »Warten auf Godot« von Mitarbeitern des E-Werks handelte. Man kann warten, aber sie kommen nicht.

Ich beobachtete durchs Fenster, wie er an der Stelle seiner künftigen Saunahütte stand und den Mast musterte. Auf dessen Spitze saß ein Vogel und blickte herab. Zwei Stütztrossen, die vom Mast wegführten, würden das Errichten der Wände verhindern, und den Mast selbst so mitten in der Hütte zu haben, wäre natürlich ebenfalls problematisch. Ich ging rüber, um den Nachbarn zu trösten.

»Missgeschicke lassen uns wachsen«, sagte ich, als ich mich zu ihm gesellte.

»Ich bin bald schon so lange gewachsen, dass ich Fluglotse werden kann. Ich brauche nicht mal den Tower«, antwortete er.

»Du kannst aber wohl trotzdem mit der Arbeit beginnen?«, fragte ich.

»Es ist schwierig«, erwiderte er.

»Du solltest die Trossen abmachen, dann wird es einfacher«, schlug ich vor.

An diese Möglichkeit hatte er ganz offensichtlich nicht gedacht.

»Und wenn dann alles zusammenbricht?«, meinte er zögernd.

»Umso besser. Dann kommen sie wenigstens her«, redete ich ihm zu.

Der Nachbar überlegte. Schließlich ging er los, um einen entsprechend großen Schraubenschlüssel zu holen. Als er anfing, die Trossen abzuschrauben, setzte ich mich hin, suchte mir aber einen Platz, der vom stürzenden Mast nicht getroffen werden würde. Die Muttern ließen sich ohne Mühe lösen. Verzinkter Stahl ist insofern eine gute Erfindung, als die Schrauben nicht festrosten, selbst nach einem ganzen Jahrhundert nicht. Der Mast fiel jedoch nicht, sondern blieb stehen, wie er all die Jahre zuvor gestanden hatte. Durch mein Verdienst hatte der Nachbar somit eine Sorge weniger.

Er setzte sich neben mich.

»Jetzt lässt sich schon mal das Fundament legen, aber der Mast muss trotzdem weg.«

Das gab ich zu.

Ich öffnete die Bierdose, und das vertraute Zischen wärmte mein Gemüt, vielleicht mehr sogar als die Sonne, die uns ebenfalls warm anblickte wie an fast jedem Tag in diesem außergewöhnlichen Sommer; bisweilen bescherte der Jahreszyklus auch diesem Erdenwinkel einen Sommer, der von den Südländern geklaut war.

Der Nachbar kam anscheinend nicht über seinen Strommast hinweg und sinnierte jetzt darüber, wie derartige Probleme früher gelöst wurden. Es gab örtliche Fernmeldetechniker und Elektriker, die man anrufen und im Notfall um Hilfe bitten konnte, und sie kamen auch. Oftmals kannte man sie persönlich, nannte sie beim Vornamen. Heutzutage musste man mit einem Tonband telefonieren, das einen erst mächtig nervte und schließlich den entferntesten Ort zwischen Anrufer und Monteur errechnete und dorthin weiterverband. Dort konnten die Leute natürlich unmöglich eine Ahnung von der Situation irgendwo in Südfinnland haben, weswegen sie versprachen, sich später zu melden.

»Später kann jeder beliebige Zeitpunkt zwischen dem nächsten Jahr und dem Jahr 2511 oder danach sein«, schimpfte der Nachbar.

Im Stillen war ich derselben Meinung. Bei Internetproblemen zum Beispiel findet man am besten Hilfe im Internet, was einem nicht viel bringt, wenn das Problem darin besteht, dass das Internet nicht funktioniert.

»Das hier wird so laufen, dass der Mast auch im Herbst noch nicht weg ist. Dann ziehe ich hier draußen im strömenden Regen die Wände hoch, bis zum Hals im Dreck und dazu noch in einer Haltung, die nicht mal Yogis hinkriegen. Die Brille fällt mir runter, der Nageltacker wird nass, und in der ganzen Zeit steht der verfluchte Mast schön drinnen im Trockenen«, vermutete der Nachbar.

»Vielleicht ist es eine Bildungsfrage«, sagte ich.

Der Nachbar verstand meine Frotzelei: »Mit der falschen Ausbildung kriegt man nur Außenarbeit. Ein Glück immerhin, dass ich kein Doktor bin, dann müsste ich Scheißarbeit machen und bekäme nicht mal Lohn.«

Er schien sein normales unnormales Gleichgewicht wiedererlangt zu haben und sah jetzt auch positive Seiten an der Situation. »An der Stromleitung könnte man die Badesachen zum Trocknen aufhängen. Oder mit der Motorsäge aus dem Mast eine Bärenskulptur machen. Die sind prima, die Dinger.«

Ich versuchte mir die Möglichkeiten auszumalen, aber es war schwierig. Erneut rief der Nachbar den Baggerfahrer an und bat ihn um Hilfe beim Fundament. Der Boden musste eingeebnet und die Grundsteine mussten gelegt werden. Der Mann versprach zu kommen; im Juni haben die Bauern nicht viel zu tun, die Frühjahrsbestellung ist erledigt und die Erntezeit noch nicht gekommen.

Da saßen wir dann auf einem Baumstumpf und warteten. Der Nachbar erklärte, wie das Fundament beschaffen sein sollte. An alle vier Ecken der künftigen Hütte würde ein großer Stein gerollt, und darauf würde dann ein Rahmen aus Balken gesetzt. In der Mitte würde ein größerer Haufen Steine aufgeschichtet, und darauf käme Beton. An dieser Stelle würde sich dann der Schornstein erheben. Ich meldete leise Zweifel an, ob Stein eine gute Grundlage wäre. Ein Pfahlwerk wäre besser.

»Dies wird eine traditionelle Sauna«, sagte der Nachbar.

Ich wollte mich nicht so leicht geschlagen geben und sagte: »Eine schiefe also?«

Er antwortete nicht, sondern blickte nur geradeaus über die Wiese hinweg, hinter der ein Feld begann, das nach ein paar

Kilometern in Wald überging. Dahinter lag ein Siedlungsgebiet. Der Wasserturm war zu sehen, auch die Silhouetten einiger Mehrgeschosshäuser. »Traditionen sind wichtig. Der Mensch ist die Summe von Traditionen«, sagte der Nachbar.

»Ein Pfahlwerk ist trotzdem besser«, beharrte ich, denn ich wollte sehen, welche Verrücktheiten er begehen würde, wenn man ihn ein wenig anstachelte. Ich zog an der falschen Schnur. Er hatte kein Interesse an modernen und funktionierenden Lösungen.

Ich betrachtete die Schönwetterwolken, die über den Himmel segelten. Sie erinnerten mich an Watte. Von der Watte wanderten meine Gedanken zu Frauen, und ich wechselte das Gesprächsthema. Ich erzählte, dass ich ferngesehen hatte, genauer gesagt Werbung.

»Und zwar keine x-beliebige, sondern Werbung für Pflegeprodukte des Intimbereiches. Man denke, wie gut und sauber Frauen duften, wo sie doch, aus der Werbung zu schließen, enorme Mengen an allerlei Geschmiere aussondern«, sagte ich.

Der Nachbar sah mich interessiert an, sodass ich fortfuhr:

»Und dann diese Kosmetikprodukte. Wenn eine Frau das und das Shampoo benutzt, wird ihr Haar siebenundsiebzig Prozent dichter. Wie wollen die Hersteller das denn berechnet haben? Ist vor der Abendtoilette etwa ein Wissenschaftler mit Bandmaß gekommen und dann ein zweites Mal nach der Dusche? Hat er vielleicht sogar verlangt, dass er daneben sitzen und zuschauen darf, ob die Frau auch genug von dem Shampoo verwendet?«

Wir waren uns darin einig, dass es Spaß machen würde, so ein Kontrolleur zu sein.

»In einer Reklame für Haarlack wurde für vierundzwanzig Stunden seidenweicher Halt versprochen, wie Labormessungen bewiesen hätten«, fuhr ich fort.

»Labormessungen?«, wunderte sich der Nachbar.

»Mit anderen Worten, irgendeine Tussi ist ins Labor gegangen, ihr Kopf wurde mit Haarlack eingenebelt, und dann wurde der Wecker gestellt. Nach Ablauf von vierundzwanzig Stunden fühlte sie sich nicht mehr so seidenweich, und die Frisur war zusammengefallen wie das Bankensystem, aber bis dahin war alles perfekt gewesen.«

»Ja, die Frauen!«, sagte der Nachbar.

»Ja, die Frauen«, erwiderte ich.

Wir betrachteten den Wald. Von den Birken sagt man, sie seien Frauen, aber ich finde, Fichten sind Frauen. Ihre Zweige sind wie ein Kleid. Ich stellte mich hinter ein solches, um meine Blase zu leeren, und als ich zurückkam, hatte der Nachbar weiter über die Sache nachgedacht.

»Auch Männer haben ihre dunkle Seite«, sagte er.

»Wieso?«, wollte ich wissen.

»Die Autowerbung.«

Ich spuckte aus, um zu zeigen, was ich von seiner Behauptung hielt. »Die Autowerbung ist etwas ganz anderes. Sie ist wissenschaftlich: Daten, Fakten, Beschleunigung. Man kann sie nicht mit Kosmetikprodukten in einen Topf werfen.«

Der Nachbar kaute auf seinen Fingernägeln und war anderer Meinung. Mir schien, dass er ein Zivi gewesen war.

7

Als ich am nächsten Tag erwachte, nahm ich an, dass der Nachbar bereits seit Stunden verfolgte, wie der Bagger die Fundamentsteine an Ort und Stelle brachte, aber stattdessen sah ich ihn mitten auf seinem Hof herumwerkeln. Ich befüllte die Kaffeemaschine, schaltete sie ein und vertiefte mich in die Tageszeitung. *Financial Times.* Ich will meine Nachrichten frisch, wahrheitsgemäß und intelligent. Unter Umständen lese ich zwei Stunden lang Zeitung; wenn man allein ist, wird der Umgang, den man hat, immer schriftlicher. Aber ich selbst fühlte mich gar nicht besonders einsam, ich hatte ja meine Gedanken, auch wenn ich sie mit niemandem teilen konnte, außer natürlich mit dem Nachbarn.

Ich schlürfte meinen Kaffee und konnte der Versuchung nicht widerstehen zu beobachten, was der Nachbar trieb. Er war mit seinem Auto beschäftigt. Vom Leitartikel ging ich direkt zur europäischen Wirtschaftspolitik über, aber nicht mal dabei entging mir, dass er die Reifen wechselte. Ich sah in meinem Kalender nach, um mich zu vergewissern, dass ich in der Zeit nicht vor- oder zurückgerutscht war, aber sowohl der Kalender als auch das empirische Beweismaterial draußen zeigten mir, dass wir Juni hatten.

Der Nachbar war ein mutiger Mann und ließ sich durch physikalische Gesetze ebenso wenig stören wie durch gewöhnliche Gesetze. Sein Grundstück war recht wellig, und das Auto war ganz schief geparkt, sodass die Schnauze kühn nach schräg oben zeigte. Außerdem war der Boden weich, und nicht mal der Wagenheber war meiner Meinung nach ganz gerade positioniert. Trotz alledem fing er an, das Auto hochzukurbeln. Es hob sich brav, doch als der Reifen schließlich oben war, fing das Auto bedrohlich an zu wanken. Der Nachbar drückte die Hand gegen den Wagen, um ihn ruhig zu halten. Während er sich da so gegen sein Auto stemmte, erinnerte er an die kleinen Bronzefiguren, die man in Bücherregalen als Stütze benutzte. Der Nachbar rief etwas, aber ich konnte es nicht verstehen, denn ich habe sehr dichte Fenster.

Ich überlegte, ob ich rübergehen und ihm helfen sollte, aber bald kam von irgendwo ein Kind im Batman-Kostüm angerannt. Der Nachbar erteilte ihm anscheinend einen Auftrag, und es rannte davon. Nach längerer Zeit kam es zurück und schleppte einen Holzklotz. Anschließend lief es los, um einen zweiten zu holen. Dieser Ausflug dauerte noch länger; die Gerüchte hinsichtlich der übermenschlichen Kräfte des Fledermausmannes sind stark übertrieben. Der Nachbar schob die Holzklötze unter sein Auto, und als er es so abgestützt hatte, konnte er loslassen und den Wagenheber erneut platzieren, diesmal etwas günstiger.

Jetzt beschloss ich, doch rüberzugehen und zu schauen, ob er Hilfe brauchte. Ich faltete die Zeitung säuberlich zusammen und legte sie an ihren Platz. Anschließend wischte ich die Brotkrümel vom Tisch und spülte die Kaffeetasse ab. Einen Geschirrspüler brauche ich nicht, denn um den zu füllen, würde eine einzelne Person eine ganze Woche benötigen.

Ich betrat das Nachbargrundstück und grüßte höflich. Der Nachbar kämpfte mit dem linken Vorderreifen. Die Bolzen saßen sehr fest. Bei genauem Hinsehen erkannte ich, dass das Auto Spikereifen hatte. Der Nachbar bemerkte meinen Blick und erzählte, dass die Polizisten das Knistergeräusch der Reifen gehört und ihn angehalten hatten.

»Sie haben mir ein hohes Bußgeld verpasst. So viel, wie neue Reifen kosten.«

»Warum hast du sie nicht rechtzeitig gewechselt?«, fragte ich und dachte bei mir, wie die Welt wohl wäre, wenn alle so wären wie er.

»Elende Arbeit.«

»Fahr doch zur Werkstatt. Man muss das nicht selber machen«, bemerkte ich.

Angeblich war der Unterhalt von sechs Kindern so teuer, dass er irgendwo sparen musste. Dann stand er auf, streckte den Rücken und ließ den Schraubenschlüssel fallen. Angewidert blickte er auf die Reifen.

»Bis jetzt habe ich einen Tausender verbraucht. Gespart habe ich überhaupt nichts.«

»Einen Tausender?«, wunderte ich mich.

»Die Bolzen saßen sehr fest.«

Ich musterte seine dünnen Arme und nickte. Er erzählte, dass er beschlossen hatte, in eine Bolzendrehmaschine zu investieren, und infolgedessen zu dem entsprechenden Laden gefahren war, der sich am anderen Ende der Stadt befand. Der Preis war nicht schwindelerregend gewesen, nur gut hundert Euro.

»Zu Hause habe ich dann den Kompressor auf den Hof rausgeschleppt und mein neues Spielzeug angeschlossen. Es funktionierte nicht.«

Ich sah auf den Kompressor und nickte erneut.

»Der Kompressor hätte zehnmal stärker sein müssen. Also musste ich dann die Bolzen von Hand lockern.«

Ich sah wieder seine Arme an und nickte.

»Der Bolzendreher, der zum Auto gehört, taugte nichts und war zu schwach, also fuhr ich los und habe einen besseren gekauft. Die ganze Aktion hat drei Stunden gedauert. In der Zeit hätte ich arbeiten können. Und dann natürlich das erwähnte Bußgeld. Plus die neuen Reifen, die ich kaufen musste«, zählte er auf.

Ich empfand eine gewisse, mit Mitleid gemischte Sympathie für den Mann. Ich selbst hatte seit den Neunzigerjahren keine Reifen mehr gewechselt. Das gehörte irgendwie nicht in die heutige Zeit. Der Nachbar vielleicht auch nicht.

»Früher hatten die Männer es leicht, sie mussten nur auf Skiern hinter einem Elch oder einem Bären herjagen und ihn mit bloßen Händen töten«, schimpfte er.

»Früher war es leichter«, bestätigte ich. »Aber wie kommt die Sauna voran?«

Sein Blick hellte sich auf, als ein anderes Thema zur Sprache kam.

»Am Nachmittag lege ich die Steine! Komm zuschauen, das wird lustig!«

Ich nehme an, dass »lustig« nicht das erste Wort ist, das den meisten Leuten beim Startschuss für ein hoffnungsloses Projekt einfallen würde. Aber vielleicht kennt der Vater einer großen Familie nur wenig Freuden, sodass er jeden Zeitvertreib genießen muss, der sich ihm bietet.

»Das wird wohl nichts. Ich wollte am Nachmittag harken«, sagte ich. »Überall liegen Kiefernnadeln.«

Der Nachbar sah mich verdutzt an. »Kiefernnadeln?«

Er blickte sich um und sah vielleicht erstmals in seinem Leben auf seinem Grundstück Kiefernnadeln, Tannenzapfen, vom Wind angewehten Unrat, an der falschen Stelle angewehten Sand. Alles Dinge, die nach dem Einsatz der Harke verlangten. Ich rümpfte ganz leicht die Nase. In der Welt des Nachbarn wurde nur beseitigt, was größer als ein Fußball war, und auch das nicht oft.

Dies betraf natürlich nicht seine Frau, denn die hatte ich bereits mit der Harke in der Hand gesehen. Eine starke und resolute Person, kümmerte sich aber nur um den Platz unmittelbar vor dem Haus. Für den Rest war ihr Mann zuständig, und der begriff eindeutig nicht, dass ein sauberer Hof ein Ort war, an dem die Seele ausruht. Ein Hof war dann blitzblank und in Ordnung, wenn die Natur dort ebenso gründlich vertrieben worden war wie der Mensch aus dem Paradies.

Wenn sich jemand davon überzeugen möchte, wie ein gepflegter Hof aussieht, kann er gern zu mir kommen. Besonders stolz bin ich auf meinen Winterdienst: Ich fege den Schnee so sauber weg, dass der Hof wie geleckt ist und sich die Schneewälle schnurgerade hinziehen. Das zeigt, wie man sein Leben im Griff hat. Meine Frau pflegte zu sagen, der Hof sei so perfekt, dass sie nicht hinausgehen könne, ohne sich vorher zu schminken.

8

Die Sonne schien heiß, und ich hatte keine Lust, den Tag mit Harken zu verbringen. Ich saß beim Nachbarn und leistete ihm moralische Unterstützung, während er die Reifen wechselte. Auch seine Frau erschien, um sich ein Bild zu machen und sich zu erkundigen, wann das Auto fertig sei. Dem Vernehmen nach musste sie die Kinder zu einer Geburtstagsfeier bringen und Besorgungen machen. Ich lächelte sie an, und sie nickte mir fröhlich zu, ihr blonder Pferdeschwanz wippte lustig. Ich mag Frauen mit Pferdeschwanz. Die Frisur ist adrett und ungekünstelt zugleich. Auch ein Dutt ist gut, denn der entblößt den Nacken. Ein entblößter Nacken ist erotisch. Allzu wenige Frauen tragen einen Pferdeschwanz, den meisten ist er zu schlicht. Diese Frauen verstehen eindeutig nichts von der Denkweise der Männer.

Der Nachbar mühte sich ächzend ab und sagte seiner Frau, er tue sein Bestes. Nur noch ein Reifen sei aufzuziehen. Ich half ihm, indem ich ihm den Schraubenschlüssel zureichte und ihm erzählte, wie es einem meiner Kollegen ergangen war, der die Schrauben nicht fest genug angezogen hatte: Der rechte Hinterreifen hatte ihn mitten während der Fahrt überholt.

»So ein Mann würde bei einer Rallye nicht klarkommen«, konstatierte der Nachbar.

»Woanders wahrscheinlich auch nicht«, vermutete ich. »Wichtig im Leben ist, sich gerade um solche Kleinigkeiten zu kümmern. Man muss sorgfältig sein, dann bleibt einem viel Kummer erspart.«

Der Nachbar schleuderte sein Werkzeug durch die offene Tür in den Schuppen. Polternd fielen die Teile zu Boden und rutschten nach allen Seiten auseinander. Das Auto war fertig. Er rief seine Frau, die kurz darauf mit zwei Kindern erschien. Sie ging an mir vorbei, und ich registrierte, dass sie gut roch. Sie fuhr mit dem Auto davon, und ihr Mann und ich blieben auf dem leeren Hof stehen.

»Das ist der fünfzigste Geburtstag in diesem Jahr«, seufzte der Nachbar.

Ich verstand nicht, und er ergänzte: »Wenn ich meine eigenen Kinder mitrechne, haben wir durchschnittlich hundert Geburtstage im Jahr zu feiern. Jetzt sind wir auf der Hälfte.«

Ich nickte, verstand aber immer noch nicht, worauf er hinauswollte. Der Nachbar hatte die Angewohnheit, sich im Sumpf diverser überflüssiger Rechenoperationen zu verlieren.

»Dann gibt es noch Weihnachten, Weihnachtsfeiern, Abendveranstaltungen, Taufen, Hochzeiten und andere Festivitäten, die in den Jahresablauf gehören. Vor allem Weihnachten und die Geburtstage der eigenen Kinder sind mit einer enormen Anzahl von Geschenken verbunden, und im gesamten Jahr kommt man dann insgesamt auf etwa zweihundertfünfzig Stück. Pro Jahr geht ein kompletter Monatslohn dafür drauf.«

Ich begann zu verstehen und rechnete rasch im Kopf aus: Innerhalb eines Jahrzehnts gab der Nachbar ein komplettes Jahresgehalt für Geschenke aus. Ich äußerte das Ergebnis meiner

Rechenoperation laut, obwohl ich nicht noch Öl ins Feuer gießen wollte. Niedergedrückt von dem Gedanken setzte er sich hin. Er betrachtete seine Hände. Damit würde er viel arbeiten müssen, und schon jetzt, auf der Hälfte des Jahres, waren sie schmutzig.

»Ich habe mal die Schuhe unserer Familie gezählt. Hundertzehn Paare, also zweihundertsiebzehn Stück«, erzählte er.

Ich machte ihn auf den Rechenfehler aufmerksam.

»Bei einigen Paaren fehlte der zweite«, sagte er und wischte seine Hände am Arbeitshemd ab.

Ich stellte mir diese Schuhmenge vor. Schwindelerregend. Wie der Nachbar erzählte, waren allein so viele Gummistiefel vorhanden, dass sie locker für sämtliche Teilnehmer des Langen Marsches gereicht hätten, ja es wären sogar noch einige übrig geblieben. Für diese Unmenge an Schuhen benötigte die Familie ein eigenes Zimmer.

»Dort riecht es bestimmt nicht gut«, vermutete ich.

Nun ja, schlecht zwar, gab der Nachbar zu, aber auch nach Reisen, Festen und nach Sport: »Schuhe sind ein bisschen wie Menschen. Manche sehen viel von der Welt, die meisten aber nur einen kleinen Teil davon. Etwa die Stiefel, deren Welt nur aus Regen und Schmutz und Wald besteht. Sie wissen nichts von weichem Tartan, in den sich die Spikes drücken, und auch nichts vom Tanzparkett oder von der ständigen Müdigkeit der Morgenpantoffeln.«

Ich begriff, dass die Schuhe erst der Anfang waren. Als ich den Blick wandern ließ, sah ich den Fahrradunterstand und zählte sechzehn Fahrräder. Natürlich sagte schon allein die Tatsache, dass es den Unterstand gab, einiges aus.

»Und man darf nicht vergessen, dass fünfzehn davon kaputt sind«, erklärte der Nachbar, und seine Augen schienen wieder zu lachen. Letztlich nahm er die Sache recht locker. Ich selbst könnte nicht mit fünfzehn kaputten Fahrrädern leben.

»Wir haben auch sechsundachtzig Stühle«, sagte er.

Ich hob die Brauen. Die Anzahl war ziemlich groß, wenn man bedachte, dass die jüngsten Kinder der Familie gar nicht still sitzen konnten.

»An Milch verbrauchen wir vierundzwanzig Liter pro Woche, das sind tausendzweihundertachtundvierzig Liter im Jahr. Und was macht MTK, der Produzent? Schickt nicht mal eine Weihnachtskarte!«

Ich lächelte höflich. Aus der Ferne war dumpfes Brummen und Rattern zu hören. Der Bagger traf endlich ein. Als ich die Zahlenangaben des Nachbarn nochmals überdachte, begann ich ihn zu verstehen. Wenn man es gewöhnt ist, tausendzweihundertachtundvierzig Liter Milch pro Jahr zu kaufen, ist es sicherlich schwierig, auch bei anderen Dingen den Sinn für Realitäten zu wahren. Die Folge sind megalomanische Projekte.

Der Nachbar hatte die Ecksteine vorab ausgewählt; an Steinen besteht in Finnland ja kein Mangel. Er zeigte dem Fahrer, welche er nehmen oder ausgraben sollte. Jeder der Steine maß etwas weniger als einen Kubikmeter und war in seiner Form so, wie ihn die Eiszeit hinterlassen hatte. Keiner hatte auch nur eine einzige glatte Seite. Ich fand, dass Sockelsteine, wenn man denn unbedingt welche verwenden wollte, die Form eines Würfels haben mussten, ansonsten war ich nach wie vor für Verpfählung.

»Die Steine werden hoffentlich tief eingegraben«, bemerkte ich. »Ansonsten wirft sie der Bodenfrost herum wie Gummibälle.«

Der Nachbar musterte die großen Steine und schüttelte den Kopf.

»Eingraben nützt nichts. Hier gibt es Lehm bis nach China. In dem Fall müsste man pfählen.«

»Das habe ich ja gesagt«, erinnerte ich ihn. Noch irrer als Irrsinn ist ein Irrsinn, den man als solchen erkennt und bestätigt, ohne daraus die Konsequenzen zu ziehen.

Der Nachbar war anderer Meinung: »Wenn erst alle Steine im Lehmbett liegen und etliche Tonnen Balken darauf lasten, bewegt sich der Boden überhaupt nicht, und falls doch, dann an jeder Ecke in gleichem Maße.«

»Tatsächlich?«, meinte ich zweifelnd.

Dennoch wurde es so gemacht. Die Maschine hob an jeder Ecke ein Stück Boden aus und setzte dann die Steine so dort ein, dass sie annähernd eine Ebene bildeten und unter der ersten Balkenschicht genügend Kriechraum blieb. Der Nachbar wuselte neben dem Bagger herum und gab Anweisungen für die Höhe der Steine. Gelegentlich beseitigte er mit dem Spaten einen überflüssigen Dreckklumpen. Ein Wunder, dass ihn die Schaufel nicht erschlug, der Baggerfahrer war jedoch geschickt und anscheinend an derlei gewöhnt. Es ist wohl so, dass sich Profis stets an unangenehme Nebenerscheinungen in ihrer Branche gewöhnen. So ist es auch in der Schule. Es erfordert sehr viel Können und Geschick, inmitten von Teenagern zu agieren, ohne verrückt zu werden. Die heutige Jugend ist äußerst unwissend, ungebildet und schlecht erzogen. Den Lehrern wird in dieser Umgebung unglaublich viel abverlangt, weshalb sie einen langen Sommerurlaub brauchen.

Der Baggerfahrer unterbrach kurz seine Arbeit und rief dem

Nachbarn durch das Maschinengedröhn zu, er solle sich gefälligst aus dem Schwenkbereich der Schaufel wegscheren. Es klang durchaus nicht freundlich.

Der Nachbar lächelte nur sonnig, hob sein Basecap zum Zeichen, dass er verstanden hatte, und kam zu mir herüber. Ich saß so weit entfernt, dass ich sehen konnte, wie die Maschine arbeitete, sie aber nicht bei ihrer Arbeit störte, andererseits störte mich auch nicht der Maschinenlärm. Ähnlich versuche ich es auch in der Klasse zu handhaben. Und so sagte ich zum Nachbarn:

»Profis soll man in Ruhe ihre Arbeit machen lassen.«

»Ja, das stimmt wohl.«

Ich bestätigte es mit einem Nicken.

»Ich weiß es, denn ich gehöre zu Finnlands meistgestörter Berufsgruppe.«

Der Nachbar sah mich verdutzt an. »Aber Kinder verursachen doch wohl keine Störung!«

»Ich bin Oberstufenlehrer.«

»Auch das sind Kinder«, beharrte er und machte eine wegwerfende Handbewegung, als wollte er die Leiden von uns Lehrern bagatellisieren.

»Aber sie stören die Arbeit«, wandte ich ein.

Fasziniert betrachtete der Nachbar den Bagger. Die Zähne der Schaufel waren stark und sahen furchterregend aus. Wenn sie sich bewegte, wirkte es, als wären da ein langer Hals und ein Kopf zugange. Die Maschine selbst war der Körper des Monsters. Die Schaufel hielt immer zwischendurch inne, pendelte hin und her, als halte sie Ausschau nach der Beute, ehe sie erneut zuschlug. Die ganze Maschine erinnerte an einen etwas klein geratenen Tyrannosaurus Rex, außer dass sie rot war. Obwohl, wie soll man wissen, welche Farbe der Tyrannosaurus hatte. Schließlich hatte man lediglich Knochen von ihm gefunden, und die sind ja immer vom gleichen Farbton. Es gibt keinen triftigen Grund, warum das größte und furchterregendste Raubtier aller Zeiten nicht farblich einer Eidechse hätte ähneln sollen. Es hätte durchaus rosa sein können, denn es hatte ja keine Feinde.

Der Nachbar unterbrach meine Gedanken und fischte ein T-Shirt aus dem Gras, das anscheinend seit dem Winter dort gelegen hatte. Er lenkte das Gespräch in eine sonderbare Richtung.

»Man stelle sich mal vor, alle Leute wären so wie Oberstufenschüler.«

An eine so schreckliche Welt mochte ich gar nicht denken.

»Wenn in der Arbeitswelt alle im Teenie-Alter wären!« Er blieb beim Thema.

Musste das sein? Ich spuckte aus.

Er nahm seine Witzerzählerposition ein, redete drauflos und unermalte alles mit Gesten.

»Wenn man morgens zur Arbeit kommt, schleudert man erst mal mit aller Gewalt die Notebooktasche in die Ecke und schmeißt sich der Länge nach auf den Fußboden«, sagte er und fing an zu lachen.

Ich lachte nicht mit. Ich finde das mutwillige Zerstören von Computern nicht besonders lustig. Der Nachbar malte die Situation weiter aus, wie die Arbeitskollegen eintreffen, ebenfalls ihre Taschen in die Ecke schmeißen und sich auf dem Fußboden lümmeln. Vorher mokieren sie sich noch über die Kleidung des

Kollegen, der zuerst gekommen war, und sagen, sein Hemd hätte eine Homo-Farbe.

»Genau so läuft es in der Schule ab«, sagte ich und überlegte, wie lange man es in einem echten Betrieb wohl dulden würde, wenn sich die Arbeiter erst auf Befehl des Chefs an ihren Arbeitsplatz schleppen würden, widerwillig und träge, um gleich darauf die Arme auf die Tischplatte zu legen und den Kopf darauf niedersinken zu lassen. Ich musste zugeben, dass das Bild von einem solchen Büro auf fatale Weise amüsant war, und hielt es durchaus nicht für ausgeschlossen, dass sich etliche meiner ehemaligen Schüler an ihrem ersten und vermutlich auch letzten Arbeitsplatz genau so verhalten hatten.

Ich weiß eigentlich gar nicht, wann alles so gekommen ist und ob es seine Ursache in den Irrwegen der Sozialpolitik oder in der freien Erziehung hat, aber die Arbeitsmoral der jungen Leute hat sich zum Schlechten hin entwickelt. Ich selbst habe mein Leben lang gearbeitet. Fleiß ist eine Tugend, die ich zu Hause mit der Muttermilch aufgesogen habe. Von klein auf habe ich auf dem Erdbeerfeld gearbeitet, habe an kalten Morgen Post ausgetragen, habe im Café Tische abgeräumt und Bretter genagelt. Auf diese Weise bin ich zu einem anständigen Menschen geworden, der die Arbeit nicht scheut, sondern begreift, dass nur Fleiß zum Erfolg führt.

Ich setzte mich nieder, denn das Stehen ermüdete. Der Nachbar fing an, Steine zu sammeln, die nur so groß waren, dass er sie tragen konnte. Sie sollten den ersten Balken die richtige Höhe geben. Ich wischte mir den Schweiß von der Stirn und blieb noch ein bisschen beim Gedankenspiel des Nachbarn. Ich überlegte laut, was geschehen würde, wenn der Abteilungsleiter hereinkäme und den Leuten vorschlüge, mit der Arbeit zu beginnen: Make und Kake aus dem Bereich Marketing würden nur kichern, und schließlich würden sie zum Gespräch beim Generaldirektor zitiert.

Der Nachbar warf einen neuen Stein auf seinen Haufen und fuhr fort:

»In jenen Momenten, in denen die Mitarbeiter nicht auf ihren Schreibtischen herumfläzen, konzentrieren sie sich darauf, dass ihr Haar gut sitzt. Kein einziges Wort dringt in ihr Ohr, denn es könnte ja die Gelschicht zerstören. Klingelt das Telefon, geht niemand ran, und wenn doch und am anderen Ende ist ein Chinese, der fünf Milliarden Handys bestellt, dann sagt der Mitarbeiter: ›Hä? Ja, ja, hör auf zu quaken‹, und knallt den Hörer auf.«

Anschließend trotzte er der Anordnung des Baggerfahrers und klopfte an dessen Kabinentür. Er gab dem Mann irgendeinen Hinweis und kam wieder zurück.

»Unser Ältester ist vierzehn«, sagte er.

Ich schüttelte den Kopf. Es ist ein Glück, dass der Mensch irgendwann die Ausgeglichenheit des mittleren Alters erlangt. Der Mensch ist im Grunde genommen ein ruhiges Tier, auch wenn die Jugendzeit diese Ruhe stört.

Auf wirklich alle trifft das natürlich nicht zu, denn der Nachbar zum Beispiel ist nicht ruhig geworden und bringt es noch nicht mal in dieser Phase seines Lebens fertig stillzuhalten. Jetzt zum Beispiel entdeckte er im Gras einen kaputten Rasenmäher für Kinder, hob ihn auf und ließ den Kunststoffgriff einrasten. Das Ding funktionierte wieder. Er trug es zum Sandkasten.

Der Bagger holte einen neuen Stein: Zwischen die Ecksteine sollte auf jeder Seite ein Stützstein gesetzt werden. Und im Zentrum der Hütte häufte die Maschine einen größeren Steinhaufen auf.

»Um diesen Steinhaufen herum kommt eine Bretterverschalung, und dann wird Beton draufgegossen. Dort wird sich der Schornstein erheben, und obendrauf kommt ein Kamin«, sagte der Nachbar.

»Auf den Schornstein?«

»Nein, auf den Betonguss. In dem Kamin werden wir Wurst braten«, referierte er. Es hörte sich an, als sei er ein Experte aus der Betonbranche, was nicht zutraf. Er war ein geistiger Soziologe. Ich möchte nicht in einem Haus wohnen, das von einem Soziologen gebaut worden ist. Zu viele Theorien, zu wenig Fakten.

Zum Schluss rückte der Bagger die Steine noch an ihrem Standort zurecht und sorgte dafür, dass sich der Boden unter der Hütte leicht nach oben wölbte, damit das Regenwasser nicht stehen blieb. Da waren sie denn nun aufgereiht, die Steine. Ein modernes Stonehenge. Der Fahrer schaltete die Maschine aus, und für einen Moment hielt auch die Natur inne und horchte gleichsam auf: Stille gab es also auch in der Gegend! Bald jedoch zwitscherten wieder die Vögel, und die Bäume rauschten und schubsten die Welt wieder an. Oder der Wind.

»Sie liegen recht gleichmäßig«, sagte der Fahrer und betrachtete abschätzend sein Werk. Der Nachbar nickte eifrig. Es war gut geworden. Wirklich gut.

Dann schlug er vor, dass der Fahrer, da er schon einmal da war, auch gleich noch einen Teich aushob. Der Mann sah ihn zunächst ungläubig an, zuckte dann aber die Achseln, warum nicht. Solange gezahlt wird, besteht kein Grund, selbst kuriosestc Aufträge abzulehnen. Ich warf dem Mann einen vielsagenden Blick zu und nickte zum Nachbarn hin. Ich glaube, dass er verstand.

9

Die nächsten Tage verbrachte ich hauptsächlich zu Hause. Ich tat eigentlich gar nichts. Ich lauschte der Leere, machte ein bisschen sauber, las, und nur ab und zu spähte ich hinaus, um zu verfolgen, wie es beim Nachbarn voranging. Der Bagger schnappte von morgens bis abends nach Erde, beförderte sie auf einen großen Haufen, von da weiter auf den nächsten großen Haufen und glättete sie schließlich zu einem zehn Meter breiten Lehmwall am Rand des Teiches, damit das Wasser nicht weglaufen konnte. Ich sah mir alte Fotos von meiner Frau an. Meine Gedanken irrten umher, und ich verspürte Wehmut. Ob die Nachbarsfrau einsam war, da sich ihr Mann nur mit seinen eigenen Projekten beschäftigte und sie gar nicht bemerkte? Der Mensch wird für den Partner zu rasch zur Selbstverständlichkeit. Es ist eine Grube, größer als ein Teich, und trotzdem passiert es, dass man sie erst sieht, wenn man hineinfällt.

Schließlich gab ich mir einen Ruck und beschloss, einen Sommerputz zu veranstalten. Ich ordnete alles in geraden Reihen an und holte einen Müllsack, um überflüssige Dinge hineinzuwerfen, aber die gab es gar nicht. Ich staubsaugte, und aus einer momentanen Eingebung heraus beschloss ich auszuprobieren, wie es ist, als Frau zu putzen. Ich weiß nicht, warum, aber ich zog mir einen Damenslip an – einige Sachen meiner

Frau habe ich noch im Haus –, brachte die Teppiche nach draußen und wischte die Fußböden. Fürchterlicher Job, und das Haus war anschließend kein bisschen ordentlicher als vorher.

Es klingelte an der Tür.

»Es ist offen«, rief ich aus dem Wohnzimmer mit dem Mopp in der Hand.

Als ich mich umdrehte, stand die Frau des Nachbarn vor mir. Sie hatte ein geblümtes Sommerkleid an, in dem sie fast wie ein kleines Mädchen aussah. Ich dachte bei mir, dass ich mir solch einen Blumenstrauß glatt aufs Fensterbrett stellen würde.

»Hast du Eier da?«, fragte sie. »Ich habe den Kindern versprochen, Eierkuchen zu machen, aber wir haben gar keine Eier.«

Ich war verwirrt, dass ich so überraschend Besuch bekommen hatte, und ich war sehr froh, dass ich nicht bloß im Slip dastand.

»Ja, hab ich«, sagte ich und führte sie in die Küche. Sie blickte sich prüfend um, und ich vermutete, dass sie zufrieden war, weil alles so sauber aussah. Frauen wissen Ordnung zu schätzen, sie zeugt von einem geradlinigen Charakter. Ich trat an den Kühlschrank. Sogar mein Käse war ordentlich aufgereiht. Ich griff nach einer Wabe mit Eiern und gab sie der Nachbarin. Sie lächelte und bedankte sich, versprach, sie mir wiederzugeben, sobald sie eingekauft habe.

»Keine Eile, ich hab es nicht so mit Eiern«, sagte ich.

Ich sah ihr nach. Ich würde gern mal Eierkuchen bekommen. Dann machte ich mich daran, die Teppiche zu klopfen, und meine Gedanken wanderten unruhig hin und her. Ich drosch kräftig drauflos. Von rechts und von links. Dabei dachte ich darüber nach, warum manche Menschen bei Sexspielen ausgepeitscht werden möchten. Keine Ahnung, wie ich darauf kam. Ich selbst möchte weder die Peitsche schwingen noch sie bekommen. Ich klopfte den Teppich noch heftiger.

Aus der Flurmatte rieselte Sand und sorgte für Dreck unter dem Teppichgestell. Ich begriff, dass Ordnung nur darin bestand, die Unordnung an eine andere Stelle zu verlagern. Draußen spielte es keine Rolle. Wind und Regen würden alles wegwehen und wegspülen. Ich bekam eine Erektion. Ich hatte gar nicht gewusst, dass Teppichklopfen erotisch sein könnte.

Ich kam mir dumm vor. Ich ging rüber zum Nachbarn und hoffte, der Anblick des Baggers könne mich auf andere Gedanken bringen.

Der Nachbar kam eben aus dem Haus. Ich grüßte und ging ihm entgegen. Der Seidenslip fühlte sich gut an, aber der Gedanke daran genierte. Der Nachbar trug einen Abfalleimer in der Hand. Er erklärte, er habe einen Schnellkomposter angeschafft.

»Bald haben wir das Grundstück voll mit so wertvollem Stoff, dass Goldgruben daneben verblassen.«

»Humus?«, fragte ich verwundert.

»Schwarzes Gold, selbst gemacht«, bekräftigte er.

Er streckte mir den Abfalleimer entgegen. Ich trat instinktiv einen Schritt zurück. Der Eimer war voller Essensreste und stank. Der Nachbar behauptete, die Abfälle seien Teil eines großen Verwandlungsspiels, in dessen Folge aus ihnen reicher und üppiger Humus würde.

Ich folgte ihm in die hinterste Ecke des Hofes, wo sich der Kompost befand. In dessen Umgebung hing ein leichter, aber deutlich spürbarer stechender Geruch. Es war nicht der Geruch des Geldes, aber der Nachbar hatte ein anderes Riechgefühl: »Der Kilopreis für selbst gemachten Humus beträgt mehrere Hundert Euro.«

Humus war teuer, gewiss, aber so teuer nun auch wieder nicht. Für ein paar Hunderter bekam man eine ganze LKW-Ladung und obendrein noch Regenwürmer als Zugabe. Im Humus des Nachbarn hingegen waren es eher ketchupgetränkte Spaghettistücke, die wie Regenwürmer aussahen. Der Ketchupverbrauch seiner jüngsten Kinder bewegte sich an der Risikogrenze.

Der Nachbar hatte natürlich eine fertige Berechnung vorzuweisen: »Wir holen einmal am Tag drei volle Taschen Lebensmittel aus dem Laden, und eine davon landet später im Kompost. Somit hat ein Kubikmeter Komposterhumus ursprünglich viertausend Euro gekostet.«

Mir wurde schwindelig. Kein Wunder, dass es auf der Welt Hungersnot gibt, wenn auf diese Weise Essen verschwendet wird. Als der Nachbar den Deckel öffnete, breitete sich der Gestank überall aus. Er kippte seinen Eimer in den Komposter, streute ein paar Tannennadeln hinterher und rümpfte ebenfalls die Nase.

»Übler Geruch«, bestätigte er. »Wenn man beim Leeren des Komposters das Zeugs mal versehentlich mit bloßen Händen berührt, kriegt man den Geruch eine ganze Woche lang nicht weg.«

Ich empfand Mitleid mit seiner Frau, die mit seinen Händen im selben Bett schlafen musste. Sie hätte wohlriechende Hände verdient. Die Bemerkung des Nachbarn bestätigte mich außerdem in der Ansicht, dass die Rettung der Natur letztlich immer mit einer Vernachlässigung der persönlichen Hygiene einherging. Kompost stank, Flohmärkte stanken, Achseln ohne Deodorant stanken.

»Kessi, Kessi«, sagte ich und bezog mich auf jene Kampagne in den 1980er-Jahren, als Umweltschützer, die als schmuddelige Hippies galten, ein Waldgebiet in Lappland zu retten versuchten.

Der Nachbar reagierte darauf in keiner Weise, sondern erzählte nur, dass die Kompostierung sowie auch das Verbrennen von Papierresten ihr Müllaufkommen reduziere. Das Auto der Müllabfuhr musste nur selten kommen. Ich sah mir seinen Hof an und dachte bei mir, dass es ruhig öfter kommen könnte.

»Man sollte keine Abfälle verbrennen. Das verursacht Schadstoffemissionen«, erinnerte ich ihn.

Er machte eine wegwerfende Handbewegung.

»Emissionen«, schnaubte er. »Die Behörden und die Forscher erfinden um die Wette allerlei, was man angeblich so machen muss, wie sie sagen, weil andernfalls die Welt zugrunde geht. Ist es etwa umweltfreundlich, wenn einmal in der Woche ein großer Laster kommt, um meine leeren Saftpackungen auf die Deponie zu fahren?«

Ich antwortete nicht. Stattdessen lehnte ich mich an die Mauer und schaute mir an, wie die Erde wanderte, nicht komplett, aber doch von einer Stelle zur anderen. Die ausgehobene Teichgrube war inzwischen von beachtlicher Größe. Unter dem Lehm war ein Fels zum Vorschein gekommen. Da schlängelte er sich nun in fünf Metern Tiefe dahin wie ein unterirdisches Gebirge. Der Nachbar gesellte sich zu mir, nachdem er den Eimer ins Haus gebracht hatte.

»Und wenn dort gar kein Wasser kommt?«, fragte ich.

»Dann stelle ich da unten eine Liege auf und sonne mich«, sagte er. Nach einer Kunstpause fuhr er fort: »Es kommt bestimmt Wasser. In Finnland regnet es so viel, dass sich jede Grube früher oder später füllt.«

Ich sah zum Himmel hinauf. Alles blau, kein einziger Wolkenfetzen.

»Hast du denn eine Liege?«, fragte ich.

Er antwortete nicht, sondern fing an, für das andere Ufer des Teichs, etwa zwanzig Meter entfernt, einen Gästebootshafen zu planen.

»Sehr große Boote werden nicht reinpassen«, sagte ich und spuckte auf den Grund der Grube. Schon mal ein Anfang für den Teich.

»Und meine Frau erlaubt es bestimmt nicht«, glaubte er.

»Nein?«

»Eine Optimistenjolle schaffe ich mir jedenfalls an.«

Ich nickte. Eine Optimistenjolle würde zu einem positiven Menschen wie ihm gut passen. Ich bekam Lust auf Kaffee und fragte den Nachbarn, ob auch er gern einen hätte. Er bejahte, und ich bat ihn, das Kochen zu übernehmen. Bald erschien die ganze Familie an der Grube, und es gab Kaffee und Saft. Die Kinder schienen die Fertigstellung der Sauna sehnsüchtig zu erwarten.

»Wenn der Kamin fertig ist, kann man richtiges Feuer machen«, erklärte der Jüngste.

Ich betrachtete die Grundsteine und sagte mir, dass wohl noch eine Weile vergehen würde, ehe der Saunaofen installiert war und für Hitze sorgte.

Plötzlich hatte ich das Gefühl, dass am Gesamtbild etwas nicht stimmte. Es dauerte einen Moment, bis ich den Grund erkannte: Der Strommast war verschwunden.

»Die Männer vom Konzern haben ihn gestern umgesetzt«, erzählte der Nachbar. »Hat mich einen Tausender gekostet. Zwei Kerle, Stundenlohn somit fünfhundert Euro.«

Ich hob die Brauen. Ein Lehrer konnte von solchen Lohnsummen nicht einmal träumen.

»Bauen ist teuer«, bestätigte ich mit einem Kopfnicken.

Der Nachbar schnaubte: »Man zahlt schon, ehe man richtig losgelegt hat. Die Baugenehmigung kam mit der Post und hat in etwa das Jahresbudget eines kleinen afrikanischen Staates gekostet. Ein teures Dokument.«

Ich war überrascht, dass er es überhaupt geschafft hatte, den Antrag auszufüllen. In einem Streusiedlungsgebiet wie dem unsrigen war die Behördentätigkeit allerdings recht lasch, und der Antragsteller bekam keine Gegenleistung für seine Gebühr. Ich hatte sogar von Fällen gehört, in denen der Bauinspektor nicht mal aus dem Auto ausgestiegen war, sondern einfach nur auf dem Hof gewendet hatte. Die Inspektion sollte wirklich gründlicher verlaufen, wenn man schon mal dafür bezahlte.

Auf dem Hof des Nachbarn würde bloßes Wenden nicht reichen. Ich war schon richtig gespannt auf die Miene des Bauinspektors, wenn er sich zunächst das Fundament der Sauna ansehen und dann den Teich entdecken würde, für den ganz sicher keine Genehmigung vorlag.

Der Teich interessierte inzwischen auch den Erstklässler, der sich weit über den Rand beugte und in die Grube spähte, sodass seine Mutter entsetzt aufsprang, um ihren Nachwuchs zu retten. Das Kind fiel jedoch nicht hinein, sondern stellte in leicht verächtlichem Ton fest: »Der ist aber nicht so tief wie das Marianen-Grab«.

10

Abends saß ich eine Weile draußen vor dem Haus, wie fast jeden Abend. Ich betrachtete den Apfelbaum, unter dem ich die Asche meiner Frau verstreut habe. Der Baum ist größer als ich, und der Stamm hat fast den Umfang eines Handgelenkes. Er trägt sogar schon einige Früchte. Ich habe es nicht fertiggebracht, ihn zu beschneiden, er darf wachsen wie er will. Vielleicht wird er ein Apfelstrauch, oder vielleicht erweist sich einer der Zweige als verantwortungsvoll und wird zum Stamm. Im Andenken an meine Frau wage ich es nicht, dem Baum Fesseln anzulegen.

Ich habe nach wie vor ein Gefühl der Zusammengehörigkeit, immer wenn ich mich auf meinen Platz neben dem Baum setze. Meine Wurzeln sind hier; viele glückliche Momente, auch viel Kummer, aber dies ist mein Platz.

Ich gab dem Apfelbaum ein wenig Wasser und berührte seine Blätter. In diesem Jahr würde es sechs Äpfel geben. So viele Kinder hat der Nachbar. Äpfel sind pflegeleichter, aber auch sie können vom Baum fallen und verderben.

Bei den Menschen meine ich das Vom-Baum-Fallen nur bildlich, obwohl die Kinder des Nachbarn auch ganz konkret irgendwo herunterfielen, und dann liefen sie weinend ins Haus und suchten Trost. Ich glaube nicht, dass ich ein Kind, das sich verletzt hatte, trösten könnte. Ein Pflaster könnte ich aufkleben, aber das fürchten Kinder am allermeisten. Ich bin Zeuge gewesen, als sich ein Nachbarskind an der Hand verletzt hatte und erst anfing zu brüllen, als ihm gesagt wurde, dass ein Pflaster draufgeklebt werden müsste.

Zum Zeitpunkt der Abendnachrichten ging ich nach drinnen und kochte mir Tee, obwohl ich den nicht mal mag. Ich sah aus dem Fenster und verharrte einfach nur im Hier, ohne zu versuchen nach einem Gedanken, einer Farbe, einem Geruch, einer Form zu greifen. Die Welt war hier, und hier war auch ich. Aber man hält es nicht lange aus, so von allem losgelöst zu sein, sondern greift zwangsläufig irgendeinen Gedankenfetzen auf. Das gerade unterscheidet den Menschen vom Tier.

Im Bett versuchte ich ein Buch zu lesen, um in den Schlaf zu finden, aber das Buch war zu interessant. Es erzählte vom Ersten Weltkrieg aus der Sicht des Individuums. Wenn es etwas gibt, was ich nicht aus individueller Sicht betrachten möchte, ist es der Erste Weltkrieg. So verrückt es auch klingen mag, aber der Zweite Weltkrieg hatte viel mehr Verstand. Ich meine natürlich nicht die Gräueltaten, sondern einzig die Art und Weise, wie der Krieg geführt wurde. Der Zweite Weltkrieg war militärstrategisch ein einheitlicheres Ganzes, und obwohl noch mehr Menschen starben als im Ersten, starben sie größtenteils in der Folge einer vernünftigen und rationalen Kriegsführung. Das war weniger schlimm, als nur eine Kompanie nach der anderen vor dem Maschinengewehrfeuer des Feindes aufmarschieren zu lassen, um zu schauen, ob die Kugeln diesmal vielleicht nicht töteten.

Es mag natürlich sein, dass sich das für die Toten nach Haarspalterei anhört.

Schließlich schlief ich ein und träumte, dass ich mit einem Bagger an Deutschlands Ostfront war. Der Vormarsch war durch die herbstlichen Regenfälle ins Stocken geraten, und ich wurde gebraucht. Ich hob einen hübschen Teich aus, und die ganze Truppe unter Rommels Führung (ich verstehe nicht, weshalb Rommel an die Ostfront kommandiert worden war) entledigte sich der Uniformen und sprang in den Teich, um zu baden. Nach einer Weile kamen Sowjets, lehnten sich an ihre aufgestützten Gewehre und fragten, ob die Milch warm sei. Ich sah verdutzt auf meinen Teich, und tatsächlich: Die Deutschen badeten in warmer Muttermilch. Auch die Frau des Nachbarn kam. Ich musterte ihre Brüste und vermutete, dass die Milch aus ihnen stammte. Rommel nickte. Ja, ja, ich komme, sagte er.

Ich erwachte und merkte, dass ich einen Samenerguss gehabt hatte. Ich beschloss, mir den Traum einzuprägen und ihn bei der nächsten Reservistenübung am Lagerfeuer zur Sprache zu bringen. Und ich dachte über die Frau des Nachbarn nach. Was machte sie in meinen Kriegsträumen?

11

Es regnete. Schon in der Nacht hatte es begonnen, und dem Himmel nach zu urteilen, würde der Regen nicht so bald aufhören. Der Teich des Nachbarn war ausgehoben und wartete genau darauf, auf Wasser. Die Grube maß etwa zwanzig mal zwanzig Meter, und als der Baggerfahrer mit seiner Arbeit fertig gewesen war, hatte er den Vorschlag gemacht, dass der Nachbar auf seinem Grund Lampen installierte. Ich war zufällig anwesend, als der Baggerfahrer das vorschlug, und verstand es als Witz, als Stichelei angesichts der Sinnlosigkeit des ganzen Unternehmens.

Aber Verrückte soll man nicht anspornen. In den Augen des Nachbarn gingen sofort die Lichter an, so wie Lampen auf dem Grund des Teiches, als er sich ausmalte, wie das Becken aussehen würde, wenn es von unten her beleuchtet wäre. Auch ich musste zugeben, dass es sich an Herbstabenden ganz prachtvoll ausnehmen würde.

»Und man würde auch die Ertrunkenen besser sehen«, sagte ich, denn in meinen Augen stellte der Teich vor allem ein Sicherheitsrisiko dar. Wenn auf dem Hof sechs ungebärdige Kinder herumlaufen, ist es riskant, ihnen einen Teich vor die Nase zu setzen.

Der Nachbar warf mir einen Blick zu, und ich begriff, dass er sich darüber bereits Gedanken gemacht hatte. Er erzählte, um den Teich einen Zaun errichten zu wollen, damit Nichtschwimmer nicht ohne Begleitung Erwachsener in seine Nähe kämen.

»So einen altmodischen Schafzaun, mit Pfosten und drei waagerechten Brettern oben, unten und in der Mitte«, sagte er.

»Prima. Das hält die Kinder natürlich fern«, sagte ich und beobachtete, wie eines der Kinder gerade aufs Dach der Spielhütte geklettert war und ein anderes es mit dem Harkenstiel herunterzuscheuchen versuchte. Der Nachbar eilte hin und befahl dem Burschen, sofort herunterzukommen.

»Die Dachpappe hält so was nicht aus«, rief er.

Aber all dies geschah vor ein paar Tagen. Jetzt regnete es, und auf dem Dach jener Spielhütte befand sich keine Menschenseele. Stattdessen waren aus dem Bereich der künftigen Sauna Hammerschläge zu hören. Ich zog mich warm an und griff nach einem großen Regenschirm. Dann stieg ich in meine Stiefel, denn ich vermutete, dass der Regen den Boden an der Baustelle längst in einen Lehmbrei verwandelt hatte.

Der Nachbar werkelte gerade zwischen seinen Fundamentsteinen herum. Neben ihm lagen einige Platten sowie ein Haufen Bretter, er war dabei, den Gussrahmen zusammenzubauen. Er war klatschnass und konnte vermutlich überhaupt nichts sehen, denn seine Brille war beschlagen und voller Regentropfen.

Er schlug die Nägel in einem Tempo ein, dass er immer schon nach dem nächsten griff, ehe er mit dem vorigen richtig fertig war. Die schlechte Sicht hatte eindeutig den Nachteil, dass er nicht oft traf, sondern sich viele Nägel hässlich verdrehten, worauf der Nachbar sie kalt lächelnd einfach krumm schlug und neue danebensetzte.

Ich nickte zur Begrüßung und sah unter meinem Union-Jack-Regenschirm, den ich in London gekauft hatte, seinem Treiben zu.

Der Nachbar redete eine Weile kein Wort. Schließlich, als ich bereits das Gefühl hatte, etwas sagen zu müssen, bekam er sein Gestell so weit fertig, dass es sich einigermaßen aufrecht hielt. Er stand auf, streckte sich, zog vor Schmerz eine Grimasse und machte den Mund auf.

»Ich war gestern auf einem Mädelsabend.«

Ich musterte den Gussrahmen, der vermutlich quadratisch sein sollte, aber eher an ein Parallelogramm erinnerte. Schließlich rang ich mir die Bemerkung ab: »Ich war noch nie auf einem Mädelsabend.«

»Ich hatte die drittkleinsten Titten von der ganzen Truppe«, erklärte er.

Ich musterte seinen Oberkörper, zwar zeichnete sich seine Brust ab, allerdings dürfte die Körbchengröße auf dem Mädelsabend dann generell nicht sonderlich groß gewesen sein.

Er warf seinen Hammer auf einen großen Stein, wo er abprallte und anschließend aufrecht im Lehm landete. Der Nachbar setzte sich auf einen Eckstein, das Wasser floss nur so an ihm herunter, und er zog sich die Handschuhe aus. Allein dadurch wurde er etwas trockener. Der Mädelsabend hatte ihn beeindruckt, was verständlich war. Ich selbst war als Student mal in einer Gemeinschaftssauna gewesen, und die Wärme dieser Sauna ist immer noch nicht ganz aus meinem Gedächtnis entschwunden.

»Frauen sind ein bisschen anders«, begann der Nachbar. Ich nickte. So viel wusste ich auch.

»Nehmen wir mal als Erstes die Bewirtung«, fuhr er fort. »Auf Jungsabenden gibt es keine Bewirtung, aber bei den Mädels ist das so geregelt, dass die Hausfrau Tausende kunstvoll zubereitete Speisen vorbereitet hat.«

»Ach ja?«, fragte ich.

»Erst gab es Sekt, und danach ging es mit Bowle weiter.«

»Gar kein Bier?«

»Nein. Und auch die Bowle und der Sekt wurden nicht richtig getrunken, es wurde nur genippt.«

»Hm«, sagte ich.

»Aber das war noch gar nichts. Es gab ein Programm.«

Jetzt fiel mir nichts mehr zu sagen ein, ich machte nur eine Handbewegung, die ausdrücken sollte: Red weiter, guter Mann, red weiter!

»Irgendwann zückte jemand so was wie Spielkarten, auf denen verschiedene Worte standen. Die Idee war die, dass jeder sagte oder überlegte, was das fragliche Wort in seinem Leben bedeutet. Die anderen durften dann kommentieren.«

»Wer hat gewonnen?«

»Es gab keine Gewinner. Es war ein Spiel um menschliche Beziehungen.«

Der Regen rann vom Rand meines Regenschirms auf die Erde, bildete dort kleine Pfützen, die sich vom Lehm braun färbten. Wenn sie groß genug wären, würden sie zu kleinen Bächen, die in die Teichgrube mündeten. Ich war peinlich berührt durch die Enthüllungen und kam nicht mal auf die Idee zu fragen, was er auf dem Mädelsabend gesucht hatte. Vielleicht war es besser, wenn ich es nicht wusste.

»Stell dir mal vor, auf einem Saunaabend unter Männern

würde jemand vorschlagen: So, Kumpels, lasst uns nach der Fußpflege eine Runde Beziehungsspiel spielen?«

Wir verstummten beide bei diesem Gedanken. Er ließ sich nur schwer zu Ende denken.

Der Nachbar krempelte das Hosenbein hoch und wollte mir eine frische Verletzung zeigen. In deren Mitte war eine Schnittwunde, der Bereich ringsum war blau angelaufen. Das Ganze erinnerte an das weibliche Geschlechtsorgan.

»Hast du das von dem Mädelsabend?«, wunderte ich mich.

»Vom Beziehungsspiel«, bestätigte er. Er machte eine Pause und korrigierte sich: »Oder von da hätte sie sein können. In Wahrheit stammt sie von den Steinarbeiten.«

»Beim betrieblichen Gesundheits- und Sporttag letztens haben wir über Triathlon gesprochen«, erinnerte ich mich.

Der Nachbar nickte beifällig: »Ich kenne einen Typen, der mit seinen Kumpels Hunderte Kilometer durch Finnland fährt, um kaputte Militärflugzeuge zu sehen. Rat mal, wovon die bei ihren Saunaabenden reden?«

»Wenn ich vom Saunaabend oder vom Kartenspiel mit den Kollegen nach Hause kam, pflegte meine Frau zu fragen, wie es den anderen geht. Ob Kinder geboren oder Ehen geschieden worden waren«, sagte ich.

Der Nachbar holte eine Schraube aus der Tasche und steckte sie wie einen Grashalm in den Mund.

»Das kann man nicht wissen. So was fragt man ja nicht.«

»Wer will, redet darüber. Wozu also neugierige Fragen stellen.«

»Du bist nicht mehr zu den Kartenspielabenden gegangen? Nicht mehr nachdem ...?«, fragte der Nachbar.

»Nein.«

Wir saßen still im zukünftigen Schwitzraum, jeder auf einem Eckstein, zusammengekauert unter dem Regen. Trotz allem herrschte eine gute Stimmung, nur der Ofen fehlte.

Der Nachbar betrachtete seinen Holzrahmen, spuckte auf den Boden und fragte, ob ich Trigonometrie beherrsche. Selbstverständlich beherrschte ich sie.

Ich sah ihn erstaunt an – das war ja eine Sache, die in der Unterstufe gelehrt wurde.

»Ich müsste die Länge eines salmiakförmigen Fensters berechnen, nachdem ich die Breite schon weiß«, fuhr er fort, und das Wasser rann ihm wie Schweiß übers Gesicht.

Ich erklärte ihm den Satz des Pythagoras und gab ihm auch ein paar Hintergrundinformationen über den Mann selbst. Auf diese Weise prägten sich die Dinge zumindest Kindern besser ein.

Während wir uns über Trigonometrie unterhielten, wurde mir klar, warum es unter Männern nicht üblich war, über Kinder und Rausschmiss und Ehescheidung zu reden. Die Tatsache, dass nicht darüber geredet wurde, bedeutete, dass diesbezüglich alles in Ordnung war. Wenn man sich am Saunaabend oder in der Kneipe traf und der andere nicht wie ein Penner stank, bedeutete es, dass er noch eine Wohnung hatte.

Ich trat auf die künftige Terrasse der künftigen Sauna. Die Wasserrinnsale waren bereits auf dem Grund der Grube angelangt, wo sich Pfützen gebildet hatten. Vielleicht hatte der Nachbar recht, und der Teich würde sich doch noch füllen.

Plötzlich tauchte der Erstklässler des Nachbarn auf. Er sprang auf einen der Steine und musterte den etwa drei Quadratmeter großen Gussrahmen für das Fundament von Kamin und Schornstein. Er hielt den Rahmen für eine Außenwand. »Wow, echt toll! Wird die Sauna denn so groß?«

Der Nachbar wirkte zufrieden. Sind die Erwartungen gering genug, kann man nur Erfolg haben.

12

Der Nachbar besaß in der Nähe ungefähr einen Hektar Wald, und von dort wollte er sich die Balken für seine Saunahütte holen, wie er sagte. Ich wunderte mich, wollte er sie vielleicht im Kofferraum seines Autos transportieren oder womöglich auf dem Gepäckträger des Fahrrads? Er besaß schließlich keinerlei Waldmaschinen, nicht mal einen Traktor.

»Ich habe ja einen Rasenmäher, der sich verkehrt herum fahren lässt«, sagte er. Ich schnaubte nur und ging nach Hause. Sollte er doch seine Probleme allein lösen, wenn dies seine Haltung war. Meine Ratschläge waren eindeutig nicht gefragt.

Nach einiger Zeit beobachtete ich durchs Fenster, wie er zu mir herüberkam. Er klingelte, aber ich machte nicht auf. Er lungerte noch eine Weile vor der Tür herum, dann ging er zurück auf sein Grundstück. Als Nächstes sah ich, wie er die Motorsäge sowie einen Benzin- und Ölkanister in sein Auto lud und abfuhr. An der Kreuzung bog er nach rechts ab, in Richtung Wald.

Ich setzte die Mütze auf und ging nach nebenan, überquerte forsch das Nachbargrundstück. Dabei warf ich einen Blick auf die Teichgrube, die an eine Autobahnbaustelle erinnerte. Ich klopfte an die Haustür. Die Frau des Nachbarn öffnete und schien überrascht. Sie sagte, ihr Mann sei weggefahren, um Bäume zu fällen. Ich verriet ihr nicht, dass diese Information keine Überraschung für mich war.

»Wo?«, fragte ich unschuldig.

»Auf unserer Parzelle, das weißt du doch«, erwiderte sie.

Ich stand einen Moment in der Tür, ohne etwas zu sagen. Da fielen ihr die Eier ein.

»Die Eier?«, wunderte ich mich.

»Die Hühnereier«, sagte sie. »Oder magst du vielleicht einen Kaffee?«

»Danke gern, den mag ich immer«, sagte ich. Sie bat mich herein und bot mir an, mich zu setzen.

»Es dauert nur einen Moment, Ich habe auch einen Weizenzopf da, gestern gebacken.«

Ich lächelte. Irgendetwas war merkwürdig im Haus, und ich erkannte nicht gleich, was es war. Dann begriff ich: Es war still.

»Die Kinder sind im Sommerhaus«, erzählte die Nachbarin. »Bei ihrer Oma also. Sie kommen am Abend. Deshalb herrscht hier eine so herrliche Ruhe.«

Ich lächelte. Im Sommerhaus. Ich musterte die Frau. Sie stand mit dem Rücken zu mir, während sie das Kaffeepulver abmaß. Sie trug Jeans. Ich konnte es nicht lassen, ihren Hintern zu mustern, er war schön rund. Ich dachte daran, dass wir zu zweit im Haus waren. Ich konnte den Blick nicht von ihren Gesäßtaschen lösen. Am liebsten wäre ich dort hineingetaucht oder hätte wenigstens die Hände zum Wärmen hineingesteckt.

»Nimmst du Zucker?«

»Nein, danke, nur Milch, wenn du welche da hast. Aber in einer Familie wie eurer ist das wohl keine Frage«, sagte ich.

»Ja.«

Sie stellte Tassen für uns hin und brachte auch den Weizenzopf auf den Tisch. Die Kaffeemaschine blubberte, und ich war neidisch auf sie. Ich wusste rein gar nichts zu sagen. Und so lobte ich denn ihren künftigen Teich und die Sauna. Sie rollte nur den Kopf und äußerte Zweifel, ob sich die Grube jemals mit Wasser füllen würde.

»In Finnland regnet es so viel, dass sich jede Grube, die man aushebt, früher oder später mit Wasser füllt«, sagte ich und bereute meine Worte sofort: Die Frau hatte sie bestimmt schon häufig gehört. Aber sie nickte nur und goss Kaffee ein.

»Manchmal kommt es mir so vor, als ob wir hier nur für solche Gruben leben«, sagte sie und schob mir die Kuchenplatte hin. Ich griff zu.

»Ihr habt eine Menge Projekte«, sagte ich.

»Aber keines wird fertig«, erwiderte sie und schluckte mit dem Kaffee einen Satz hinunter, den sie wohl nicht aussprechen wollte.

»So sind Projekte eben«, äußerte ich.

»Dein Hof ist immer sauber«, sagte sie.

Ich spürte, wie ich leicht errötete, als wäre ich ein Schuljunge.

Sie schenkte Kaffee nach. Sie roch gut, wie ich registrierte, als sie sich zu mir herüberbeugte. Ich musterte die Tasse, damit ich nicht aus Versehen in ihren Ausschnitt starrte. Wir plauderten über dies und das. Sie erzählte, wie es ihren Kindern ging, und ich lauschte höflich und stellte an den richtigen Stellen

Zusatzfragen. Sie lachte viel, manchmal ein wenig nervös. Vielleicht war sie aufgeregt wegen dieses überraschenden Besuches zum Nachmittagskaffee.

Als auch die zweite Tasse geleert war, brach ich auf.

»Komm gern wieder«, sagte sie und lächelte mich an. Ich nahm das Lächeln mit nach Hause, und unterwegs wuchs es und wurde immer größer. Aber je größer es wurde, desto leichter war es, und es machte auch mich federleicht, sodass der Schritt nichts wog, und wenn ich gewollt hätte, hätte ich sonst wohin fliegen und Dinge tun können, wie man sie nur in sommersonnenleichtem Zustand zu tun vermag.

13

Der Nachbar kam gegen Abend nach Hause. Er zog sich draußen vor dem Haus die Stiefel aus und schüttete literweise Sägemehl auf die Erde. Dann ging er nach drinnen und zog die Tür hinter sich zu. An diesem Abend sah ich keinen Schimmer mehr von der ganzen Familie.

Am nächsten Morgen saß ich schon zeitig an meinem Küchentisch bereit, und mein Warten wurde belohnt, denn der Nachbar öffnete die Tür, zog sich die Stiefel an und stapfte zum Auto. An der Kreuzung bog er wieder nach rechts ab.

Bald sah ich, wie seine Frau im Morgenmantel die Tür öffnete. Sie kam heraus, um die Post zu holen. Ich eilte rasch aus dem Haus und zum Briefkasten, traf genau gleichzeitig mit ihr dort ein. Sie war verlegen, als sie mich sah, und zog ihren Morgenmantel enger um sich. Sie war noch nicht ganz wach, verharrte noch zwischen zwei Realitäten, das Haar offen, die Augen allerdings nur mit Mühe. Kein Morgenmensch, entschied ich.

»Morgen«, sagte ich.

»Morgen«, erwiderte sie und nahm die Zeitung, blieb nicht stehen, um sich mit mir zu unterhalten. Ein wenig enttäuscht sah ich ihr nach, schnappte mir meine Zeitung und ging wieder nach drinnen. Ich konnte mich nicht aufs Lesen konzentrieren, und so beschloss ich, mir anzusehen, wie es dem Nachbarn beim Bäumefällen ging. Ich holte mein Fahrrad und strampelte los.

Der Sommermorgen war bereits so weit fortgeschritten, dass man die Feuchtigkeit nach der Nacht nur mehr erahnen konnte. Der Sand auf dem Weg war noch dunkel, aber die Sonne war bereits dabei, ihn hellgrau zu färben. Das Gras im Straßengraben war lebendig und rauschte und raschelte, als ich vorbeifuhr. Ich passierte den Apfelbaum, der allein inmitten eines Espenhains wuchs. Er war schön, wie von einem Gärtner beschnitten. Wie war er dort nur hingelangt? In falsche Gesellschaft geraten, trotzdem gerade gewachsen. Auch das kann vorkommen.

Die Parzelle war nicht weit entfernt, sodass ich bald das Geräusch der Motorsäge hörte. Das Auto des Nachbarn war neben der Straße geparkt. Von dort zweigte ein knorriger Waldweg ab, der mit dem Rad befahrbar war. Ich fuhr bis ans Ende, bis ich an einen kleinen Hügel kam. Kreuz und quer lagen Sägestämme herum, sodass man nur schwer vorankam. Wo er ging und stand, sorgte der Nachbar für Unordnung,

Ich setzte mich auf einen Stein, der nach meiner Einschätzung weit genug von umstürzenden Bäumen entfernt war.

Das war schlau, denn ich hatte den Stein noch nicht lange angewärmt, als ein Baum so umstürzte, dass er gegen einen anderen fiel und dort hängen blieb. Er wankte eine Weile bedrohlich, krachte aber nicht herunter. Der Nachbar schaltete seine Motorsäge aus, sah sich das Ergebnis seiner Arbeit an, und dabei entdeckte er mich. Er grüßte fröhlich und kam zu mir. Arbeitsschutzgesetze interessierten ihn nicht, sondern er ging direkt unter dem Unglücksbaum hindurch. Der nicht auf ihn fiel, obwohl die ganze Inszenierung gerade das irgendwie erwarten ließ.

»Schwierige Situation«, sagte er und deutete auf den Baum.

»Vielleicht solltest du den Stamm weiter oben durchtrennen, dann rutscht die Spitze und löst sich vielleicht von dem anderen Baum?«, schlug ich vor.

»Oder fälle ich den anderen Baum?«, überlegte er.

Beide Methoden schienen gefährlich. Kappt man einen schräg stehenden Baum, kann der in jede Richtung kippen. Fällt man den anderen, an dem der Erstere lehnt, kracht einem der angelehnte womöglich auf den Kopf.

Eine Denkpause war angebracht.

Der Nachbar setzte sich neben mich. Er roch nach Harz und Sägemehl.

»Hier sieht es aus wie nach einem Granateneinschlag«, sagte ich und betrachtete die Verwüstung ringsum.

Der Nachbar nickte:

»Komisch, dass die Jugend das Leben von uns Leuten mittleren Alters für langweilig hält, wo es doch an einen Weltkrieg erinnert.«

Am Himmel dröhnte ein Flugzeug, aber es war eine Linienmaschine, kein Zerstörer. Sie hinterließ eine gerade weiße Wolke, einen Himmelspfeil. Ich konnte die Bemerkung des Nachbarn nicht recht einordnen, weshalb ich mich damit begnügte, erwartungsvoll zu nicken.

»Wir zum Beispiel wohnen kriegerisch in einem Frontsoldatenhaus«, sagte der Nachbar und beschrieb, dass es dort zog wie in Sibirien und die Frostgrade am Fußboden in den kalten

Monaten denen im Winterkrieg ähnelten. Er untermalte seine Geschichte damit, dass er die Hände vor sich ausstreckte, als würde er mit einem virtuellen Maschinengewehr schießen. Ich wunderte mich über das Problem mit seinem Fußboden.

»Ihr müsst für eine zusätzliche Isolierung sorgen«, schlug ich vor, aber er war berauscht von seiner Geschichte.

»Die Kinderzimmer sehen nach dem Saubermachen innerhalb von fünf Minuten komplett zerstört aus wie Berlin im Jahr 1945. Wenn die Tochter gebacken hat, erinnert das Spülbecken in der Küche an den Hafen von Pearl Harbour, und durch den Flur marschiert täglich eine Armee, die, den Spuren nach zu urteilen, auch im russischen Lehmmatsch unterwegs gewesen ist«, zählte er fast atemlos auf und illustrierte gestisch den welthistorischen Kriegsschauplatz in ihrer Küche.

Ich fand diese Analogie interessant. Zwar übertrieb der Nachbar, wie stets, doch irgendwie konnte ich mir vorstellen, dass es mit Kindern ein bisschen so war wie in Stalingrad. Der Nachbar betonte, es gebe noch weitere Parallelen. Morgens würden sich die Kinder in Schützengräben verschanzen, das heißt, sie führten verzweifelte Stellungskämpfe gegen die aberwitzigen Ideen ihrer Mutter, wie etwa zu frühstücken. Und die pubertierende Tochter hielte die Toilette okkupiert wie die Engländer Dünkirchen.

»Ihr müsst euch eine zweite Toilette anschaffen«, bemerkte ich.

»Wir haben zwei Toiletten, aber das hilft überhaupt nicht.«

»Schafft euch eine dritte an.«

»So viele Toiletten kann keiner haben«, behauptete er und fing an, seine Säge zu schärfen. Ich war nicht überrascht festzustellen, dass er es verkehrt machte.

»Ich versuche, den Stamm abzusägen«, beschloss er.

»Sei vorsichtig«, ermahnte ich ihn.

Er kletterte über die herumliegenden Stämme zu seinem Baum hin. Dort warf er die Motorsäge an, blickte einige Male nach oben und nach unten, um zu schauen, aus welcher Richtung der Baum fiele, wenn er denn fiele, und wohin er selbst rasch springen könnte. Dann ließ er den Stahl in den Baum beißen. Die Maschine jaulte auf, und der Stahl, der trotz der falschen Behandlung noch ganz in Ordnung war, senkte sich scheinbar mühelos in die Kiefer. Als diese fast durchgesägt war, brach der Stamm. Allerdings nicht ganz, sondern nur so weit, dass sich die Säge festfraß. Der Nachbar versuchte sie herauszuziehen, aber sie rührte sich nicht. Er kehrte zu mir auf den Stein zurück.

»So eine Scheiße.«

Ich sah ihn an. Im Allgemeinen fluchte er nicht.

»Hast du eine zweite Säge?«, fragte ich.

»Nein«, erwiderte er. »Ich muss es mit der Handsäge versuchen.«

»Damit hat man ja früher die Bäume gefällt«, tröstete ich ihn.

Er musterte den Baum, der immer noch am anderen lehnte und aus dem jetzt eine Motorsäge herausragte. Er seufzte, aber warum eigentlich: Eben noch hatte er sich damit gerühmt, unter Frontbedingungen zu leben. Im Krieg gibt es immer Missgeschicke.

»Ich hole die Säge«, erklärte er. »Nimm dir Kaffee, wenn du möchtest.« Er deutete auf seine Tasche, die eine Thermosflasche und Brote enthielt.

Ich hatte es nicht eilig, sodass ich mir eine Tasse Kaffee eingoss. Er schmeckte gut. Ich nahm mir auch ein belegtes Brot. Bei der Waldarbeit mundete so ein Wurstbrot. Ich biss ein großes Stück ab und ließ mir den herrlichen Roggengeschmack im Munde zergehen. Die einheimische Tomate war zu dieser Jahreszeit wirklich sehr gut.

Ich dachte an die Frau des Nachbarn, die sicherlich den Proviant zubereitet hatte. Sie war diese Sorte Frau. Keine feministische Eiferin, die aus Prinzip nichts für den Mann tat. Ich aß gleich noch ein zweites Brot, eines blieb noch für den Nachbarn. Es wäre nicht höflich gewesen, alles zu essen. Ich fühlte mich wunderbar lebendig zwischen all den Stämmen. Ich fand, dass sie an Leichen erinnerten und es ja gewissermaßen auch waren. Gefallene. Im Krieg und bei der Waldarbeit wurde gefallen. All die Gefallenen wurden durch schwieriges Gelände transportiert und neben der Straße aufgeschichtet, von dort später zur Weiterbehandlung abgeholt. Die Stämme wurden zu Brettern verarbeitet, die Menschen ins Grab gebettet.

Schließlich kam der Nachbar zurück mit einer Bügelsäge.

»Damit wird es klappen«, sagte er fröhlich. Er hatte seine gute Laune zurückgewonnen. »Möchtest du helfen?«

Meine Hand schmerzte ein wenig, weil ich in der Nacht darauf geschlafen hatte, sodass ich mich höflich weigerte. Auch hatte ich zu gute Kleidung an. Harz geht selbst bei der Wäsche nicht raus. Der Nachbar schickte sich also allein an, seinem Schicksal zu trotzen.

Die Bügelsäge ist gar kein so übles Gerät, auch sie frisst sich durchs Holz. Lange brauchte der Nachbar nicht zu sägen, als der Baum auch schon knackte. Noch ein paar Züge, und er stürzte. Der Nachbar war vorbereitet und sprang gerade im richtigen Moment zur Seite. Flink reagiert. Der Stamm krachte mit solcher Wucht herunter, dass der Fuß futsch gewesen wäre, wenn er darunter geraten wäre. Das eigentliche Problem war jedoch nicht gelöst. Der Baum, jetzt lediglich gekürzt, lehnte immer noch am anderen. Als Krönung war die Motorsäge unter den Stamm gefallen und zersplittert. Der Nachbar sammelte ein Teilstück auf und kam zu mir.

»Das wirkt erzieherisch«, sagte er.

»Die Bügelsäge ist immerhin in Ordnung«, tröstete ich ihn.

»Ich muss den Forstarbeiter des Nachbarn herbitten. Er hat auch einen Spezialtransporter.«

Ich stand auf und sagte, ich würde nach Hause fahren. Der Nachbar schwenkte die Hand und musterte niedergeschlagen seine Wirkungsstätte. Ich ließ das Fahrrad sanft rollen und war irgendwie so in Gedanken, dass ich erst auf dem Hof des Nachbarn wieder zu mir kam. Ich verstand nicht, was mich dorthin geführt hatte. Ich machte kehrt und wählte das richtige Haus. Obwohl ich mir dessen nicht ganz sicher war. Mir schien, als gäbe es dort gar nichts für mich.

Ich betrachtete meinen Apfelbaum, er machte sich nichts aus mir. Ich dachte an die Häuser, in denen ich bisher gewohnt hatte. Viele Eingangstüren, unterschiedliche Schlösser, Fensterrahmen, Farben, Fußböden. Jedes hatte gute und auch schlechte Seiten gehabt, des einen Tür schloss im Winter zu fest, im anderen zog es am Fenster, im einen war es heiß und im anderen kalt. Unterschiedliche Menschen, auch ich selbst stets ein anderer, ein wenig anders als am früheren Wohnort, in früherer Zeit. Und immer trotzdem die Gewissheit, dass dies hier mein Zuhause ist und hier, gerade hier, alles Bedeutsame geschieht, was das Leben zu bieten hat, und vielleicht war es ja auch so.

In letzter Zeit allerdings hatte das Leben nicht viel zu bieten gehabt, aber möglicherweise änderte sich das gerade.

14

Der örtliche Forstarbeiter tuckerte mit seinem Traktor auf den Nachbarhof. Hinter sich zog er einen Hänger, der mit Sägestämmen beladen war. Der Nachbar gestikulierte wie ein Verkehrspolizist und zeigte, wohin er die Stämme haben wollte. Den ganzen Vormittag hatte er herumgewerkelt und für die Stämme nicht nur ein Bett bereitet, sondern auch eine Rollbahn, über die sie transportiert werden konnten.

Betten gab es eigentlich zwei, und zwischen ihnen blieb so viel Platz, dass der Traktor hineinfahren und seine Last nach jeder Seite entladen konnte. Die Betten bestanden aus je zwei Holzstämmen, auf denen die angelieferten Stämme sich leicht rollen ließen, sodass auch ein einzelner Mann sie bewegen konnte.

Die Rollbahn wiederum war eine Art Förderband, ein bisschen so wie in den alten Läden an der Kasse: Die Stegbäume lagen etwa einen Meter auseinander, und auf ihnen lagerten dünnere Stämme. Wenn man auf diese dünneren Baumstämme einen der neu geschlagenen legte, ließ er sich ziemlich leicht, fast wie auf Rädern, bewegen.

Das System war höchst zweckmäßig, eventuell wäre auch mir eine solche Lösung eingefallen. Vielleicht hatte der Forstarbeiter den Nachbarn entsprechend beraten, er selbst dürfte wohl kaum auf die Idee gekommen sein.

Der Nachbar stand mit zweien seiner Kinder da und schaute zu, wie die starke Griffhand des Forstfahrzeugs die Stämme anhob wie Streichhölzer. Sie waren sechs Meter lang und dreißig Zentimeter dick und wogen fünfhundert Kilo. Mich interessierte sehr, wie der Nachbar sie ohne Hilfe bewegen würde.

Bevor ich mich dazugesellte, wusch ich ab und machte die Küche sauber. Ich stellte das Geschirr in den Trockenschrank und wunderte mich zum wer weiß wie vielten Male, warum es in neueren Küchen nur eine so minimale und kümmerliche Karikatur eines Trockenschranks gab, in den kaum das Geschirr einer einzelnen Mahlzeit einer Einzelperson passte. Die Welt bewegte sich in vielerlei Hinsicht in eine schlechtere, spanplattenmäßigere Richtung.

Ich wischte sorgfältig den Küchentisch ab. Die Frau des Nachbarn war inzwischen auf den Hof herausgekommen, um sich den Haufen angelieferter Stämme anzusehen. Sie schaute eine Weile nach links und rechts und ging dann wieder nach drinnen. Der Nachbar wiederum hatte von irgendwo ein Schäleisen geholt, setzte sich rittlings auf den ersten Stamm und machte sich an die Arbeit. Ich nahm meine Mütze und ging nach draußen.

Der Nachbar troff von Schweiß. Er setzte das Schäleisen vorn auf und zog es zu sich heran. Rindenstücke spritzten nach allen Seiten, und der nackte Stamm kam zum Vorschein.

Der Nachbar unterbrach sich für einen Moment und grinste: »Sieh mal, was für einen Kloben ich zwischen den Beinen habe!«

Der war beachtlich. Der Nachbar machte wieder einen Zug mit dem Schäleisen, und ein kleines Stück Stamm wurde sauber. Mir lief es kalt über den Rücken, als ich an seine Worte dachte. Ich vergewisserte mich, ob mein Hosenstall geschlossen war.

Ich setzte mich auf einen der Stämme und sah dem Nachbarn bei seiner Plackerei zu. Schien ein harter Job zu sein. Ein bisschen so, als würde man in der Muckibude die Streckmuskeln trainieren, jedoch ohne Pause und ohne Möglichkeit, zwischendurch andere Bewegungen zu machen. Der Nachbar stöhnte und schlug nach den Bremsen. Ich rutschte ein Stück weg, denn der Schweißgeruch des Mannes lockte wieder so viele fliegende Viecher an, dass sich ein Teil davon auch für mich interessierte.

»Bremsen mag ich überhaupt nicht«, sagte ich.

Der Nachbar gab einen unbestimmten Laut von sich und setzte seine verzweifelte Arbeit fort. Ich glaube, dass sich die Leute, die den Suezkanal gebaut haben und am ersten Tag mit ihren Spaten zur Arbeit antraten, ähnlich gefühlt hatten. Der Nachbar teilte meinen Gedanken nicht.

»Ich mag monotone Arbeit«, sagte er.

Ich musterte den riesigen Haufen Stämme und glaubte ihm; ein vernünftiger Mensch hätte das nicht auf sich genommen.

»Am allermeisten mag ich es zu graben und Sand oder Humus zu verteilen«, fuhr er fort.

»Ich wüsste mindestens zwei angenehmere Jobs«, sagte ich.

Er fing an, mir seine Arbeitsphilosophie zu erläutern: »Wenn man sich mit Schaum vor dem Mund sechs Stunden lang mit einer schweren Schubkarre in schwierigem Gelände abgeplagt hat, ist man ziemlich kaputt. Wenn man das Gleiche am nächsten Tag wiederholt, erreicht man endlich sein Ziel: Man zittert und kann nicht einmal mehr denken. Man sitzt einfach nur am Kamin und starrt ins Feuer.«

»Wozu hast du dann Schulen besucht?«, fragte ich.

»Ja, sieh mal, ich bin ein Schrankerdarbeiter: Meine Neigungen gehören den Erdarbeiten, aber in einer engstirnigen Gesellschaft muss ich sie tunlichst im Schrank verwahren, denn durch die Umstände bin ich gezwungen, allerlei Mittelklassiges und Sauberes zu arbeiten.«

Er grinste über seine Geschichte und fuhr fort: »Ein Schrankerdarbeiter ist einer, der wegen seines armen Hintergrunds gezwungen ist, sich schon in jungen Jahren an verschiedenen Universitäten zu bewerben, damit er seine Familie ernähren kann. Der Generation der Schrankerdarbeiter hat man einen Lunchcoupon in die Tasche des Boss-Anzuges gesteckt und ihnen eine gut bezahlte Büroarbeit zugeteilt. Das ist erbärmlich, aber es ist sinnlos, im Nachhinein darüber zu lamentieren. Vielleicht läuft schon für die nächste Generation alles besser.«

Er vertiefte sich wieder in seine Arbeit. Rindenstücke und Schweiß spritzten nur so, vor allem Letzterer. Ich dachte bei mir, dass die nächste Generation unmöglich so verrückt sein konnte, sich freiwillig zu Erdarbeiten bereitzufinden. So sie sich überhaupt zu etwas bereitfand angesichts der Tatsache, wie sehr die heutigen Kinder herumnörgelten. Ich machte eine entsprechende Bemerkung zum Nachbarn, und er lachte und war derselben Meinung.

»Sie werden vermutlich Künstler, zumindest ihr Genörgel hat fast das Niveau von Kunst. Rat mal, welche Dinge im Leben unserer Kinder schlecht sind.«

Ich erriet es nicht.

»Vorigen Sommer waren wir in einem großartigen Fünfsternefreizeitpark, und der Fünftklässler sagte wörtlich: ›Die

Rutschbahn war glühend heiß, und dann habe ich mir auch noch den Kopf gestoßen; was ist das hier eigentlich für ein Land?‹ Ein anderes Mal gab es zum Kaffee Apfelkuchen, aber den mochten natürlich nicht alle, und was Wunder, denn ›es ist so mühsam, diese Apfelstücke zu kauen‹. Und einmal waren wir bei dreißig Grad Hitze im Auto unterwegs zum Sommerhaus und machten unterwegs halt, um im Supermarkt Eis zu kaufen. ›Schon wieder müssen wir hier bei den kalten Produkten rumstehen‹, sagte da eins der Kinder angewidert.«

Wir schwiegen eine Weile.

»Kann sein, dass sie auch bei Erdarbeiten ein oder zwei Dinge finden würden, die ihnen nicht gefallen«, sagte ich.

»Nun ja«, sagte der Nachbar. »Die Menschen wachsen und ändern sich. Man kann nie wissen, wer woran Gefallen findet.«

Er vertiefte sich wieder in seine Arbeit und schien kein Verlangen nach Gesellschaft zu haben, und als ich sah, dass seine Frau ihren Blumengarten jätete, beschloss ich, sie zu begrüßen. Ich ging am Schuppen vorbei und hob im Vorbeigehen einen Pfeil vom Boden auf, den ich an die Tafel warf, bevor noch jemand drauftrat. Ein Zehner.

Die Nachbarsfrau zupfte das Gras um ihre Blumen aus, mit dem Rücken zu mir. Ich betrachtete ihren Körper und dachte daran, wie sich eine Frau anfühlt. Noch erinnerte ich mich. Ich sah ein Stückchen ihres nackten Rückens, da ihr Hemd beim Knien hochgerutscht war. Sie hatte eine helle Haut. Ich machte kehrt, ehe sie mich bemerkte. Warum sollte ich sie stören? Auf dem Rückweg nahm ich den Pfeil von der Tafel und warf ihn erneut. Er prallte ab und fiel auf die Erde, wo ich ihn liegen ließ.

Ich dachte an den Nachbarn und sein megalomanes Projekt. Vielleicht war auch er ruhelos und überspielte es auf seine Weise. Wenn die Hände beschäftigt sind, kommt man nicht zum Denken, und wenn man nicht zum Denken kommt, läuft das Leben weich und leicht von einer Kaffeepause zur anderen. Wenn man die Hände ruhen lässt, begegnet einem das Leben so, wie es wirklich ist.

Der Nachbar kam bei seiner Arbeit quälend langsam voran. Er erkannte es selbst und warf das Schäleisen frustriert auf die Erde, als er mich erneut sah.

»Das wird nichts«, sagte er, seufzte und starrte auf seinen Stamm, auf dem an einem Ende über eine Länge von einem halben Meter ein zehn Zentimeter breiter Streifen geschält war. Zu beiden Seiten erhob sich ein großer Stapel Stämme. Ich schätzte im Stillen, dass diese Arbeit etwa hundert Jahre dauern würde.

»Hütten kann man auf zweierlei Art errichten«, sagte er. »Auf eine schwere und eine leichte. Die leichte Art ist, sich aus dem Internet eine fertige Leichtblockhütte zu bestellen. Dies hier ist die andere Art.«

Seine Analyse war treffend. Ich sagte ihm meine Meinung, und die lautete, dass die Leichtblockhütten symmetrischer waren.

»Außerdem verletzt man sich nicht so leicht, wenn man da mit dem Kopf voran gegen die Wand rennt«, sagte er. »Das Holz ist so dünn, dass es nachgibt.«

Ironie war nicht sein Metier.

»Die Leichtblockhütte ist einfach zu montieren, und die aus Leca-Barren gefertigten Grundpfeiler sind gerade und schön«, verteidigte ich das System.

»Die Leichtblockhütte ist die schwerwiegendste Errungenschaft der modernen Leichtarchitektur«, schnaubte er.

»Das Schälen scheint auch nicht gerade leicht zu sein«, erinnerte ich ihn.

»So hat man es früher gemacht.«

»Damals starb man auch jung.«

»Dann stirbt man eben.«

Er hob sein Eisen wieder auf und machte ein paar Züge.

»Vielleicht waren die Männer früher stärker«, vermutete ich.

»Ja, vielleicht«, sagte er ein wenig matt. Er wirkte niedergeschlagen. Ich hatte Lust, ihm auf die Schulter zu klopfen und zu sagen »das wird schon«. Aber das kann man nicht machen. Die Niederlage muss jeder allein ertragen. Nur der Sieger darf umarmt werden.

Seine Frau kam und teilte mit, dass sie die Kinder irgendwohin bringen wolle. Das tat sie die ganze Zeit. Hierhin und dorthin und wieder zurück. Ich begreife nicht, warum Rallyefahrer immer junge Männer sind, wo doch beim Kilometerschrubben auf kleinen Straßen neuerdings Mütter in dünn besiedelten Gegenden die meiste Erfahrung haben. Ich machte eine entsprechende Bemerkung zum Nachbarn.

»Stimmt, die Reifen qualmen und der Dreck spritzt nur so«, er nickte. »Sie brauchen nicht mal Kartenleser, denn sie können alles gleichzeitig: fahren, das Ziel im Blick haben und dabei noch beängstigend scharf registrieren, wie dreckig die Jeans ihrer Passagiere auf der hinteren Bank sind.«

»Man kann sich vorstellen, dass sie mal eins der Kinder vergessen«, sagte ich.

Der Nachbar behauptete, das passiere selten. War aber schon vorgekommen. Einmal hatte seine Frau ein Kind auf einem Geburtstag vergessen. Ein anderes Mal war sie nach Helsinki unterwegs gewesen und bereits mehrere Kilometer gefahren, bis auf der hinteren Bank einem der Kinder auffiel, dass die kleine Schwester fehlte.

»Komisch, dass die Sportseite nie ein Interview mit diesen Chauffeurinnen von Taxi Mama bringt«, sagte ich.

Das wunderte auch den Nachbarn.

»Die Einschätzung meiner Frau könnte nach den Spezialprüfungen des Tages etwa lauten, es wäre gut gelaufen und hätte lediglich ein paar Probleme im Getriebe- und dem Brotkasten gegeben, sodass Frau Seppinen heute schneller war.«

Dann wandte er sich wieder seinen Baumstämmen zu und gab, offen gesagt, das Bild eines schwachen Gegners ab. Ich wollte seine Stimmung heben und erinnerte an das Kräftemessen von David und Goliath. Ich erwähnte auch das Wunder des Winterkrieges sowie Lasse Virens Erfolg 1972 in München.

»Ich kaufe einen Stößel«, erklärte er nur. »Damit wird es klappen.«

Mir schien, dass hier eher derbes Fluchen helfen würde, speziell die Kraft und der Kampfgeist, die daraus erwuchsen. Dann flutschte die Arbeit, und die Rinde rieselte nur so. Ehe ich ihm diese Ansicht mitteilen konnte, tauchte seine Tochter auf. Sie war zehn und schien direkt aus Astrid Lindgrens Kinderbuch zu stammen. Eine Art weiblicher Michel aus Lönneberga. Der ganze Hof war voll von allerlei Hütten und anderen sonderbaren Tischlerarbeiten, die sie angefertigt hatte, zum Beispiel

Holzpferde von der Größe eines Hundes, auf denen man reiten konnte und die mit einem Gebiss und allem Drum und Dran versehen waren. Begeistert inspizierte sie den Haufen Baumrinde, der sich angesammelt hatte.

»Machst du Borkenschiffe? Kann ich eins kriegen?«, fragte sie, griff sich ein paar Stücke und verschwand.

Der Nachbar sah ihr nach. »Sollte ich eine Borkenschifffabrik gründen?«

»Lohnt nicht, bauen die Koreaner billiger«, erwiderte ich.

Er machte sich auf den Weg, um den Stößel zu kaufen. Ich kehrte nach Hause zurück. Setzte mich ins Wohnzimmer und sah mich um. Sauber, vielleicht ein bisschen spartanisch. Klare Linien, die Möbel von Ikea – ich mag den Laden, denn er hat für die Möbelbranche das Gleiche geleistet wie Ludwig Wittgenstein für die Sprachphilosophie: die Dinge so geordnet, wie man sie irgend ordnen kann. Mein Blick wanderte weiter. Keine Blumen. Ein paar Bilder – keine Gemälde, sondern Fotografien. Weiße Wände, heller Teppich.

Keine Borkenschiffe.

Ich nutzte den Rest des Tages und Abends, um meine Briefmarkensammlung zu sortieren und zu betrachten. Briefmarken zu sammeln ist ein aussterbendes Hobby. Es verlangt Leidenschaft, Bildung und natürlich Sammeleifer, und diese Eigenschaften haben nicht mehr viele. Heutzutage werden nur noch schnelle Erlebnisse gesammelt, die nicht mal Erinnerungsspuren hinterlassen. Erwachsene unterscheiden sich von Babys nur noch dadurch, dass sie imstande sind, die Wege zur Befriedigung ihrer unmittelbaren Bedürfnisse selbst zurückzulegen.

Ich finde, Briefmarken sind faszinierend und erzählen von einem Land und der jeweiligen Zeit mehr als jedes Geschichtsbuch. Ich betrachtete die alten Marken von Aunus und die Ostkarelien-Marken mit dem Porträt Mannerheims. Das war damals. Heutzutage waren auf den Marken häufig Sportler und Comiczeichner abgebildet.

Ich verwahrte die Sammlung wieder an ihrem angestammten Platz, trank vor dem Fernseher einen kleinen Absacker und ging zu Bett.

Mitten in der Nacht erwachte ich durch Atemnot. Meine Luftröhre fühlte sich an wie zu kleine Schuhe. Sie war um ein paar Nummern geschrumpft. Ich musste kräftig und tief durchatmen, damit mein Körper genügend Sauerstoff bekam. Es war schwer. An Weiterschlafen war nicht zu denken. Die liegende Position erschwerte die Situation, also stand ich auf. Es erleichterte ein bisschen. Ich öffnete das Fenster und ließ die Sommernacht herein. Ihr Duft erfüllte mich mit Wehmut. Ich musste an meine Jugend und die langen durchwachten Nächte denken, an den Heimweg von Festen und von der Mittsommerfeier. Auch mancher Morgen in der Kindheit fiel mir ein, wenn wir zeitig starteten, ehe die Sonne die Welt und das nicht klimatisierte Auto allzu sehr erhitzte.

Die frische Luft war leichter zu atmen, aber sie vertrieb auch die Müdigkeit.

Ich zog mich an und ging nach draußen. Ein kleiner Spaziergang würde helfen, und danach könnte ich wieder schlafen. Ich ging zum Nachbarn hinüber und trat an die aufgestapelten Stämme heran. Es war sommernächtlich hell, und die Stämme strahlten eine unerschütterliche Ruhe aus. Der Wald war still, die Vögel hatten ihr Tagwerk noch nicht begonnen. Mir kam ein seltsamer Gedanke, und ich ging wieder nach Hause. Dort öffnete ich die Garagentür und fand das Gesuchte trotz dem Dämmerlicht leicht. Ich schloss die Tür und kehrte wieder aufs Nachbargrundstück zurück, ließ die Farbspraydose singen. Mein Tun amüsierte mich. Als ich fertig war, besah ich mir kurz das Ergebnis und ging nach Hause.

15

Seit sich die Nachbarin bei mir Eier geborgt hatte, briet ich mir stets eines zum Frühstück. Ein gebratenes Ei auf Toast ist wirklich gut. An sich war der Verzehr einer tierischen Eizelle eine sehr spezielle Art, den Morgen zu beginnen, aber manche Leute taten es mit Gymnastik, mit Yoga oder sogar mit Beten, also war dies wohl auch nicht viel anders.

Beim Essen drängte sich mir zwangsläufig die Frage auf, ob die Eizelle des Menschen ähnlich ist. Sie ist kleiner, das weiß ich, aber wäre sie im Prinzip genau so und würde sie auch so schmecken, wenn man sie braten würde? Ich musste aufpassen, dass ich das nicht versehentlich der Nachbarin gegenüber zur Sprache brachte. Es war mehr ein Thema für die Reservistenabende.

Ich las die Zeitung und überzeugte mich anhand des Datums, dass noch gut ein Monat von meinem Urlaub übrig war. Ich schloss die Augen und vergegenwärtigte mir den Geruch meines Geschichtsklassenzimmers. Dort hängen nach wie vor alte Karten von der Zeit vor den Weltkriegen, als Europa noch Europa und voller kleiner Länder war, die komische Namen und noch komischere Herrscher hatten.

Der Geruch der Geschichte erinnerte mich daran, wie ich in einer der letzten Stunden vor Ferienbeginn etwas falsch an die

Tafel geschrieben hatte und den Satz mit der Hand abwischte, da kein Schwamm da war. Als ich mich dann auf meinen Platz setzte, juckte es mich, sodass ich mich unauffällig kratzte. Ich bedachte nicht, dass meine Hand mit Kreide beschmiert war und dass die Kreide auf meinen Hosenstall abfärbte. Es dauerte eine Weile, ehe ich begriff, worüber die Schüler kicherten. Als es mir endlich aufging, war nichts mehr zu machen. Ich konnte ja nicht anfangen, meine Hose abzuputzen. Sondern musste einfach so tun, als wäre nichts passiert und als würde ich nicht merken, dass sich die Schüler amüsierten.

Der Hof des Nachbarn vor meinem Fenster war leer. Der Mann war nirgends zu sehen. Morgens arbeitete er oft am Computer, übernahm verschiedene Auftragsarbeiten für Organisationen und Vereine, zum Beispiel den Umbruch von Büchern, Zeitungen und so weiter. Ich erinnerte mich an einen Morgen, an dem er sehr deprimiert und still gewesen war und ich ihn schließlich fragen musste, was los war. Er erzählte, dass er beim Jahresbericht für die Kirchengemeinde ein paar Bilder falsch verlinkt hatte. So etwas passiert, tröstete ich ihn, aber als ich dann die ganze Geschichte erfuhr, begriff ich, dass so was nicht wirklich oft passiert.

Das erste Foto trug die Unterschrift »Andenken an die Missionsarbeit«, und es zeigte ein kleines Kind. Hier lachte ich noch nicht. Auch dann noch nicht, als ich vom Schicksal des zweiten Fotos hörte. Dort stand zu lesen: »Der Nähzirkel versammelt sich«, und die Aufnahme stammte vom Gottesdienst. Die dritte Bildunterschrift besagte, frischgebackene Rentner machten einen Frühjahrsausflug, und das Foto zeigte junge Konfirmanden. Da konnte ich dann nicht mehr an mich halten.

Ich schüttelte den Kopf, als ich an den Vorfall dachte. Wesentliche Voraussetzung dafür, dass man Fehler vermied, war Überlegung, Überlegung und noch mal Überlegung.

Irgendwann am Vormittag kam der Nachbar auf den Hof und steuerte seine Baustelle an. Ich sah durchs Fenster, wie er schon in einiger Entfernung stoppte und auf seine Baumstämme starrte. Dann sah er sich nach allen Seiten um, wie auf der Suche nach einer Erklärung, und als er die nicht fand, ging er weiter und blieb vor den aufgestapelten Stämmen stehen.

Auf die Spitzen der Stämme war das Wort URWALD gesprüht.

Der Nachbar verharrte eine Weile, sah sich nach einer Spraydose um, entdeckte aber keine, also drehte er eine Runde über sein Grundstück. Sicherlich wollte er nachsehen, ob es noch anderswo entsprechende Kommentare gab. Anschließend kehrte er nicht zu den Baumstämmen zurück, wie ich angenommen hatte, sondern ging ins Haus und erschien bald darauf zusammen mit seiner Frau. Jetzt standen sie beide da und starrten auf den Schriftzug. Ich hatte eigentlich die Absicht gehabt, hinzugehen und von meinem kleinen Streich zu berichten, aber jetzt, da auch die Frau des Nachbarn anwesend war, brachte ich es nicht fertig; es hatte sich letztlich um einen dieser kindischen Einfälle gehandelt, die einem nachts plötzlich kommen und die bei Tageslicht dann gar nicht mehr so wahnsinnig lustig sind, sobald die Nacht nicht mehr ihre Konturen verwischt.

Ich tat also gar nichts. Die Frau des Nachbarn sagte etwas, offenbar wurde sie dabei ziemlich heftig. Er selbst wirkte ruhiger. Ihn erschütterte so leicht nichts. Schließlich verschwand seine Frau, und er sah ihr nach. Ich wusste, dass ich etwas Dummes und Unüberlegtes getan hatte, obwohl ich andererseits nicht ganz verstand, was eigentlich an dem Schriftzug störend sein sollte, denn die Spitzen der Stämme würden sowieso abgesägt. Ich blieb den ganzen Tag zu Hause und ging nicht mal auf den Hof hinaus. Hin und wieder beobachtete ich durchs Fenster, wie der Nachbar mit dem Stößel zurechtkam. Zumindest aus der Ferne schien es, als wäre dieser eine gute Wahl gewesen. Mehrere Stämme entblößten ihr leuchtend helles Inneres, als der Nachbar mit seinem scharfen neuen Werkzeug über ihre Flanken fuhr.

Erst abends, als er seine Arbeit schon beendet hatte und im Haus verschwunden war, ging ich nach draußen. Ich blieb auf meiner Seite, besah mir aber die Tagesleistung des Nachbarn. Er hatte einen beachtlichen Haufen Stämme geschält. Über dem Ganzen schwebte ein spannender Holzgeruch. Ein anderer als der, der beim Sägen entsteht. Es war der Geruch der Schleim- oder Saftschicht des Baumes, eine davon oder beide aß man früher auf Rindenbrot. Das ist feucht und ziemlich weich, gelblichgrün und schmeckt in frischem Zustand ein bisschen nach Apfel- oder Kartoffelschalen. Ich sprang über den Zaun auf die Seite des Nachbarn, riss mir einen kleinen Streifen vom Baum ab und kostete. Bitter. Plötzlich hörte ich hinter mir Schritte und fuhr zusammen. Als ich mich umdrehte, stand die Nachbarsfrau vor mir. Ich kam mir vor wie ein kleiner Junge, der bei einer Missetat ertappt wurde.

»Ich wollte ein bisschen Rindenbrot kosten«, sagte ich und hielt ihr den Holzstreifen hin, um zu beweisen, dass ich jedenfalls keine Farbspraydose in der Hand hatte.

»Iss, so viel du magst«, sagte sie.

»Danke«, sagte ich und tat, als wüsste ich nicht, dass ich errötet war.

Dann musterte die Nachbarsfrau erneut den URWALD-Schriftzug und fragte, ob ich ihn bemerkt hätte. Ich war gezwungen zu bejahen. Sie rätselte, wer wohl dahinterstecken könnte.

»Jugendliche vielleicht«, schlug ich vor.

»Ich mag es nicht, wenn hier auf dem Hof Leute herumschleichen«, sagte sie und sah mir wohl an, dass ich verzweifelt nach Worten suchte. »Dich meine ich natürlich nicht! Wir sind ja Nachbarn. Aber jemand ist nachts hier gewesen und hat das da hingeschrieben. Man sollte die Polizei benachrichtigen«, beeilte sie sich zu beschwichtigen.

»Ist bestimmt nur ein Scherz«, sagte ich abwiegelnd. »Sogar städtische Naturaktivisten erkennen ja, dass diese kümmerlichen Reiser nie einen Urwald gesehen haben.«

Zur Demonstration legte ich die Hände um die dünnen Stämme. Die Nachbarsfrau wirkte unzufrieden, und je länger ich die Wahrheit verschwieg, desto unmöglicher wurde es, den wahren Sachverhalt zu enthüllen. So blieb ich denn in meinem Irrgarten gefangen.

Ich eilte zurück auf meine Seite und malte mir aus, welches Chaos entstünde, wenn die Behörden eingeschaltet würden und sich herausstellte, dass ich, ein geachteter Geschichtslehrer, mit der Farbspraydose in der Hand Vandalismus am Eigentum anderer Leute betrieb. Ich würde mich lächerlich machen, und die Kollegen würden mir zu Weihnachten ein Skateboard schenken.

Und wie würde sich das alles auf die Nachbarschaftsbeziehungen auswirken?

Ich ging ins Bett, aber die Sache ließ mir keine Ruhe. Plötzlich fiel mir zu meinem Entsetzen ein, dass die Spraydose immer noch in der Garage stand. Mit der heutigen Technik ließe sich sicherlich ohne Weiteres beweisen, dass die Farbe gerade aus ihr stammte. Rasch stand ich auf, holte die Dose und warf sie in den Müll. Auf dem Rückweg zur Haustür überlegte ich es mir jedoch anders.

Meine Mülltonnen wurden alle zwei Wochen geleert. Inzwischen würde die Dose dort liegen, und jeder könnte sie finden. Also hob ich den Deckel der Tonne und fischte die Dose wieder heraus. Ich würde sie sofort wegschaffen. Ich zog mich nicht mal an, sondern setzte mich im Pyjama ins Auto und fuhr in Richtung Zentrum. An der Bushaltestelle, etwa fünf Kilometer von zu Hause entfernt, hielt ich an und warf die Dose in den dortigen Müllkorb. Ich sah mich nach allen Seiten um, es herrschte kein Verkehr. Ich gab Gas und fuhr auf Umwegen nach Hause, Wenden hätte womöglich unnötiges Aufsehen erregt.

16

Ich erwachte nicht von Sirenengeheul und auch nicht davon, dass ich aufgeflogen war und die Polizei mein Haus umstellt hatte. Stattdessen enthüllte die Sonne die Staubpartikel, die im Zimmer schwebten, und machte dadurch meine Atemluft teilweise sichtbar. Ich nieste. Manche Leute sagen, dass die Welt voller Dinge ist, die es gibt, die man aber nur gelegentlich sehen kann, versehentlich, in solchen Momenten, da man gerade die Augen geöffnet hat und noch nicht auf der Hut ist. In den Staubpartikeln wird das Universum sichtbar, das vom Licht gewaschen wird.

Oder was weiß ich.

Ich überdachte meine Panik von letzter Nacht und kam zu dem Schluss, dass mich mein schlechtes Gewissen zu übereiltem Handeln getrieben hatte. In der Gemeinde gab es ja überhaupt kein Polizeirevier. Und sollte sich mal eine Streife hierher verirren, wäre sie sicherlich mehr daran interessiert, rasch wieder in die Stadt zu gelangen als daran, den Namen eines lokalen Graffitikünstlers zu ermitteln.

Ich war erleichtert und dankbar dafür, dass ein neuer Morgen die alten Sorgen stets vergessen machte, und selbst wenn er auch neue brachte, so waren sie eben neu und insofern interessant.

Ich goss mir Kaffee in eine große Tasse und beschloss, mein Koffein draußen zu genießen. Ich ging zum Nachbarn hinüber, denn er war bereits schwer am Wirken. Der Mann war wirklich fleißig, das musste man ihm lassen. In der Zeit, die er hier wohnte – und das waren ja nur diese zehn Jahre –, war auf dem Grundstück mehr passiert als im Leben eines Skispringers. In welche Himmelsrichtung man auch blickte, die Dinge waren anders gelagert als vorher, ehe er hier einzog.

Diesmal erschien mir der Nachbar wie ein Sturmzeichen. Er stand neben seinem Stamm, schnaubte etwas von Angst vor Veränderung und fuhrwerkte mit seinem Stößel herum, dass die Rinde nur so spritzte.

»Wenn ich das Sagen hätte, würde sich auf der Welt nie etwas ändern. Das in der Studentenzeit gekaufte Sofa stünde immer noch an seinem Platz, und wir würden mit vier Kindern immer noch in der Zweizimmerwohung leben. Die allerdings nicht da wären, denn es hätte sich ja nie etwas geändert.«

Ich hörte schweigend zu, um wenigstens halbwegs dahinterzukommen, was ihn eigentlich plagte.

»Um dieser Starre entgegenzuwirken, hat die Evolution die Frauen entwickelt«, fuhr der Nachbar fort und trennte einen Aststumpf ab, als wäre es ein Grashalm. »Es geht vorwärts mit allem, weil die Frauen sich ständig etwas ausdenken, das man verändern soll.«

Wieder spritzte Rinde. Der Nachbar war wie ein Seemann, der die Segel setzte, nur war die Bewegung entgegengesetzt: Er zog nicht, sondern schob das Werkzeug über den Baumstamm. Ein Schwenk zurück, dann mit Kraft nach vorn, Schwenk zurück, mit Kraft nach vorn. Sobald er den Stamm oben geschält hatte, drehte er ihn und begann von vorn. Er war außer Atem und zornig.

»Ganz trivial bedeutet das, dass die Kommode aus dem Flur kreuz und quer durch die ganze Wohnung wandert, sodass man nie sicher sein kann, wo sie morgen steht. Oder dass im Winter andere Gardinen an den Fenstern hängen als im Sommer.«

Und wieder schwang der Stößel. Ich dachte einen Augenblick über die Gardinengeschichte nach, die zweifellos eigenartig war. Aufgabe der Gardinen war es, als Sichtschutz zu dienen, aber die Sommergardinen waren im Allgemeinen wie Bikinis, enthüllten mehr als sie verdeckten. Ich dachte an die Nachbarsfrau: Hatte sie die Sommergardinen gewechselt? Trug sie einen Bikini? Zumindest hatte ich nichts dergleichen gesehen. Der Nachbar setzte seinen Monolog fort.

»Daneben gibt es noch die erheblich größeren Veränderungen wie etwa die Anschaffung von Kindern. Ginge es nach den Männern, gäbe es auf der Welt keine Kinder. Oder jedenfalls wäre das erste nicht angeschafft worden – was wiederum die Anschaffung des zweiten außerordentlich erschwert hätte.«

Der Stamm war allmählich fertig. So schnell hatten die Leute nicht mal früher geschält. Der Nachbar warf den Stößel auf die Erde, setzte sich, als wäre er ins Ziel gelangt, keuchte und sagte:

»Aber was willst du machen. Veränderungen sind beängstigend, das finden sogar die aktivsten Männer. In den Betrieben nennen sie das Widerstand gegen Veränderungen, aber in den Familien werden die Dinge beim richtigen Namen genannt, und man spricht von Streit.«

Aha. Die Sache wurde klar. Die Eheleute hatten sich gestritten. Aber warum? Nach meiner Einschätzung war Streit in ihrer Familie nicht sehr üblich.

Der Nachbar äußerte sich nicht, sodass ich fragte, worüber sie gestritten hatten.

»Über Veränderungen. Bei uns wird nur darüber gestritten. Und auch nicht eigentlich gestritten, sondern gemault, das heißt, ich maule.«

Ich sah mir an, wie er maulte. Kennzeichen waren ein zusammengekniffener Mund und ein Blick, der sogar das Licht scheute. Auch Schnauben und Kopfschütteln. Die Arme waren verschränkt und die Schultern hochgezogen.

»Das Maulen setzt ein, wenn die Frau etwas Irrsinniges vorschlägt, zum Beispiel dass die Schaukel versetzt werden soll. Warum, zum Teufel? Wir haben sie ja erst vor zehn Jahren dort hingestellt! Oder sie fragt, ob man nicht jene Tür dort wegnehmen und in die andere Wand einbauen könnte. Hä? Was plagt die Frauen eigentlich, glauben sie, die Welt wäre ein Bildbearbeitungsprogramm, und man könnte einfach mit einem Klick Dinge verschieben oder umfärben?«

»Nein, das ist sie nicht«, bestätigte ich. »Die Gegenstände sind ziemlich schwer, und zwar gerade deshalb, damit sie stehen bleiben.«

Der Nachbar nickte, als er von mir Unterstützung für seine Ansicht fand. Die Solidarität zwischen den Männern ist eine feine Sache.

»Am meisten foppt mich, dass es grundsätzlich so läuft: Wenn meine Frau etwas vorgeschlagen hat, streiten wir eine Weile darüber, bis ich die Veränderung verdaut habe und sie realisiere. Dasselbe Schema wiederholt sich jedes Mal, ich verliere immer.«

»Wäre es da nicht besser, direkt auszuführen, was sie verlangt? Ich meine, wenn das Ergebnis sowieso vorherbestimmt ist. Dann ersparst du dir die Mühe zu maulen.«

»Auch scheinbare Äußerungen eines freien Willens sind für den Menschen wichtig«, sagte er.

»Worum ging es diesmal?«

»Meine Frau wollte, dass wir im Obergeschoss eine Fernsehecke einbauen.«

»Ja und?«

»Wir haben auch früher keine zwei Fernseher gebraucht.«

»Heutzutage gibt es mehr Programme«, merkte ich an.

»Ich bin hier mit der Saunahütte beschäftigt. Ich kann mich nicht zerreißen«, sagte der Nachbar und schwieg anschließend eine Weile. Dann ging er ans Ende des Stämmestapels und zeigte auf meine URWALD-Inschrift.

»Das da ist schuld.«

»Was, wirklich?«, wunderte ich mich.

»Meine Frau hat das überraschend schwer genommen. Sie war richtig hysterisch.«

»Die Sache ist doch nicht gefährlich«, äußerte ich. »Ein Scherz vermutlich.«

»Das habe ich auch gesagt. Aber dann kippte das Ganze, und dieser Saunabau ist auf einmal blöd, teuer und frisst meine ganze Zeit, sodass ich zu nichts anderem komme.«

»Das stimmt ja auch.«

»Hm. Gestern hat sie kein einziges Wort gesagt, als sie schlafen ging.«

Er musterte den Schriftzug und sagte, es würde ihn nicht wundern, wenn seine Frau dahintersteckte. Die Behauptung war ungewöhnlich, ich sprach mich sofort dagegen aus und machte ihm klar, dass seine Frau nicht im Entferntesten so böswillig war, sondern im Gegenteil ein netter Mensch.

»Es ist eine Botschaft, und sie soll mir sagen, dass ich mich nicht die ganze Zeit hinter dem Stall verstecken darf.«

»Ja, dann mach ihr die Fernsehecke, guter Mann!«

Der Nachbar stand auf und nahm wieder einen neuen Stamm in Angriff, doch sein größter Zorn war schon verraucht. Er unterbrach die Arbeit und sagte, er wolle reingehen, um ein bisschen zu messen. Ich nickte und sah ihm nach. Im Allgemeinen war er ein sehr ausgeglichener und umgänglicher Mann, aber Veränderungen konnte er nicht ertragen. Außer jenen, die er selbst geplant hatte.

Ich hob den Stößel auf und wog ihn prüfend in der Hand. Dann schlug ich ihn aus reiner Neugier in den Stamm. Die Rinde saß sehr fest. Es wäre viel einfacher, die Stämme den Sommer über liegenzulassen und darauf zu warten, dass Ungeziefer die Rinde anfrisst, sodass sie von selbst abfällt.

Die meisten Dinge auf dieser Welt fallen einem direkt in den Schoß, wenn man nur ein wenig wartet. Der Nachbar war einfach zu hektisch.

17

Ich las in der Wochenendausgabe der Zeitung die Angebote auf dem Immobilienmarkt und kreiste mit roter Tusche all diejenigen Objekte ein, die erst in diesem Jahr fertig geworden waren und schon jetzt zum Verkauf standen. Das bedeutete Ehescheidung. Weit mehr als zehn rote Kreise entstanden.

Auf dem Hof des Nachbarn schwand der URWALD-Schriftzug nach und nach, je mehr Stämme er bearbeitete. Zum Schluss war nur noch das »U« übrig, bis er auch diesen Stamm schälte. Ich ging ab und zu rüber, um die Arbeit zu verfolgen und dem Nachbarn Ratschläge und Ideen für die bald beginnenden Bauarbeiten zu übermitteln.

Er hatte die Fernsehecke eingebaut – wie sich herausstellte, war da gar nichts zu bauen gewesen, er hatte nur das Bücherregal verschieben und das Sofa verrücken müssen. Ihm war die Aktion jedoch dermaßen gegen den Strich gegangen, dass er noch zwei Tage danach gemault hatte. Ich wunderte mich nicht über das Gezeter seiner Frau: Es ist nicht einfach, wenn in einer Partnerschaft einer von beiden faktisch hundert Meter entfernt in seiner eigenen Welt lebt. Einsamkeit ist leichter zu ertragen, wenn man allein wohnt – sie ist rationaler, verständlicher und daher eher zu akzeptieren. Andererseits war der

Nachbar durchaus keine Ausnahme. Wo gebaut wurde, lief das immer so, meine roten Kreise in der Zeitung waren der empirische Beweis dafür.

Hin und wieder begegnete ich der Frau des Nachbarn auf dem Hof, und wir plauderten ein bisschen. Sie war gesprächiger als sonst. Die URWALD-Inschrift war immer noch ein Thema, aber sie sprach auch über Gartenarbeit und darüber, was in Island und Südamerika und anderswo passiert war. Ich glaube, dass Gespräche dieser Art mit ihrem Mann nicht funktionierten. Er war zu sehr von seinen Baumstämmen gefesselt und anscheinend generell nicht an Tagespolitik und der Welt anderer Menschen interessiert. So übernahm ich denn die Aufgaben des Unterhalters und ihr Mann die Stämme, und schließlich kriegte er sie auch alle geschält.

Als Nächstes mussten sie einige Dutzend Meter weiter transportiert und an ihren Zielort gebracht werden. Sägestämme zu schleppen ist ein leichter Job, wenn man zufällig vier Beine und Hufe besitzt, ansonsten ist es recht schwer. Ich traf den Nachbarn dabei an, wie er über Möglichkeiten nachgrübelte, das zu bewerkstelligen.

»Wieso wiegen die Dinger Hunderte Kilo, obwohl sie sich hauptsächlich von Sonnenlicht ernähren? Das dürfte doch kaum Fett enthalten.«

»Vielleicht verschlingen sie Sonnenkilos«, entgegnete ich. »Außerdem sind sie frisch. Solltest du sie nicht erst trocknen lassen? Sonst verschimmeln sie womöglich.«

Der Nachbar wedelte geringschätzig mit der Hand. »Zu viel der Mühe. Sie trocknen in der Wand. So ein Holzbalken lebt ja, und ein bisschen Feuchtigkeit macht ihm nichts aus. Und wenn man keine Isolierschicht dazwischenpackt, die die Feuchtigkeit speichert, braucht man keinen Schimmel zu fürchten.«

»Trotzdem wiegen sie in trockenem Zustand weniger«, gab ich zu bedenken.

Der Nachbar schlug vor, dass ich am anderen Ende anpackte, so bekämen wir den Stamm auf die Rollbahn und von da weiter auf die langen Stegbäume, die mit einem Ende auf der Erde und mit dem anderen auf den Grundsteinen lagen. Über sie ließen sich die Stämme dann ganz einfach an ihren Platz rollen, wo sie eingekerbt werden konnten.

Ehe ich mich dieser Ehre verweigern konnte, kam seine Frau angelaufen und fragte nach den Autoschlüsseln. Er warf ihr die Schlüssel zu und erklärte ihr, was wir machen wollten. Sie musterte mich, als wolle sie sich überzeugen, ob ich das Zeug dazu habe, schwere Lasten zu heben, und so war ich gezwungen mitzuspielen. Ich stellte mich in Positur und sah den Stamm herausfordernd an. Er wirkte schwer. Der Nachbar gab mir eine Spezialzange, mit der man besser zufassen konnte. Dann hoben wir an. Die Zange rutschte ab, und der Stamm bewegte sich keinen Zentimeter.

»Die Schere sollte von Fiskars sein«, sagte ich sachkundig.

Wir starteten einen neuen Versuch. Jetzt klappte es. Der Stamm legte sich in die richtige Position und musste nur noch geschoben und auf der Rollbahn an seinen Platz befördert werden. Allerdings war er immer noch ungeheuer schwer. Ich sah die Nachbarsfrau an und mobilisierte meine ganze Kraft. Das Blut schoss mir in den Kopf, als ich jede Zelle meines Körpers aktivierte. Ich war so voller Kraft, dass ein Teil davon aus meinem Hintern entwich wie aus einem Dampfkessel. Die Röte in meinem Gesicht wurde noch dunkler. Die beiden taten, als hätten sie nichts gehört. Ich dachte an die Kreidegeschichte im Klassenraum und begriff, dass sich Kultiviertheit darin äußerte, wegschauen zu können.

Der Stamm bewegte sich, und wir beförderten ihn an seinen Platz. Es war der erste. Für die ganze Hütte würden an die hundert gebraucht.

Die Frau des Nachbarn nickte, wirkte aber nicht sehr interessiert. Der Stamm musste noch über die angelehnten Stegbäume hochgerollt werden. Wir befestigten Seile am Stamm, mit denen wir ihn hinaufzogen. Es ging ganz leicht. Aber womit würden wir ziehen, wenn die Wand zwei Meter hoch wäre?

Der Stamm lag auf den Steinen. Als Nächstes musste er ausgerichtet und eingekerbt werden. Danach wäre er ein Balken. Wir setzten uns, um zu verschnaufen. Die Nachbarsfrau verschwand, und ich besah meine Hose, die ruiniert und voller Harz war. Ich ging nach Hause und holte ein Bier. Das hatte ich jetzt nötig. Ich bot auch dem Nachbarn davon an, aber er wollte nicht. Stattdessen betrachtete er vor Begeisterung glühend den Baum, den wir an seinen Platz befördert hatten. Ich selbst war nicht ganz so begeistert.

»Es muss eine einfachere Methode geben«, sagte ich.

Er hörte mir gar nicht zu, starrte nur aufs gegenüberliegende Ufer seiner Teichgrube. Auf dem Boden des Teiches stand das Wasser bereits einen Meter hoch. Es war lehmfarben, die Dreckpfütze eines Riesen. Wer würde dort baden wollen? Ich erinnerte mich, wie klar das Wasser in meiner Kindheit gewesen war, auch das Wasser im Meer. Wie man beim Angeln immer bis tief auf den Grund und sogar die Fische sehen konnte. Jetzt nicht mehr.

»Wenn mehr Wasser drinnen ist, können wir Stämme vom anderen Ufer herüber flößen«, meinte der Nachbar.

Wir? Ich äußerte mich nicht.

»Drüben am anderen Ufer stehen ein paar Bäume, die könnte ich fällen. Es macht bestimmt Spaß sie zu Wasser zu lassen.«

»Und Fischers Fritze fischt frische Fische?«, fragte ich.

Er lachte. Er war kindlich froh, dass ein Tausendstel der Arbeit fertig war. Mit dieser Einstellung sind auch die Pyramiden entstanden, was nicht bedeutet, dass sie irgendeinen Nutzen hätten.

»Die Hütte hält ewig«, freute er sich.

»Ihr Aufbau dauert ewig«, korrigierte ich. Aber er behauptete, dass dicke Balken, die auf Natursteinen ruhten, ewig hielten, man müsse nur daran denken, das Dach in Ordnung zu halten. Eben, eben. Ich trank schlürfend von meinem Bier und musterte die ramponierten Stufen am Stall, die der Nachbar im vorigen Sommer angefertigt hatte und die fast auseinanderfielen.

»Die Ewigkeit ist eine kurze Zeit. Ein paar Jahre«, sagte ich, doch der Nachbar kündigte an, das werde sich jetzt ändern. Er habe es satt, dass nichts von Dauer sei. Ich hörte mir seinen Satz ruhig bis zu Ende an und erklärte ihm dann, wie sehr unsere heutige Gesellschaft auf schlechter Qualität basiere. Würden die Dinge halten, würde die Wirtschaft stillstehen, die Menschen würden ihren Arbeitsplatz verlieren und überflüssig werden. Der Nachbar bestätigte das, sagte aber, dass er die Gesellschaft diesbezüglich gestützt hatte, indem er Fehlkäufe tätigte.

»Nehmen wir nur mal die Werkzeuge«, sagte er. »Ich kaufe immer zunächst ein Durchschnittsgerät, das eindeutig teuer, aber von schlechter Qualität ist, sodass es bloß einen Sommer hält und zur Arbeit nicht wirklich taugt. Danach kaufe ich ein entsprechendes außerordentlich teures Gerät und bin zufrieden. Eine Variation davon ist, dass ich zunächst zwei Durchschnittsgeräte kaufe und danach ein hochwertiges. Bei Kompressoren kaufe ich zunächst zehn schlechte. Momentan ist Nummer sieben im Gange.«

Ich nickte. Das war ja nun so dumm, wie es nur irgend ging. Ich selbst bemühte mich, vor der Kaufentscheidung gründliche Preis- und Qualitätsvergleiche anzustellen. Deshalb konnte ich auch sagen, dass ich so gut wie nie schlecht einkaufte. Der Nachbar erläuterte seine Philosophie genauer.

»Vor ein paar Jahren habe ich einen Zaun gebaut. Als Pfähle benutzte ich alte Heureiter, die ich auf dem Hof fand. Der Zaun wurde richtig gut, außer dass jetzt, nach zwei Jahren, die Pfähle morsch sind, weil sie nicht imprägniert waren. Also muss ich die ganze Geschichte noch mal machen. Aber das stört mich nicht. Dann habe ich wenigstens genug zu tun.«

Ich musterte diesen einen und einzigen Kiefernstamm, auf dem wir saßen und den wir in gemeinsamer Anstrengung platziert hatten. Zu tun wäre wirklich genug, so viel war sicher.

Ich wollte es laut aussprechen, wurde jedoch durch ein Kind des Nachbarn gestört, das in der Haustür stand und schrie, als würde es geschlachtet. Papiiiiii. Er reagierte in keiner Weise. Ein neuerlicher Schrei. Der Nachbar blickte zwar leicht verärgert drein, rührte sich aber immer noch nicht. Als der Schrei ein drittes Mal über den Hof schrillte, rief der Nachbar so laut, wie es seine Lungen hergaben: »Ich hab doch gesagt, ihr sollt nicht schreien!« Er holte tief Luft, sammelte Kraft und rief noch lauter als zuvor: »Schrei nicht, sondern komm her, wenn du was willst!«

Kurz darauf kam das Kind angerannt und erklärte, dass beim Computer der Ton nicht funktioniere. Der Nachbar zuckte die Achseln und sagte, umso besser. Es sei eine Sünde und Schande, an einem so schönen Tag am Computer zu hocken.

Enttäuscht rannte das Kind ins Haus zurück. Es war nicht sein Sommertag. Der Nachbar sah seinem Kind nach und fing an, von seinen Computern zu erzählen. Seine Art, von einem Thema zum anderen zu springen, war irritierend.

»Meine erste Berührung mit den Dingern hatte ich, als ihr Speicher zwanzig Kilobyte betrug, was ungefähr der Gedächtnisleistung in der kommunalen Demenzstation an einem Urlaubstag entspricht.«

Ich erinnerte mich, dass ich ein Gerät mit vierundsechzig Kilobyte besessen hatte, also eine etwas bessere Version.

Der Nachbar erzählte weiter, dass er sich auch schon frühzeitig das Internet erschlossen habe.

»Als ich für die Zeitung eine Story über diese neue Erfindung machte, versahen wir sie mit der grafischen Illustration *ww,* weil keiner wusste, dass es drei Buchstaben sein mussten.«

»Die Kunst des Journalisten besteht darin, sich zu informieren«, sagte ich.

»Heutzutage ist es einfacher. Die Kinder sind mit der virtuellen Welt aufgewachsen. Als ich den Jüngsten neulich zum Essen rief, rief er zurück: Ja, ja, ich speichere bloß noch schnell ab. Und als ich meinen Achtklässler wecken wollte, sagte er schlaftrunken, ja, klar, würde ich ja, aber ich weiß nicht die Schriftgröße.

Ich rollte die Augen und äußerte die Vermutung, dass die Reservistentätigkeit nicht mehr in starken Händen liegen werde, wenn diese Kindergeneration ins Erwachsenenleben eintritt. Sie haben ja alle nur Sitzmuskeln.

Der Nachbar war anderer Meinung und behauptete, hier spreche das für Erwachsene typische Bedürfnis, Kinder und Jugendliche zu kritisieren.

»Es ist ein bisschen wie Hirnschwund, nur unheilbar«, sagte er. »Das Sitzen am Computer gilt als ein Anzeichen höchster Dekadenz, die die Welt zugrunde richten wird.«

»Aber das trifft doch zu«, behauptete ich.

Der Nachbar widersprach heftig und erinnerte daran, dass jede Generation gleich ist. Mal ist das Schrecknis die Rockmusik, mal sind es Comics, mal das Lesen, mal etwas anderes.

»Heutzutage wird drohend verkündet, dass beim Starren auf den Bildschirm das Augenlicht schwindet, das Gehirn mangels Nutzung schmilzt, die Gesundheit kaputt geht und Krankheiten des Bewegungsapparates entstehen.«

»Computerspielen kann jedenfalls nicht sehr gesund sein.«

»Als Hobby immer noch besser als Klebstoffschnüffeln«, fand der Nachbar.

Darauf wusste ich nichts zu sagen, aber mein Glaube an kommende Generationen wurde nicht gerade gestärkt, als das Kind von vorhin erneut aus dem Haus kam, wahrscheinlich frustriert durch die Stille und Tonlosigkeit. Es musterte abschätzend unseren Baumstamm und fragte:

»Wann kann man denn eigentlich rein in die Sauna?«

18

Ich schaffte mir ein Fernglas an. Als ich einkaufen war, tauchte dort ein Ausländer auf, vermutlich ein Rumäne, und wollte ein äußerst praktikables Gerät zu einem Spottpreis verscherbeln. Wahrscheinlich war es gestohlen, sodass ich zweimal überlegen musste, ob es angeraten war, so etwas zu kaufen. Ich redete mir ein, dass der Diebstahl bereits passiert, der Schaden somit bereits entstanden war. Außerdem brauchte ich ein Fernglas. Auf diese Weise verringerte sich überdies auch die Menge gestohlener Ware im Straßenhandel, und der Rumäne, obwohl anscheinend ein Dieb, bekam ein wenig Geld, mit dem er sich vielleicht aus dem größten Elend befreien konnte.

Mit dem Fernglas konnte ich wunderbar bis ins Haus des Nachbarn hineinsehen – bei Gegenlicht gelang es natürlich nicht, aber abends, wenn die Sonne weg war, war die Sachlage anders. Ich schaute natürlich nicht ins Heim des Nachbarn, aber es machte Spaß, vom Küchentisch aus zu verfolgen, was auf der anderen Seite des Zauns geschah. Das Treiben der Nachbarsfrau habe ich auch schon ein bisschen beobachtet, ebenso das der Vögel im Hofbaum. Und natürlich den Nachbarn. Ich habe mich von der Baustelle ferngehalten, damit er sich nur ja nicht einbildet, ich mit meinen Ischiasbeschwerden würde Stämme rollen.

Um ehrlich zu sein, mit dem Fernglas sieht man sogar besser, als wenn man direkt danebensteht. Ich sah, dass der Nachbar sich einen Flaschenzug besorgt hatte, mit dem er die Stämme an ihren Platz zog. Die Arbeit schien zu klappen. Er hatte auch damit begonnen, das Holz zu kerben, saß rittlings auf dem Stamm und ließ die Elektrosäge singen.

Als ich das Fernglas genauer auf seine Säge richtete, sah es so aus, als nehme er mit Hausmitteln Amputationen vor; er ging derartig sorglos mit der Maschine um, dass es an ein Wunder grenzte, sollte er nach Abschluss der Bauarbeiten noch alle Gliedmaßen haben.

Ich schwenkte das Fernglas ein wenig und sah, dass seine Frau aus dem Haus kam. Sie fing an, den Rosenstrauch zu beschneiden. Was hatte sie doch für hübsche Hände. Rosen zu beschneiden erfordert Genauigkeit. Schnapp, schnapp, entfernte sie überflüssige Zweige, sammelte sie in eine Schubkarre und brachte sie auf den Kompost. Ich nahm das Fernglas mit und ging nach draußen.

Der Lärm auf der Baustelle war ungeheuerlich. Der Nachbar sägte die Köpfe der Balken zu Sechsecken, indem er den Stahl bei voller Umdrehung auf und ab gleiten ließ. Sägemehl flog umher, und die Säge jaulte. Wenn er die Spitze schließlich fertig hatte und die Maschine ausschaltete, war es ein bisschen so wie an der Ostgrenze am 19. September 1944, als die Waffenruhe in Kraft trat: In den Ohren rauschte und dröhnte es noch eine ganze Weile, aber die Zukunft kündete von Stille. Immerhin trug der Nachbar Gehörschutz. Er begrüßte mich fröhlich und winkte mich heran, wollte mir zeigen, was er geleistet hatte.

Der Rahmen war an Ort und Stelle, die Form der Hütte bereits erkennbar, auf einer Seite der Aufenthalts- und auf der anderen der Saunaraum. Der Nachbar hatte die Fußbodenleisten eingesetzt, die er zwischen der ersten und zweiten Lage Balken befestigt hatte. Gerade war er dabei, das letzte Exemplar der zweiten Lage Balken zu platzieren. Er blickte prüfend, markierte mit dem Stift die Stellen, die eingekerbt werden sollten.

Für meine Begriffe hatte er recht großzügig gesägt. Es würden gar keine Fenster nötig sein, wenn das Tageslicht zwischen den Balken hindurchschiene. Im Winter wäre das problematisch.

»Das wird eine kalte Sauna, wenn einfach nur Balken übereinandergeschichtet sind. Da dringt der Wind ein und der Frost ebenfalls«, sagte ich.

»Es kommt eine Isolierung dazwischen«, versicherte der Nachbar und deutete mit einem Kopfnicken auf schwarze Müllsäcke, die innerhalb des Gussrahmens standen.

»Müll?«

»Torfmoos.«

Das ließ mich verstummen. Der Nachbar sah mein ungläubiges Gesicht und beeilte sich zu erklären: »Die Balken halten gut die Wärme. Zwischen ihnen ist nur eine dünne Schicht Isolierung als Windschutz nötig.«

»Torfmoos wächst nicht in Schichten.«

»Stimmt«, bestätigte er und erzählte, dass er zunächst im Baumarkt Flachsisolierung gekauft hatte, die man fertig zugeschnitten bekam, aber die war so teuer, dass wahrscheinlich Goldstaub daruntergemischt war.

»Sie war zehnmal teurer als gewöhnliche Wolle.«

»Warum nimmst du nicht gewöhnliche Wolle?«

»Geht nicht. Wolle saugt Feuchtigkeit auf und trocknet niemals. Sie zerstört die Balken.«

Der Nachbar hatte berechnet, dass es, da Flachs so teuer war, günstiger wäre, in einem Textilgeschäft Leinenkleidung zu kaufen. Für den Preis eines Sacks Flachsisolierung bekäme er angeblich zwanzig Leinenkleider.

»Magst du Leinenkleider?«, fragte ich.

»Ich wollte damit nur sagen, dass ich gezwungen war, mir etwas anderes auszudenken.«

»Torfmoos«, sagte ich.

»In früherer Zeit wurden sämtliche Häuser mit Moos isoliert.«

»Woher wusstest du, was das richtige Moos ist?«

»Ich habe im Internet nachgesehen. Dort war eine Abbildung. Aus purem Interesse habe ich als Suchbegriff auch noch Moos plus Sex eingegeben und bekam vierhundertvierunddreißig Treffer.«

Ich dachte einen Moment über Moossex nach. Wie mochte der sein? Oder bedeutete es Sex im Moosbett? Da würden dann Tannennadeln im Rücken pieken, und Insekten würden stechen. Mit ein bisschen Pech hätte man ein Ameisennest direkt unterm Hintern.

»Wo kriegt man denn das Torfmoos?«, fragte ich.

»Der Wald da drüben ist voll davon«, sagte der Nachbar und deutete mit der Hand zu einer Baumgruppe hinüber. Er fing an zu erzählen, wie er angeblich die Flinte geladen hatte und in den Mooswald aufgebrochen war. Dabei tat er, als würde er mit der Büchse in der Hand herumschleichen. Es sah lächerlich aus.

»Moos ist eine leichtere Beute als beispielsweise der Elch, denn Moos hat keine Angst vor Menschen. Außerdem ist es langsam, sodass man es mühelos einsammeln kann«, sagte der Nachbar. »In sechs Minuten war der Müllsack voll, und der Preis geht gegen null.«

Ich schüttelte den Kopf. Die Sachen aus dem Baumarkt waren dann doch besser, denn sie waren produktentwickelt. Es war unbedacht, sich einfach irgendwelches Zeug aus dem Wald zu holen.

Im Wald raschelte es, und ich blickte auf. Es war kein Tier, sondern ein Kind des Nachbarn. Es schleppte einen Müllsack, der so groß war wie es selbst, und erklärte, es habe die Arbeit erledigt. Der Nachbar dankte ihm und sagte, er werde später bezahlen. Das Kind stellte den Sack ab und verschwand. Neugierig sah ich hinein, der Sack enthielt Moos. Das Kind wollte sich dem Vernehmen nach ein Quad kaufen, und der Nachbar hatte versprochen, die Hälfte davon zu zahlen. Er sah dem Jungen nach und sagte:

»Der Bengel ist ziemlich hartnäckig. Womöglich schafft er es. Allerdings hat er ausgerechnet, dass er jetzt siebzig Euro hat, und wenn er noch zwei dazu bekommt, hat er vierhundert Euro, das Quad kostet aber sechshundert, also braucht er noch tausend Euro.«

»Der Junge lässt sich so leicht nichts vormachen«, sagte ich.

»Nein.«

19

Der Nachbar hatte etwas von einem Renaissancemenschen an sich: Er wollte gern sein Baumstammtransportsystem optimieren und glaubte, dass sich dafür am besten ein Hebebaum eignete. Neben der künftigen Saunahütte wuchsen Bäume, die auf jeden Fall gefällt werden mussten, und einer von ihnen stand nach Meinung des Nachbarn genau an der richtigen Stelle. Er beschloss, ihn in drei Metern Höhe zu kappen, um am stehen gebliebenen Teil eine Hebelstange befestigen zu können. Die Vorrichtung wäre dann ungefähr so wie die bei den alten Brunnen. Einen Baum in drei Metern Höhe zu fällen ist nicht ganz einfach, wenn man nicht zufällig zwanzig Meter groß ist, und das war der Nachbar nicht.

Zunächst baute er ein kleines Gerüst neben dem Baum und kletterte hinauf. Dort oben befestigte er dann ein Seil am Baum, band das andere Ende um einen entfernt stehenden zweiten Baum und brachte dazwischen den Flaschenzug an. Die Idee war, den Baum fast ganz durchzusägen und ihn dann mithilfe des Flaschenzuges zu zwingen, in die richtige Richtung zu fallen.

Das Unternehmen wirkte recht gefährlich, sodass ich mir einen Platz in sicherer Entfernung suchte. Der Nachbar ging nach Plan vor und fing an zu sägen. Er sägte den Baum so weit an, dass ein kräftiger Windstoß ihn hätte zu Fall bringen können. Dann sprang er vom Gerüst herunter und lief zum Flaschenzug, wobei er genau aufpasste, dass ihm der Baum nicht auf den Kopf krachte. Viel musste der Flaschenzug nicht leisten, da fiel der Baum auch schon, noch dazu in die richtige Richtung. Der Nachbar wirkte zufrieden.

Als Nächstes hackte er den übrig gebliebenen drei Meter hohen Stumpf so ein, dass er eine Y-Form bekam und so den Hebelarm aufnehmen konnte. Als solcher sollte eine sieben Meter hohe, etwas dünnere Fichte dienen. Der Nachbar schwenkte seinen Hebelarm hoch und runter. Das Ding erinnerte fatal an eine Kreuzung zwischen dem Schiefen Turm von Pisa und einem Heureiter und sah so gefährlich aus, dass sogar die Arbeitsschutzbeamten im fernen Brüssel bei seinem Anblick in Ohnmacht fallen würden. Ich konnte mir absolut nicht vorstellen, dass sich damit Gegenstände heben ließen, die mehr als zehn Kilo wogen. Ich ging hin und probierte. Der Hebel fühlte sich leicht an. Ich stellte ein paar Berechnungen an und sagte:

»Die Stämme würden nur noch zweihundert Kilo wigen, wenn du einen vierzehn Meter langen Hebelarm hättest.«

Er sah mich verdutzt an:

»Und mit einem sieben Meter langen?«

»Dreihundert Kilo.«

»Der Hebel müsste also zig Meter lang sein, damit er nützt.«

»So ist es.«

»So lange Bäume habe ich nicht.«

»Nein.«

Eine Weile hing der Nachbar an seinem Kran wie ein Kleinkind am Klettergerüst, schwang sich hin und her, sodass sein Bauchnabel zu sehen war. Es schien ihm nichts auszumachen, dass die vielversprechende Laufbahn als Kranprojektierer schon an der ersten Arbeitsdemonstration gescheitert war.

»Wir nehmen das Monstrum nicht in Gebrauch«, entschied er, wobei er mit seiner Wortwahl auch mich zum Beteiligten an seiner katastrophalen Produktentwicklung machte. »Es kann hier stehen bleiben, um künftige Generationen daran zu erinnern, wie früher Häuser gebaut wurden.«

Ich nickte, konnte mich aber nicht enthalten, ein wenig zu sticheln:

»Man muss dieselbe Sache zwei-, dreimal machen, dann entsteht Qualität.«

Seine Augen funkelten amüsiert, als wunderte er sich, warum ich eine so selbstverständliche Sache vorbrachte. »Das Leben ist nun mal so, unvorhersehbar.«

»Manches kann man sehr wohl vorhersehen«, widersprach ich.

»Aber will man das? Wenn man alles vorher weiß, wird das Leben langweilig. Das Anarchismuselement fehlt.«

Ich erklärte dem Nachbarn, dass ich persönlich jedenfalls ausgezeichnet ohne Anarchismuselemente auskam. Er fing an, sich mit der Axt die Nägel zu schneiden und sinnierte: »Vielleicht sollte man Misserfolge wie diese als notwendiges Übel mit erzieherischer Wirkung betrachten.«

Er riss ein Nagelstück ab und schnippte es in die Luft. Dann erzählte er, dass der Freund eines seiner Kinder in seinem Zimmer das Gemälde eines Schutzengels hängen hatte. Der Junge hatte sich darüber gewundert, dass im Haus seines Freundes, also beim Nachbarn, keines hing, und gesagt »ich dachte, das ist obligatorisch«.

Der Gedanke ließ uns verstummen.

»Ein obligatorischer Schutzengel wäre an sich nicht übel«, unterbrach der Nachbar schließlich die Stille.

»Dafür gibt es das Arbeitsschutzgesetz«, erklärte ich.

Der Nachbar betrachtete seine Hebevorrichtung, die vom Arbeitsschutzgesetz nicht geschützt war. Er antwortete nicht, sondern gab dem Balkenkopf, den er mit der Motorsäge vorgeformt hatte, mithilfe der Axt den letzten Schliff. Die Axt war nach seinen Maßstäben ein Präzisionswerkzeug. Als er mit dem Ergebnis zufrieden war, nahm er Moos aus dem Müllsack und verteilte es auf dem vorigen Balken, ehe er den neuen einsetzte, erst das eine Ende, dann das andere. Im Ergebnis fiel das Moos herunter. Er versuchte es erneut, aber wieder landete das Moos auf der Erde.

»Ich muss mir ein ordentliches Hebegerät besorgen«, schimpfte er.

Ich deutete mit dem Finger auf den neu gefertigten Hebelarm. Der Nachbar schnaubte nur. Er würde sich vom anderen Nachbarn einen Traktor mieten oder leihen, und dazu einen Greifarm, wie er im Forst verwendet wurde

Ich musste mir eingestehen, dass er ein unglaublich optimistischer und zukunftsgläubiger Mann war. Manch einer wäre bei so vielen Missgeschicken in die Knie gegangen, aber er strampelte einfach weiter, und statt aufzugeben, konzentrierte er sich darauf, Mittel zu ersinnen, mit denen er die Berge von Missgeschicken überwinden konnte. Ich wunderte mich laut darüber, woher er seinen Zukunftsglauben nahm.

»Hoffnungsfreudigkeit und Zukunftsglaube sind wichtige Tugenden, vor allem wenn man sich Kinder angeschafft hat«, antwortete er. »Außerdem hat das Leben gezeigt, dass tiefer Pessimismus unbegründet ist.«

»Wieso?«, fragte ich.

Er setzte sich und sammelte für einen Moment seine Gedanken. Dann sagte er:

»Zum ersten Mal sollte meine Welt in einem Atomkrieg vernichtet werden. Damals war ich knapp zehn Jahre alt. Danach wartete ich mit der Uhr in der Hand, wann die biologische Kriegsführung dazu führen würde, dass wir alle krampfhaft nach Luft ringen und qualvoll krepieren. Das ist nie geschehen, aber zum Glück gab es den sauren Regen, der sämtliche Wälder südlich und nördlich von Turku vernichten sollte. Die Meere müssten nach menschlichem Ermessen derzeit so verunreinigt sein, dass das Mittelmeer schon völlig tot wäre, und wenn man in die Ostsee ginge, würde man sich auflösen – in Wirklichkeit wird man dort höchstens schmutzig.«

»Das alles sind ernste Bedrohungen«, sagte ich.

»Die Bevölkerungsexplosion sollte angeblich dazu führen, dass die Erde aus ihrer Bahn gerät, weil die Menschenmassen zu viel wiegen – oder so ähnlich. Dann gab es mehrere für die Menschheit tödliche Krankheiten, wie AIDS und Ebola. Ganz zu schweigen davon, dass Meteoriten uns schon vor einer ganzen Weile hätten vom Esstisch wegwischen müssen. Oder ein unterirdischer Supervulkan. Momentan lässt der Klimawandel den Meeresspiegel ansteigen und die Menschen ertrinken, er verursacht Krankheiten, vernichtet Ernten und holt sogar die Asche aus dem Ofenloch, sodass man sie sich nicht mal aufs Haupt streuen kann.«

Er machte eine Kunstpause und fuhr fort: »Ich meine einfach, dass man da zwangsläufig ein bisschen skeptisch wird, was den Weltuntergang angeht.«

»Der wird schon noch kommen«, beruhigte ich ihn. »Wart's nur ab. Die Wissenschaft ist zu unglaublichen Dingen fähig.«

Ich war mir sicher: Die Erfindungskraft der Menschen, besonders der Ingenieure, ist so unerschöpflich, dass die Zerstörung eines ganzen Planeten nur eine Frage der Zeit ist. Das ist an sich natürlich nicht gut, zeigt aber, wie grenzenlos die geistigen Fähigkeiten des Menschen sind.

Der Nachbar musterte die Blumen, die an der Stallecke wuchsen. »Die sind wahrlich dauerhaft, kommen jedes Jahr wieder aus der Erde. Nichts ändert sich.«

»O doch«, widersprach ich.

Er betrachtete seinen Hof und vier seiner Kinder, die in der Schaukel saßen und so kräftig Schwung gaben, dass sie bald alle herausfallen und sich an den Steinen den Kopf stoßen würden.

»Ich mag keine Veränderung«, sagte er.

»Die Veränderung fragt nicht nach Erlaubnis«, erwiderte ich und dachte an meine Frau, die auf diese Weise gestorben war und eine Veränderung bewirkt hatte, die sich nie aus den Gedanken verdrängen ließe.

»Ich fürchte die Veränderung«, sagte der Nachbar. »Eine Veränderung birgt immer die Möglichkeit einer Wendung zum Schlechteren.«

Noch abends dachte ich über diese Worte nach. Der Nachbar hatte etwas sehr Widersprüchliches an sich. Wie kommt es, dass ein Mensch, der ständig seine Umgebung umgestaltet, die Veränderung fürchtet? Ich spähte mit dem Fernglas über den Zaun und hoffte, wenigstens flüchtig die Nachbarsfrau zu sehen, aber das Gelände war leer, und mir kamen die Tränen. Ich verstehe nicht, warum. Ich wischte mir die Augen und legte das Fernglas auf den Tisch. Im Fernsehen kam das Studio A. Ich sah mir an, wie trist die Welt ist.

20

Ich war ein paar Tage von zu Hause weg, denn ich musste in den Norden fahren, zur Beerdigung meiner Tante. Krebs. Im Rahmen dieser Fahrt besuchte ich meine alte Mutter. Bevor ich die Fahrt antrat, kaufte ich ein paar Zimmerpflanzen und fragte die Nachbarsfrau, ob sie ihnen inzwischen Wasser geben könne. Sie versprach es natürlich, sodass ich ihr erzählte, wo ich den Zweitschlüssel aufbewahrte. Das habe ich bisher niemandem verraten.

Als ich zurückkam, lagen auf dem Tisch meine Post und frisch gebackener Kuchen, keine Nachricht, nur die Kuchenstücke. Den Blumen ging es offensichtlich gut. Ich kostete den Kuchen. Der Geschmack von Zimt und Zucker erinnerte mich an ein lange zurückliegendes Wohlgefühl, das verbunden war mit Sorglosigkeit und der Gewissheit, dass auch an diesem Tag nichts Wichtigeres zu erwarten war als Kuchenessen und Ferien und Nichtstun und Kindheit.

Ich fragte mich, welche Botschaft mit dem Kuchen verbunden war, und ob überhaupt. Aber mit allem ist eine Botschaft verbunden. Jede Handlung des Menschen ist Kommunikation. Unter der Bedeutung lagert noch die versteckte Bedeutung. Welches war die versteckte Bedeutung beim Kuchen? Ich kam auf mehrere.

Ich packte den Koffer aus, legte die schmutzigen Sachen zum Waschen heraus und brachte den Koffer in die Kammer. Dann sah ich meine Post durch. Reklame und Zeitungen, sonst nichts. Ich schaute hinaus und entdeckte, dass die Hütte des Nachbarn weiter in die Höhe gewachsen war. Der Traktor mit dem Greifarm hatte die Arbeit beschleunigt. Der Nachbar befand sich nicht auf seiner Baustelle. Ich ließ den Blick über das Grundstück wandern, und hinter einem kleinen Fichtenhain sah ich Bewegung. Der Nachbar schien dort Brennholz zu hacken. Er hob die Axt sehr hoch und schlug auf den Kloben ein, dass der sich ohne zu murren in zwei Teile und noch mal und noch mal in zwei Teile spaltete. Ich nahm das Fernglas und sah, wie dem Nachbarn der Schweiß über die Stirn rann, als er das Holz auf einen großen Haufen warf. Dieser bestand hauptsächlich aus alten, mit Nägeln durchsetzten Brettern, aber jetzt gesellten sich auch Scheite dazu.

Als ich ankam, sah ich sofort, dass der Nachbar schlechte Laune hatte. Er und seine Frau hatten bestimmt wieder gestritten. Er pflegte stets Holz zu hacken nach einem Streit. Im kommenden Winter hätte er viel zu verbrennen. Ich setzte mich auf den zweiten Hackklotz und ärgerte mich, dass ich nicht rauchte, denn jetzt war gerade solch ein Moment, in dem es sich gut gemacht hätte, eine Zigarette anzuzünden. Der Nachbar schäumte, mochte aber mir gegenüber nicht lange den Wüterich spielen, ich hatte ja nichts getan, war sogar ein paar Tage weg gewesen.

»Was ist?«, fragte ich.

»Die Frau zankt mit mir.«

»Warum?«

»Ich habe ein bisschen den Schornsteinfeger gespielt.«

Ich wartete ab. Der Anfang klang vielversprechend.

»Ja, sieh mal, ich bin von meinen Anlagen her …«, sagte er und ließ die Axt auf einen kleinen Baum niedersausen, » … unerhört begabt und kann in jedem beliebigen Beruf arbeiten.«

»Wie schön für dich«, sagte ich.

»Der Schornstein der Haussauna musste gefegt werden, aber auf dem Dach fehlt eine Gehbrücke, sodass der Schornsteinfeger dort nicht hinkann. Arbeitsschutzbestimmungen, verstehst du.«

Ich nickte. Mit Arbeitsschutzbestimmungen war nicht zu spaßen.

»Ich dachte, ich mache das selbst und habe mir den ganzen Krempel gekauft, den ein Schornsteinfeger benutzt. Ist überhaupt nicht schwer. Ein bisschen so, als würde man mit einer Flaschenbürste hantieren.«

Ich nickte erneut. Das konnte nicht gut enden.

Der Nachbar erzählte, dass er sich gerade einen neuen Saunaofen gekauft hatte. Dieser war noch nicht an der Wand installiert worden, sodass die entsprechende Wandöffnung abgedichtet werden musste, damit nicht der ganze Ruß in den Raum wirbelte. Der Nachbar hatte seine Frau gebeten, so fest sie konnte eine Platte dagegenzudrücken.

Irgendwie ahnte ich, worauf die Geschichte zusteuerte.

»Dann nichts wie rauf aufs Dach. Unterwegs pfiff ich das Lied vom kleinen Schornsteinfeger. Ich hatte noch nicht lange gestochert, als von unten eine Schimpfkanonade zu hören war, wie man sie Hausfrauen gar nicht zutrauen würde.«

»Die Rauchklappe war nicht geschlossen?«, fragte ich.

»Sie befindet sich direkt auf Gesichtshöhe. Vom Gesicht meiner Frau ist der Ruß in ihren Pullover eingedrungen, in ihren Mund, ihre Nasenlöcher, und irgendwie in sämtliche Öffnungen, die es an ihr, in der Sauna und im Badezimmer gibt.«

»Oijoi.«

»Genau.«

Der Nachbar senkte den Kopf und dachte an seinen pechschwarzen Fehler. So niedergeschlagen hatte ich ihn noch nie erlebt. Bei den Eheleuten waren in der Folge gleich noch einige andere Dinge zur Sprache gekommen. Seit dem Eklat mit dem »Urwald« hatte es Spannungen gegeben, und die Verschandelung des Badezimmers und der Kleidung war da nicht hilfreich gewesen.

»Es wäre billiger gewesen, die Gehbrücke zu kaufen.«

»Inwiefern?«

»Unterhaltszahlungen sind teuer.«

»Hm.«

Ich tröstete ihn mit der Bemerkung, dass er nun immerhin sein Brennholz fertig hatte. Dabei hatte ich ständig das Bild seiner Frau mit rußgeschwärztem Gesicht vor Augen. Ruß lässt sich nicht so leicht entfernen, weder aus Fliesenfugen noch von menschlicher Haut.

Der Nachbar stieß mit den Füßen seinen Holzhaufen zusammen. Das Holz musste vor dem Regen in Sicherheit gebracht werden. Ich schlug ihm vor, er solle es doch zu einer Miete aufschichten.

Er sah mich entgeistert an.

»Eine Miete? Das hier ist keine verdammte Einrichtungssendung.«

»Eine Miete sieht toll aus«, beharrte ich.

»Eine Miete, Gott behüte«, sagte er und fing an zu erklären, dass nur noch die üblichen schnurgeraden Brennholzreihen schlimmer waren, die man in Eigenheimsiedlungen an den Häusern sah.

Ich fand, dass Brennholzstapel so sein mussten, aber nach Meinung des Nachbarn versteckten sich hinter dieser Geradheit irgendwelche aufgestauten Probleme.

»Wie ist es nämlich überhaupt möglich, sämtliche Holzscheite so zurechtzusägen, dass sie absolut gleich lang sind? Dafür braucht man Monate, und ganz gesund ist es auch nicht«, meinte er.

»Der Brennholzstapel ist der Spiegel der Seele. Nur gleich lange Scheite lassen sich so preußisch ordnen«, erklärte ich.

Der Nachbar musterte seinen eigenen Brennholzhaufen. Verfaulte, ungleichmäßig lange und in jeder Hinsicht undefinierbare Bretter, die sich für den Rorschach-Tintenkleckstest eignen würden. Er gab zu, dass sein Holzhaufen keinerlei Standards entsprach. Dann wandte er sich anderen Dingen zu. »Aber meine Hellas-Sammlung aus Birke ist jedenfalls einzigartig.«

Er winkte mir, ihm zu folgen, und zeigte mir Birkenstümpfe, die er auf einem kleinen Dach angeordnet hatte wie Skulpturen. Ihr gemeinsamer Nenner war, dass sie alle Torsos des männlichen Körpers waren, ein bisschen so wie ihre griechischen Vorbilder.

»Das hier sind Pimmelbirken«, erklärte er.

Er fummelte an einer der Birken herum, fasste ihren Ast und schwenkte ihn. Ich spürte eine leise Regung im Unterleib.

21

Ich merkte, dass ich immer öfter die Zeit an jenem Moment anhielt, als ich meiner Frau begegnet war. Es ist dreißig Jahre her, und mir ist immer noch nicht klar geworden, was sie gerade an mir fand. Sie hätte jeden haben können, aber sie nahm mich. Gerade so nämlich lief es ab. Sie kam zu mir, neigte leicht den Kopf und fragte, warum ich so traurig aussehe. Das verwirrte mich, denn ich hatte versucht, gleichgültig zu wirken, um zu verbergen, dass ich neu in der Stadt war, von weither stammte und niemanden kannte. Ich kannte nicht mal mich selbst, und zugleich zeigte sich die Welt hell und offen und zu groß, wie der Anzug eines Konfirmanden, der auf dem mageren Körper des jungen Burschen nicht recht sitzt. Wir warteten auf den Beginn der Vorlesung, und ich stand ein wenig abseits von den anderen Studenten, wie um an meiner Identität festzuhalten, obwohl da gar nicht viel festzuhalten war. Ich war verlegen und verwirrt, nach außen hin anscheinend aber nur traurig.

Von dem Moment an änderte sich alles. Ich erinnere mich an die Farbe ihrer Bluse und die Länge ihres Kleides. Sie war bunt von innen wie von außen, und ihre jungen schönen Augen blickten herausfordernd, lächelten aber stets. Sie lachte viel und war ein bisschen größer als ich, ein Umstand, der mich anfangs störte, an den ich mich aber rasch gewöhnte, denn sie war nun mal größer als ich auf vielerlei Weise.

Von da an waren wir immer zusammen. Oder wir waren es natürlich nicht, aber ich war es. Ich hängte mich an sie und suchte ihre Gesellschaft, wann immer es möglich war. Ich setzte mich in ihre Nähe, in der Gruppe blieb ich nicht mehr am Rande, sondern versuchte neben ihr zu sein, ihre Nähe zu atmen, ihr Lachen, ihre Worte, ihre Blicke aufzusaugen. Ich war in der Stadt nicht länger fremd, und mir selbst gegenüber auch nicht. Ich verwuchs derart mit ihr, dass sie mich irgendwann in Besitz nahm wie ein nettes Bild oder einen Sessel. Oder so kam es mir jedenfalls vor, denn ich konnte nach wie vor mein Glück nicht fassen und dachte deshalb zwangsläufig, dass es sich um etwas Geringeres als Liebe handelte, wenngleich mir schon das vollauf genügte.

Ich habe unsere Beziehung nie infrage gestellt, habe meine Frau niemals betrogen, habe ihr nicht mal einen Vorwurf gemacht, als sie aus unserem gemeinsamen Heim auszog. Dies geschah bald nach dem Studium, als wir trotz aller Bemühungen keine Kinder bekamen. Das bekümmerte sie und machte ihr Leben trostlos. Für mich hatte es keine so große Bedeutung, denn ich war schon glücklich, wenn ich nur mit ihr zusammen sein konnte. Vielleicht habe ich den wahren Ernst nicht erkannt, war ihr keine ausreichende Stütze, denn eines Tages war sie verschwunden.

Sie blieb einen ganzen Sommer fort. Wohnte in derselben Stadt, und ich sah sie ab und zu flüchtig, sie jedoch ignorierte mich. Ich schickte ihr Botschaften und bat sie zurückzukehren, aber ich bekam keine Antwort. Meine Welt brach völlig zusammen. Ich konnte nicht essen, aus der Arbeit wäre nichts geworden, aber zum Glück war Sommer. Ich hielt mich zu Hause auf und lauschte meinem Atem. Das war bedrückend, und ich hätte am liebsten aufgehört, zu atmen, zu schauen, zu hören, zu riechen, zu schmecken und mich zu erinnern. Doch dann kam sie zurück. Kurz vor Schulbeginn erschien sie, saß hier an diesem Küchentisch, bat um Entschuldigung, die ihr gewährt wurde. Ich musste gar nichts sagen, Tränen rannen mir über die Wangen, und ich wusste, dass ich mein Leben zurückbekommen hatte und dass es wertvoll war, wertvoller als alles andere.

Wir sprachen nie über jenen Sommer. Wir sprachen auch nicht mehr über Kinder. Unser Leben hatte sich verändert, es hatte eine tiefere, aber auch mattere Färbung angenommen, die es stets gibt. Aber obwohl sich die Achse der Welt gedreht hatte, hatten wir uns und unser gemeinsames Leben, das jetzt nur aus uns beiden bestand und das anders hätte sein können, wenn die Dinge anders gelaufen wären. Aber das waren sie nicht.

Vor drei Jahren blieb ich erneut allein, und einen Sommer, in dem sie wiederkommt, wird es nicht mehr geben.

Man möchte meinen, dass die Trauer nicht verblasst, aber das tut sie, sie verblasst und legt sich. Zugleich macht sie das Leben gleichgültiger und geschmacksärmer, es wird wie der Frühstücksbrei ohne Butterflöckchen. Und gerade deshalb bin ich so erstaunt, dass ich in letzter Zeit warme Regungen in meinem Leben verspürt habe, wie ich sie nie mehr für möglich gehalten hatte. Ein kurzer Blick von der Nachbarsfrau, ein Wort, selbst ein belangloses, ein Nicken, ein Lächeln. Ich glaube, dass sie weiß, wie ich mich fühle, und daran ist ja wohl nichts Falsches, warum sollte es? Vielleicht teilt sie ja sogar dieses Gefühl, denn ihr Mann ist nun mal so, wie er ist: physisch nah, aber psychisch fern.

Ich schüttelte die Gedanken ab wie Asbeststaub, der sich aufs Gemüt legt und dort einen dunklen Punkt entstehen lässt, den das Leben scheut. Ich nahm mein Fernglas und blickte zum Nachbarn hinüber. Er stand am Rand seiner Teichgrube und blickte hinein. Der Wasserspiegel war gestiegen, denn der Fels unten hatte Risse, aus denen Grundwasser austrat. Ein Teil war auch Oberflächenwasser und kam aus dem Wald.

Ich vergewisserte mich, dass ich ordentlich angezogen war, ehe ich das Haus verließ. Wenn man allein wohnt, wird man in diesen Dingen zuweilen nachlässig.

Der Nachbar schnippte Steine ins Wasser, aber so richtig klappte es nicht, denn er befand sich drei Meter über dem Wasserspiegel. Ich verstand ihn trotzdem. Steine hüpfen zu lassen beruhigt und bringt einem die Kindheit in Erinnerung, denn damals war dieses Spiel manchmal die wichtigste Beschäftigung des Tages. Mein persönlicher Rekord waren neun Hüpfer.

Die Steine des Nachbarn plumpsten nach unten wie Wasserbomben. Er schien erregt. Ich vermutete, dass die innerfamiliären Spannungen gewachsen waren, das war aber nicht der Fall. Er war lediglich beim Holzhandel gewesen und sagte, dass ihm immer noch die Knie zitterten. Es handelt sich um eine Metapher, aber mir fiel auf, dass er ziemlich hässliche Knie hatte.

»Auf den Rohstoffmärkten der Welt sind Gold, Platin und Diamanten passé«, sagte der Nachbar. »Leimholz hat sie verdrängt.«

Es stellte sich heraus, dass er, entgegen seinen Gepflogenheiten, die Baubestimmungen einhalten und eine stabile Dachkonstruktion aus Leimholzbalken anfertigen wollte.

»Das ist heutzutage die einzige akzeptierte Holzart. Aus dem Wald darf man kein Holz holen, weil es angeblich nicht hält. Nur aus alten Sperrholzstücken zusammengeklebtes Holz entspricht den Baubestimmungen.«

Wir betrachteten den Wald, der ziemlich jung war, aber ein paar alte Föhren ragten fast bis in den Himmel auf. Sie waren so dick, dass man nicht mit den Armen herumreichte.

»Die Baubestimmungen wiederum verlangen, dass, wenn aus dem Kosmos ein Mammut aufs Dach fällt, das Dach weiterhin oben bleiben muss. Ein gewöhnlicher dicker Baumstamm genügt nicht, denn der hält nur das Gewicht eines Elefanten aus«, sagte der Nachbar.

Er schätzte, dass nicht mal der Kilopreis der von Alvar Aalto entworfenen Stühle jenen von Leimholz übertraf. Seiner Meinung nach sollte Finnland Leimholz nach Oslo exportieren.

»Da würden sich die Norweger wohl wundern, wenn wir einen Kilometer Leimholz liefern und dafür die Ölproduktion eines ganzen Jahres verlangen.«

»Ja, ganz bestimmt«, bestätigte ich.

Er warf erneut einen Stein. Wenn er so weitermachte, würde sich sein Teich mit kleinen Steinen statt mit Wasser füllen. Er fuhr fort zu mosern und erklärte, dass ihm nicht klar sei, wann sowohl die Leute als auch die Behörden endgültig den Verstand verlieren würden, aber über kurz oder lang würde es unausweichlich dazu kommen.

»Die Baubestimmungen sind der beste Beweis dafür. Heutzutage kann man auf dem Bau keine Bewegung machen, die unter tausend Euro kostet. Warum müssen die Konstruktionen alle so beschaffen sein, dass sie sogar dann halten, wenn vierhundert Flusspferde zu Besuch kommen, wo es doch in Finnland nicht mal Flusspferde gibt?«

Ich wusste keine andere Antwort als die, dass ich den finnischen Behörden voll vertraute, sie wüssten schon, was vernünftig und haltbar war. Wenn Leim das Holz haltbar machte, dann war es eben so. Zertifikatstempel wurden nicht umsonst verteilt.

»Der Preis des Stempels ist schwer zu begreifen, es sei denn, es wurde dabei eine spezielle Tinte verwendet, die von einem seltenen Riesenkalmar stammt«, schimpfte der Nachbar.

»Sicherheit hat ihren Preis«, sagte ich und erkundigte mich, wo das Leimholz denn wäre, dabei blickte ich zur Baustelle hinüber.

»Nirgends«, erklärte der Nachbar. »Ich habe beschlossen, gewöhnliches Holz zu nehmen.«

»Im Wald gewachsenes? Das wird nicht halten«, sagte ich zweifelnd.

»Wir werden ja sehen«, sagte er störrisch.

Nachts träumte ich wieder von der Nachbarsfrau. Sie klebte Streichhölzer zu einem Haus zusammen. Sie war völlig unbekleidet, aber aus irgendeinem Grunde merkte ich es gar nicht. Oder ich merkte es, nahm aber weiter keine Notiz davon. Vielleicht war ich schon an sie gewöhnt. Ich erwachte und war vollkommen munter. Mir kam ein seltsamer Gedanke. Ich stand auf, schaltete meinen Computer ein und schrieb eine anonyme

E-Mail an den Bauinspektor der Kommune. Dann legte ich mich wieder schlafen. Das Bettzeug war kühl, und nirgendwo tat es mir weh, nicht am Körper und nicht in der Seele. Ich war vollkommen losgelöst von allem.

22

Ein paar Tage später fuhr beim Nachbarn ein fremdes Auto vor. Ein roter Toyota. Ihm entstieg der Bauinspektor der Gemeinde, ein Mann knapp über sechzig, klein und drahtig, im Gesicht gut aussehend, vom Charakter her aber bekanntermaßen fies, der geborene Kontrolleur.

Er musterte kurz die Umgebung mit den großen Bäumen, den riesigen Birken und alten Fichten, die er misstrauisch fixierte, so als wollte er sie sicherheitshalber absägen, ehe sie jemandem auf den Kopf fielen. So werden die Menschen mit zunehmendem Alter. Aus Sicherheitsgründen würden sie die ganze Welt asphaltieren, wenn sie nur könnten. Ich selbst würde das eher wegen der Ästhetik machen.

Der Nachbar kam aus dem Haus und schien verwundert. Der Bauinspektor sagte etwas, und sie gingen gemeinsam zur Saunahütte. Ich ging schleunigst ebenfalls hin. Der Bauinspektor sah sich abschätzend um, als ich eintraf. Ich nickte zur Begrüßung.

»Was ist mit dem Firstbalken?«, fragte der Inspektor.

»Inwiefern?«, wunderte sich der Nachbar.

»Wie willst du den machen?«

Der Nachbar erklärte ihm, dass er dafür einen dicken Kiefernstamm verwenden wolle. Der Bauinspektor schüttelte den

Kopf. Geht nicht. Eine so große Spannweite verlangt Leimholz, erklärte er.

»Gar nicht«, sagte der Nachbar und erinnerte dabei stark an sein zweitjüngstes Kind, das auf vieles genauso antwortete. Ich hatte das Kind unter anderem abstreiten hören, dass Wasser durstlöschend wirkt.

Ein wenig mitleidig sah der Bauinspektor den Nachbarn an. Widerspruch änderte die Welt nicht. Jedenfalls nicht, wenn er der Baubehörde gegenüber geäußert wurde. Der Nachbar knirschte mit den Zähnen und versuchte die Aufmerksamkeit des Bauinspektors auf etwas anderes zu lenken. Er zeigte auf eine windschiefe Hütte am Waldrand, ähnlich jenen, die man in den Vorstädten Brasiliens oder Indiens sieht. Sie war aus Bretterstücken, Baukunststoff, Styroxinplatten, Planen und Sperrholzstücken zusammengefügt. An einem Ende war sie mit einer Wäscheleine am Baum festgebunden, am anderen mit einem dünnen Nagel an einem Stamm befestigt. Der Nachbar argumentierte, dass sogar diese Hütte hielt und der Einsatz von Leimholz somit einfach übertrieben wäre.

Der Inspektor musterte das Machwerk der Nachbarstochter und nickte. Er ging näher heran, umrundete die Hütte, blickte hierhin und dahin, und als er die richtige Stelle gefunden hatte, holte er tief Luft und pustete. Nichts geschah. Er pustete erneut. Keine Wirkung. Er pustete ein drittes Mal, und diesmal war ich sicher, dass die Bude umfallen würde, aber sie fiel nicht.

Der Inspektor zuckte mit den Achseln, konstatierte, dass sich die Hütte in sachgemäßem Zustand befand, und fuhr zurück in sein Büro. Aus dem Autofenster heraus erinnerte er noch mal daran: »Leimholzbalken.«

Der Nachbar antwortete nicht, nickte nur lustlos. Als der rote Toyota hinter der Kurve verschwand, wandte sich der Nachbar der Hütte seiner Tochter zu, ging hin und trat mit dem Fuß dagegen. Ein Brett zerbarst, aber die Hütte stand immer noch. Stattdessen schrie der Nachbar vor Schmerz auf und fiel um. Er hatte es fertiggebracht, geradewegs in einen aus dem Brett ragenden Nagel zu treten. Dieser war gleich doppelt durch den Schuh in die Fußsohle eingedrungen: das erste Mal, als der Nachbar gegen das Brett trat, und dann ein weiteres Mal, als er vorwärtswankte und mit dem Fuß auftrat, in dem der Nagel bereits steckte. Ich ging zu ihm, um mir anzusehen, wie schlimm es war. Seine Augen tränten, und er brachte nur Jammerlaute heraus. Ich riss das Bretterstück von seinem Fuß, und er jammerte nur noch lauter. Es gelang ihm, sich Schuh und Strumpf auszuziehen. Der Fuß blutete, und in seiner Mitte befand sich ein sauberes Loch. Sehr schlimm sah es nicht aus, aber der Mann würde wohl eine Weile humpeln.

»Das muss gereinigt werden, damit du keinen Wundstarrkrampf kriegst. Bist du geimpft?«, fragte ich.

Er verzog schmerzhaft das Gesicht und nickte. Es war nicht das erste Mal, dass er auf einen Nagel getreten war.

»Jeden Sommer mindestens ein Nagel im Fuß«, sagte er und zog die Luft durch die Zähne ein. Ich bekam ein schlechtes Gewissen, denn dies war ja gewissermaßen meine Schuld, aber ich schob den Gedanken beiseite. Die Ursache-Folgen-Beziehungen sind ja nie so ganz eindeutig. Dinge passieren einfach.

Der Nachbar humpelte ins Haus. Als er die Tür hinter sich zuschlug, fiel die Bruchbude am Waldrand zusammen. Der

Beweis, wie ich fand, dass ich richtig gehandelt hatte und dass mit tragenden Dachkonstruktionen nicht zu spaßen war.

Gegen Abend hielt ich Ausschau nach dem Nachbarn, aber er war nicht zu sehen, obwohl ich das Fernglas auf sein Schlafzimmer richtete. Auch seine Frau konnte ich nirgends entdecken.

Auch an den folgenden Tagen hatte ich keinen Erfolg. Der Nachbar zeigte sich überhaupt nicht. Ich geriet schon in Sorge, bis er dann am dritten Tag wieder auf seinem Hof auftauchte. War es nicht so gewesen, dass auch Jesus am dritten Tag seine Nagelqualen hinter sich gelassen hatte?

Der Nachbar humpelte immer noch, war aber wieder vollauf mit seiner Arbeit beschäftigt. Er trug am Ufer des Teiches einen Hundert-Liter-Bottich, einen Sack mit weißem Inhalt, eine Gießkanne, eine Senkpumpe und eine Bohrmaschine mit aufgestecktem Mixer zusammen. Ich versuchte zu erraten, was er vorhatte. Etwas Verrücktes, so viel war sicher.

Als ich bei ihm ankam, schüttete er das weiße Mehl aus dem Sack in den Bottich; vielleicht war er ja Kokainhändler geworden. Dann ließ er den Bottich mit Wasser volllaufen und begann, den Inhalt mit seiner Bohrmaschine zu mischen.

»Kochtag?«, fragte ich.

»Akumit«, erwiderte er und deutete auf seinen Teich, der überraschenderweise fast bis oben hin mit Wasser gefüllt war. Es war gleichsam unbemerkt passiert, das Wasser war allerdings braun und sah sehr schmutzig aus. Der Nachbar erklärte, dass er das Wasser reinigen wolle.

Ungläubig schüttelte ich den Kopf. Das Wasser war so lehmig, dass die Hand nicht zu sehen war, wenn man sie hineinsteckte. Der Glaube des Nachbarn versetzte jedoch Berge. Er hatte im Wasserwerk angerufen und sich erkundigt, wie sie dort Trinkwasser herstellten. Der Prozess war einfach: Bei der Wasseraufbereitung ging es darum, dass Verunreinigungen aus dem Wasser entfernt wurden, also hauptsächlich Lehm. Das ließ sich bewerkstelligen, indem man eine Substanz hineingab, die den Schlamm und die übrigen Verschmutzungen band, infolge schwerer als Wasser wurde und auf den Grund sank. Diese Substanz musste lediglich erst in einer kleineren Menge Wasser aufgelöst und dann ins Teichwasser gemischt werden.

Der Nachbar stellte die Pumpe an, sodass der Minisee in Bewegung geriet. Dann griff er nach der Gießkanne und fing an, den Teich mit der Lösung zu begießen. Ich habe selten etwas so Idiotisches gesehen. Außer kurz darauf, als es anfing zu regnen. denn jetzt begoss der Nachbar seinen Teich mit der Gießkanne im Regen. Ich machte mit der Handykamera ein Foto.

Als er sein Gemisch ausgegossen hatte, sorgte die Pumpe dafür, dass das Wasser im Teich durchgerührt wurde.

»Jetzt muss man einfach nur warten«, sagte er. Der Regen hatte nachgelassen, und die Sonne lugte wieder hinter den Wolken hervor. Die Wasserpumpe jagte das Schmutzwasser ein paar Meter hoch, wie einen Springbrunnen, der seinen Schaltmodus vergessen hatte.

»Was macht der Fuß?«, erkundigte ich mich.

»Mich schmerzt eher die Leimholzgeschichte. Was hatte bloß dieser Inspektor hier rumzuschleichen!«

»Er macht nur seine Arbeit«, sagte ich.

»Ich habe mir deswegen einiges anhören müssen. Ein Inspektor kreuzt auf und überprüft mich wie einen Kriminellen.«

»Es hat deiner Frau nicht gefallen?«

»Nein, hat es nicht. Im Dorf wird angeblich schon geredet.«

»Was gehen andere Leute eure Angelegenheiten an!«

»Trotzdem ist es nicht gerade angenehm.«

Der Nachbar betrachtete die beiden Bäume, eine Birke und eine Kiefer, die auf der anderen Seite des Teiches wuchsen. Er denke sich immer, das wären er und seine Frau, erzählte er. Ich musterte die Bäume. Die Birke war eine Spur größer. Ich dachte an meine eigene Frau und an den Apfelbaum.

»Du bist die Kiefer?«, fragte ich.

»Natürlich«, erwiderte er. »Die Kiefer ist stachelig und ein bisschen krüppelig, was auf einen Mann hindeutet, wenn nicht auf sein Gemüt, so doch auf die Bartstoppeln. Die Birke wiederum ist besonders in jungen Jahren biegsam, aber auch dann noch schön anzuschauen, wenn sie älter ist.«

Er fing an, über den femininen Charakter der Birke zu sinnieren: Die Kinder kletterten an ihr hoch, genau wie an einer Mutter, und die Wärmeeigenschaften der Birke waren um ein Vielfaches besser als die einer Kiefer – wurde sie gereizt, lief sie mächtig heiß. Ich nickte. Der Nachbar fuhr mit seiner Aufzählung fort. Die Rinde der Birke war schön wie eine bei L'Oréal gekaufte Haut.

»Die Rinde der Kiefer wiederum erinnert an einen verschrumpelten Apfel oder überhaupt an eine Haut, die noch nie Feuchtigkeitscreme gesehen hat.«

Ich bestätigte es.

»Die Kiefer knackt, wenn sie verbrannt wird, die Männer knacken einfach so«, sagte der Nachbar.

Ich erinnerte ihn daran, dass Birke ein schönes Tischlerholz war und dass auch die Aalto-Möbel daraus angefertigt wurden. Aus Kiefer hingegen werden Fußbodenbretter hergestellt, und selbst bei Erfüllung dieser kleinen Aufgabe knarrten sie noch. Die Birke hatte einen teuren Geschmack und verstand es, sich vornehme Gesellschaft zu suchen – so führte zu Gutshäusern stets eine Birkenallee. Einen Kiefernwald hingegen fand man höchstens hinter einer verlassenen Kate.

»Die Birke riecht gut«, sagte der Nachbar. »Aus ihr wird Shampoo hergestellt, aus der Kiefer hingegen Teppichwaschpaste. Das Xylit der Birke ist gesund, während man aus der Kiefer Rindenbrot und Teer gewinnt, was beides scheußlich schmeckt. Außerdem geben die heutigen Kiefern gar keinen Teer mehr, weil sie so viel schwächer sind als die früheren. Die heutigen Kiefern sind so mürbe, dass man sie nur als Klopapier benutzen kann.«

»Und wenn der Mann nun kein Nadelbaum wäre?«, dachte ich laut.

Der Nachbar glaubte, dass der Mann dann eine Eiche wäre. Ich war mir dessen nicht so sicher. Es wäre natürlich großartig, eine Eiche zu sein, aber das würde auch bedeuten, dass man ungeheuer schwer und in seiner Entwicklung langsam wäre. Das gab der Nachbar zu:

»Und was soll man mit einem Mann anfangen, der am Ende so groß ist, dass rings um ihn nichts anderes mehr Platz hat.«

23

Ich lag auf dem Bett und dachte daran, was der Nachbar über die Eiche gesagt hatte. Auch ein Mensch kann anderen den Sauerstoff nehmen. Kann mit seiner Energie und seinen Ansprüchen alles um sich herum erdrücken. Ich bedauerte die Nachbarsfrau und sagte mir, dass ihr Leben vermutlich schwer war.

Mit mir zu leben war leicht. Ich bin so, wie es oft in Annoncen zu lesen ist: ordentlich, zuverlässig, ehrlich und humorvoll. Mit mir ist der Alltag stabil. Als meine Frau noch lebte, sorgte ich immer dafür, dass das Geld für den Urlaub da war und die Autos zur festgesetzten Frist, gern auch schon etwas eher, zur Inspektion kamen; auf mich war Verlass wie auf eine Eiche. Solche Menschen haben es allerdings nicht leicht in diesem Leben. Die Eigenschaften der Eiche sind Charakterzüge, die das ganze Leben tragen, aber dies so stoisch, dass der Betreffende nicht mal merkt, dass sich die Welt um ihn herum weiterbewegt, wie meine Frau einst konstatierte. Das kann auch durchaus schlecht sein.

Ich betrachtete die helle Paneeldecke des Schlafzimmers, in deren Spundung sich die Dämmerung einnistete, und ich dachte an jenes einzige Mal, da ich meiner Rolle nicht gerecht wurde und das in mich gesetzte Vertrauen enttäuschte. Im schlimmsten Moment, der sich denken lässt, war ich keine Stütze gewesen.

Es hatte schon eine Zeit lang angedauert. Meine Frau war müde, schwächelte und magerte ab, als würde sie jemand von innen aufzehren, was dann ja auch der Fall war. Sie ging zum Arzt und bekam die Diagnose: sofortige Operation.

Ich war völlig geschockt. Ich konnte an nichts anderes als an mich selbst denken und an das Elend, das mich getroffen hatte. Nach der Operation war ich keinerlei Hilfe. Ich saß auf dem Bettrand und brachte kein Wort heraus. Ich schaukelte hin und her, hielt die Hände im Schoß und wiegte sie in den Schlaf. Ich weinte viel und spürte Stiche im Magen, so als wäre die Geschwulst dorthin verpflanzt worden. Ich wagte meine Frau nicht zu berühren, weil ich fürchtete, sie würde sterben. Aber sie konnte mich beruhigen, und das Leben ging noch für einen flüchtigen Moment weiter, trotz meinem Verrat.

Nach der Beerdigung ging ich nach Hause und horchte auf die Geräusche im Haus. Das Haus hatte noch nie so viel gesprochen. Es schrie vor Leere und Frust, klagte über die Bedeutungslosigkeit und Unvollständigkeit des Lebens. Ich war wie betäubt, und das Leben kam nicht mehr in mich hinein, sondern wich nur noch aus mir heraus. Wenn ich auf den Hof blickte, sah ich gar nichts, projizierte stattdessen Erinnerungsbilder darauf. Auf diesen Bildern waren zwei Menschen.

Jetzt verläuft das Leben wieder in zwei Richtungen. Das hat die Zeit bewirkt. Die Zeit, von der es heißt, sie wäre linear, aber das ist sie nicht. Die Zeit springt auf Zickzackpfaden hin und her.

Ich warf mich in meinem Bett herum, konnte nicht schlafen. Die Luft und die Gedanken waren zu schwer. Ich stand auf und ging nach draußen, trat an den Apfelbaum heran und pflückte mir einen Apfel, obwohl er noch unreif war. Der bittere Geschmack ließ mich zusammenzucken wie nach einem leichten Stromschlag. Dann musterte ich die Saunahütte des Nachbarn, die in einiger Entfernung wie ein dunkler Klumpen aufragte, so groß, dass sie nicht zu übersehen war. Realität des Lebens: Jemand hat es für richtig befunden, gerade so etwas dort hinzustellen.

Ich ging rüber zur Sauna. Das Balkengerippe war fertig, es war in die Höhe geschossen, so wie im Frühsommer der Rasen sprießt, während man nur mal eben kurz wegschaut. Holz roch in der Nacht stärker als am Tag. Nachts war alles stärker. Ich setzte mich auf die Terrasse der Sauna und betrachtete den Teich. Die Nacht hatte ihn dunkel gefärbt, die Oberfläche war kaum zu erkennen. Bei genauerem Hinsehen schien es, als wäre der lehmige Charakter verschwunden, aber das mochte auf die Dunkelheit zurückzuführen sein. Ich musterte das Haus des Nachbarn und fragte mich, welche Träume man dort wohl hatte.

Plötzlich flammte in einem der Fenster Licht auf. Dann wurde auch im Flur Licht gemacht. Ich sprang schnell auf, rannte um die Ecke und dann weiter auf meine Seite. Ich wollte nicht mitten in der Nacht auf dem falschen Hof gesehen werden. Daheim setzte ich mich auf die Veranda und wartete. Beim Nachbarn klappte die Tür.

Dann wurde es still. Kurz darauf sah ich eine dunkle Gestalt zur Sauna gehen und am Ufer des Teichs haltmachen. Es war die Nachbarsfrau. Sie lehnte eine ganze Weile an der Mauer und wanderte dann um den Teich herum. Bei der Sauna blieb sie kurz stehen, so wie ich es vorhin gemacht hatte, und musterte das Gerippe abschätzend. Ich konnte natürlich nicht ihr Gesicht sehen, aber zumindest hatte ich selbst so die Balken gemustert.

Jetzt musterte ich abschätzend die Nachbarsfrau. Sie trug nur ein leichtes Nachthemd und sah aus wie eine Mittsommermaid, so eine, mit der man ins Heu geht. Was machte sie mitten in der Nacht draußen auf dem Hof? Vielleicht konnte sie auch nicht schlafen. Ich hätte ihr gern ein Zeichen gegeben, brachte es aber nicht fertig. Ich war hin und her gerissen: Mal war ich drauf und dran es zu tun, dann wieder nicht. Ich dachte an ihre Bekleidung, die warme Hochsommernacht, die durch Schlaflosigkeit bedingte Unruhe ... Im nächsten Augenblick begriff ich, dass ich ein Fantast war.

Schließlich ging sie wieder ins Haus, und ich erfuhr nicht, ob ich die richtige oder die falsche Entscheidung getroffen hatte. Ich war erleichtert und zornig zugleich. Hatte ich eine Gelegenheit verpasst, wie sie einem das Leben nicht oft beschert? Oder hatte ich durch mein Zögern alles gerettet?

Ich dachte an ähnliche Momente, die es in meinem Leben gegeben hatte, wenn auch nicht zahlreich. Sekunden, in denen das, was man sich wünschte, zum Greifen nah war, man jedoch in einem fahrenden Zug saß, und wenn man die Hand nicht genau im richtigen Moment ausstreckte, war die Gelegenheit vorbei, und zurück blieb nur ein großes Wenn. Wenn ich das und das getan hätte. Wenn ich es gewagt hätte. Wenn ich begriffen hätte. Das Leben sollte man lesen können wie ein Buch und sehen können, wie es aufgebaut ist, aber gerade das ist schwierig, denn man kennt die Fabel nicht und ist sich ständig im Unklaren, in welche Richtung man gehen soll.

Ich legte mich wieder ins Bett. Es war heiß, und ich warf die Decke weg. Ich war sicher, dass die große Chance meines Lebens an mir vorbeigegangen war. Ich sagte mir, dass der Mensch wie ein chinesischer Schraubenzieher war, von dem man immer wieder viel erwartete, aber immer wieder enttäuscht wurde.

24

Vom Hof des Nachbarn klang seit dem frühen Morgen seltsames Geklapper herüber. Ich war müde nach der schlecht durchschlafenen Nacht und versuchte mich umzudrehen und weiterzuschlafen, aber das Geräusch drang bis in den letzten Winkel meines Unterbewusstseins. Ich stand auf, kochte mir Kaffee und überflog zerstreut die Wirtschaftsmeldungen. Meine Aktienanlagen waren nicht gerade groß, aber klug gewählt. Im Lichte der Zahlen, die mir der Morgen bescherte, war ich wieder eine Spur vermögender.

Ich versuchte auszumachen, woher das Geräusch kam, das mich geweckt hatte. Zunächst sah ich gar nichts, aber dann entdeckte ich den Nachbarn, der mit einer Schubkarre auf dem Weg zur Sauna war. Auf seinem Hof stand ein fremder Lieferwagen.

Ich faltete die Zeitung zusammen und steckte sie in den Zeitungskorb. Ich musste ihn wieder mal leeren; ich kann Menschen nicht verstehen, deren Zeitungskörbe, und im schlimmsten Falle sogar die Zimmerecken, mit alten Zeitungen vollgestopft sind. Ganz als würde es große Mühe kosten, sie zu einem der Sammelpunkte zu bringen, an denen man täglich auf dem Weg zur Arbeit oder zum Einkaufen vorbeikommt. Ich beendete mein Frühstück, aß noch eine Toastscheibe extra und ließ mich draußen vor der Tür von der guten

Seite des Lehrerberufes begrüßen: Die Sonne schien, und die Welt wirkte freundlich.

Ich traf den Nachbarn mit seiner Schubkarre, als er dabei war, neuen Mörtel zu holen. Ein Maurer war drinnen in der Hütte damit beschäftigt, den Schornstein zu setzen.

»Warum machst du es nicht selbst?«, fragte ich.

»Die Welt braucht keine weiteren Türme von Pisa«, erwiderte er, schüttete Wasser in den Mischer und schaufelte ein Zement-Sand-Gemisch hinein.

Wir sahen zu, wie das Wasser allmählich zähflüssiger wurde, bis es am Ende genau die richtige Konsistenz für die Geheimwissenschaft des Mauerns hatte: nicht zu dünn und nicht zu dick.

»Das hier verlangt Sorgfalt«, sagte der Nachbar. »Die Maurer verlieren ihre Lebenslust, wenn die Pampe nicht genau richtig ist. Sie sind die reinsten Prinzessinnen.«

Ich bedachte seine Worte und stellte mir den stämmigen und ungewöhnlich behaarten Maurer in einem Spitzenkleid und mit einem Diadem auf dem Kopf vor.

»Wobei ja eigentlich in uns allen, unabhängig vom Geschlecht, eine kleine Prinzessin wohnt«, sagte der Nachbar. »Die zentrale Aufgabe der Erziehung ist es, sie aus uns herauszuholen, damit sie nach Norwegen, Schweden oder sonst wohin geschickt werden kann, wo man für Prinzessinnen mehr Verwendung hat.«

Ich musste zugeben, dass er in gewisser Weise recht hatte. Den Geschichten nach zu urteilen, die er mir von seinen Kindern erzählt hatte, würden diese bestens an die mitteleuropäischen Königshöfe passen. Einmal hatte eines der Kinder mitten in der Küche auf dem Topf gesessen und erklärt, dass es dort sitze, weil ihm die Toilette zu blau sei. Ein anderes Mal hatte das Zweijährige bitterlich im Bett geweint. Die Mutter war hingegangen, um sich zu erkundigen, was denn Schlimmes passiert sei, worauf das Kind weinerlich erklärt hatte, es würde im Bett so schrecklich riechen.

Der Nachbar ergänzte, dass die Erwachsenen erst recht Prinzessinnen waren. Ich war damit nicht ganz einverstanden, aber er begründete seine Meinung.

»Bestimmte Käsesorten kann man einfach nicht essen. Das Bier muss deutsch sein. Die Kleidung kauft man im Markengeschäft. Das Auto muss nicht nur neu sein, sondern auch glänzen. Billiger Kaffee aus dem Supermarkt ist schlecht, und die Lebensmittel einer bestimmten Marke kauft man grundsätzlich nicht.«

Ich murmelte einen Widerspruch, denn ich akzeptierte ziemlich viele Käsesorten, und auch beim Bier war ich nicht besonders wählerisch.

Um als Mensch zu reifen, war es nach Meinung des Nachbarn wichtig, seinen inneren gepuderten Hintern zu erkennen, um ihn ausmerzen zu können. Die gleiche Idee also wie bei den Anonymen Alkoholikern.

»Leicht ist es nicht«, sagte er und schnitt Ziegel auf die passende Länge zurecht.

Bewundernd betrachtete ich den Ziegelschneider, für den die modernen Lochziegel nur ein kleiner Happen waren. Andererseits bestanden sie ja auch fast nur aus Löchern.

»Das Prinzessinnenhafte ist dem Menschen nämlich angeboren, und es ist nicht mal artspezifisch: Unsere Katze zum Beispiel verhungert lieber, als dass sie etwas anderes frisst als ihre trockenen Fischflocken«, sagte der Nachbar.

Ich wurde das Bild vom spitzenbekleideten Maurer nicht los, schüttelte den Kopf und hoffte, dass es dabei herausfiele.

»Die Maurer sind trotzdem eher Säufer als Prinzessinnen«, behauptete ich.

»Der hier nicht«, sagte der Nachbar. »Er ist religiös.«

Ich erinnerte ihn daran, dass sogar Jesus Wasser in Wein zu verwandeln pflegte, wann immer es ging.

»Dieser hier trinkt jedenfalls nicht«, versicherte der Nachbar.

Er machte sich auf, seine Last zur Sauna zu schaffen. Ich folgte ihm und gab ihm Ratschläge, wie er Erdkuhlen ausweichen sollte. Eine schwer beladene Karre war nur mühsam wieder in Bewegung zu setzen, wenn sie erst mal feststeckte. Ich selbst war mit einer weißen Hose bekleidet, sodass ich dabei nicht helfen könnte. Der Nachbar stellte die Karre außerhalb des Rohbaus ab, schaufelte den Mörtel in einen Eimer und schleppte ihn nach drinnen.

Der Maurer war ein Mann kurz vor dem Rentenalter, er hatte einen stattlichen Bart, war aber klein von Wuchs; für einen Maurer war es günstig, klein zu sein, so konnte er die Ziegel auch an schwierige Stellen pappen. Der Mann musterte den Mörtel abschätzend und erklärte, dass sich damit wohl mauern ließe. Ein halber Meter war schon fertig vom Schornstein. Der Nachbar hatte einen beträchtlichen Haufen Ziegel zusammengetragen. Seine Aufgabe war es, für den Nachschub zu sorgen: Ziegel und Mörtel mussten ständig verfügbar sein. Außerdem musste er die Ziegel auf die passende Länge schneiden. Der Maurer arbeitete schnell. Eine Ziegelschicht folgte auf die nächste, und kein einziges Mal vergaß er seine Hand dazwischen. Das war echte Professionalität.

Im Schweiße seines Angesichts schleppte der Nachbar Mörtel und Ziegelsteine heran, Pausen wurden nicht gemacht. Ich fragte ihn, weshalb er solche Eile an den Tag legte.

»Ich habe keine Lust, den Maurer fürs Warten zu bezahlen«, sagte er.

Ich fing erstmals an mir darüber Gedanken zu machen, wie er all das eigentlich finanzierte, denn er ging ja keiner geregelten Arbeit nach. Ich fragte ihn danach, und er erklärte, Bauen werde nicht so teuer, wenn man viel selbst machte. Für vereinzelte Maurereinsätze musste dem Vernehmen nach das Ersparte herhalten.

Ich erzählte ihm, dass ich Aktiensparen betrieb. Er maß mich mit einem respektvollen Blick.

»Das ist schwierig«, sagte er.

Ich verneinte, man musste nur billig kaufen und teuer verkaufen.

»Ist es so einfach?«, wunderte er sich. »Vielleicht sollte ich es dann auch mal probieren.«

»Aber es erfordert Erfahrung«, beeilte ich mich hinzuzufügen. »Man muss wissen, was teuer und was billig ist.«

»Das ist nicht leicht«, gab er zu. »Leichter wäre es, der Konzern zu sein, der an der Börse ist. Dann wüsste man ganz sicher, wie die Geschäfte laufen.«

Ich konnte seinem Gedankengang nicht recht folgen und hob fragend die Brauen.

»Da man keine richtigen Fabriken besitzt, könnte man ja mit seiner Partnerbeziehung an die Börse gehen«, sagte er und stützte sich auf seine Schaufel. Er war von oben bis unten mit grauem Mörtel beschmiert und schnäuzte sich in die Finger. Mörtel auch dort.

»Die Partnerbeziehung ist ja eine Art Fabrik, deren Zweck es ist, Kinder zu fabrizieren«, fing er an. Ich stellte mich bequemer hin, denn ich ahnte, dass jetzt wieder ein Vortrag begann.

»Eine börsennotierte Partnerbeziehung ist für die Gesellschaft von Vorteil, weil darin die Fertigung von Kindern, also von Bürgern, effektiver ist«, behauptete er. »Auf keinen Fall sollten Partnerbeziehungen dem Staat oder den Kommunen überlassen werden, denn dann würden sie unprofessionell geführt, und die Ernennung zu Ehemann oder Ehefrau würde auf parteipolitischer Grundlage erfolgen.«

Ich lauschte sprachlos.

»Börsenfirmen und Partnerbeziehungen haben keine Gemeinsamkeiten«, sagte ich dann.

»O doch«, behauptete er. »In beiden wird die Konzentration auf die Kernkompetenz gefordert, die Vermeidung von Überschneidungen bei den Arbeitsbereichen sowie Kreativität in Fragen der Logistik, also des Chauffierens der Mitglieder zu den einzelnen Hobbys. In der Praxis bedeutet das eine Differenzierung bei der Rollenverteilung.«

»Wie erfolgt die?«

»Natürlich am einfachsten dadurch, dass man an den Männer- und Frauenarbeiten festhält.«

Er spuckte in hohem Bogen aus und fuhr fort: »Die wiederum erkennt man traditionell daran, dass alle unangenehmen

Arbeiten Sache der Frau und die angenehmen Sache des Mannes sind. Ich selbst habe meiner Frau eine Regelung vorgeschlagen, bei der sie die Kinderbetreuung und das Staubsaugen übernimmt, ich die Brandrodung.«

Er brachte wieder eine Karrenladung Matsch weg, kam aber gleich wieder damit zurück. Die Mischung war zu zäh. Er rührte noch ein wenig Wasser hinein und startete einen neuen Versuch. Jetzt war sie zu dünn. Der Nachbar wartete einen Moment mit seiner Schubkarre und brachte haargenau dieselbe Ladung erneut zur Begutachtung. Jetzt wurde sie akzeptiert. Als er wiederkam, hatte er weiter über seine Börsenfirma nachgedacht und sinnierte nun darüber, dass es auch in einer Börsenpartnerbeziehung ständiges Wachstum geben müsse wie in all den anderen gelisteten Unternehmen.

»Wie soll das gemessen werden?«, fragte ich verwundert.

»Am Rahmen der Küchentür. Das Produkt wird dort aufgestellt, und dann wird mit dem Bleistift immer ein kleiner Strich gezogen, damit man sieht, wie viel man gewachsen ist. Je schneller das Wachstum, desto mehr Kassenreserven frisst das Produkt. Andererseits, wenn ausreichend Wachstum erreicht wurde – mehr als anderthalb Meter und zwanzig Jahre – wartet auf die Führung eine Option, denn das fertige Produkt geht in die Welt hinaus.«

Ich äußerte die Vermutung, dass ein einziges Produkt in einem so langen Zeitraum kein sehr gutes Geschäft darstellte.

Der Nachbar hörte mir gar nicht zu. »Viermal im Jahr entsteht in der Börsenpartnerbeziehung Getuschel und Geraune, nämlich wenn der Termin der Quartalsinspektion gekommen ist. Das ist ein schöner Moment, setzt die Beteiligten allerdings unter Druck, vor allem die männlichen Partner, da sie in jedem Quartal ihre Leistung verbessern müssen.«

Ich rollte mit den Augen. Der Mann hatte einen seltsamen Humor. Ich registrierte außerdem, dass das Sexleben der beiden anscheinend nicht besonders aktiv war. Irgendwie hatte ich das der Nachbarsfrau auch angemerkt. Ich selbst kam allerdings nicht mal auf vier Mal im Jahr, aber das lag nicht an mir.

Ich hatte Schwierigkeiten, mich weiter auf die Geschichte des Nachbarn zu konzentrieren.

»Aus einer börsennotierten Partnerbeziehung kann auch eine Blase werden«, fuhr er fort. »Das bedeutet, dass die Erwartungen zu rosig waren und man sich eingebildet hat, dass das, was in die Wolken gebaut wurde, auf fester Grundlage steht.«

Ich dachte an Seifenblasen und an Badewasser, das knapp die schönen Brüste einer Frau bedeckte, während ihre Wade aus dem Schaummeer herausschaute.

»Ebenso entstehen in der Börsenpartnerbeziehung Probleme, wenn die Führung nicht das Vertrauen des Vorstands genießt und ihre Tätigkeit nicht auf Offenheit basiert. Die Gründung einer neuen Fabrik in China könnte Eifersüchteleien hervorrufen«, führte der Nachbar weiter aus.

Jetzt wurde ich aufmerksam. Die Gründung einer neuen Fabrik? Ich konnte nicht umhin, das so zu deuten, dass er möglicherweise seine Frau betrog oder es zumindest in Erwägung zog. Das ärgerte mich um ihretwillen. Ich fragte jedoch nicht näher nach, denn so etwas fragt man nicht, sondern lenkte das Gespräch in ungefährliche Bahnen.

»Wann soll die Notierung passieren?«

Der Nachbar lachte. »Sie passiert nicht. Die Börse ist zu spekulativ. Das wahre Leben ist hier und jetzt. Die richtigen Ersparnisse befinden sich im Sparstrumpf, der dauerhafteste Reichtum wird nicht in Geld gemessen.«

25

Der Nachbar hat damit begonnen, den Fußboden und das Dach seiner Sauna mit Mäusescheiße auszufüllen. Ich sage es nur deshalb, weil es dermaßen komisch klingt, dass man es einfach laut aussprechen muss. Nun, ich übertreibe ein wenig. Aber nicht viel. Die Mäusescheiße hat er aus seinem Haus geholt und bringt sie jetzt in sein neues Haus, jene Sauna eben. Selten nimmt ein Mensch Mäusescheiße mit auf seine Umzugsfuhre.

Ich komme nicht über das Wort hinweg. Mäusescheiße. Mäusescheiße.

Eigentlich handelte es sich um Sägemehl, das er aus dem Fußboden seines Wohnzimmers herausgeholt hat. Und weil es schon siebzig Jahre dort gelegen hat, haben darin ungefähr fünfhundert Mäusegenerationen gewohnt, die alle ihre Köttel unter dem Fußboden des Nachbarn abgedrückt haben. Offenbar hielt seine Frau ansonsten alles sehr sauber, denn im Haus stank es keineswegs, obwohl man denken sollte, dass diese Köttelmenge in der Nase zu spüren sei.

In der Welt meines Nachbarn war Sägemehl eine ausgezeichnete Isolierung, was natürlicherweise nicht zutraf. Er sagte, er habe zwei Fliegen mit einer Klappe geschlagen: den Fußboden im Wohnzimmer repariert und zugleich eine kostenlose Isolierung für die Sauna gewonnen.

»Welchen Sinn hat es, Sägemehl umzulagern, das nicht die Wärme hält?«, fragte ich.

»Ach, in der Sauna genügt das Mehl«, sagte er. »Es ist außerdem atmungsaktiv, somit entstehen keine Schimmelprobleme.«

»Man kriegt eine Staublunge, und das Hantavirus obendrein«, erklärte ich.

»Na gut«, gab er zu, fürchtete sich aber vor beidem nicht. Stattdessen erzählte er, er habe immer geglaubt, Besitzer eines Eigenheims zu sein, doch wie sich jetzt herausgestellt habe, wohne er vielmehr in einem Reihenhaus.

»Dort unter dem Fußboden lagen diese Mäusewohnungen dicht an dicht, genau wie in jeder x-beliebigen eng bebauten Siedlung«, sagte er und schien sich überhaupt nichts daraus zu machen, dass das ganze Haus von den Viechern wimmelte. Er witzelte nur, das sich die Mäuse ihre Häuser im Art-Deco-Stil eingerichtet und das Endergebnis noch mit Zeitungsschnipseln, Wolle und dergleichen verfeinert hatten. Er wirkte regelrecht zufrieden, dass er, außer dem eigenen Nachwuchs, auch noch einer so großen Menge anderer Säuger häusliche Wärme hatte bieten können.

»Obwohl das ja so eine Sache ist«, meinte er.

»Was denn?«, wollte ich wissen.

»Mit den Säugern. Als ich neulich mal zu einem der Kinder sagte: Du bist Zeuge, meinte es nur darauf: ›Ich bin kein Säuger!‹«

Ich hatte bereits gelernt, dass in dieser Familie nichts so war wie üblich, und somit waren denn auch die Kinder nicht unbedingt Säuger.

Ich sah zu, wie er seine Müllsäcke zur Sauna schleppte und sie auf dem Fußboden entleerte. Es warteten viele Säcke, und überall wirbelte Staub und verteilte sich. Auch der Nachbar selbst staubte bei jedem Schritt wie ein Mehlbäcker. Wenn er einen Sack entleert hatte, rannte er nach draußen, um zu husten, und es schien jedes Mal, als habe er säckeweise Sägemehl und Mäuseköttel eingeatmet. Seiner guten Laune schien das indes nichts anzuhaben. Er war kindlich froh darüber, dass er die Isolierung gratis bekommen hatte. Als sich der Staub gelegt hatte, wagte ich einen Blick nach drinnen. Das Sägemehl bedeckte den Boden des künftigen Aufenthaltsraumes, obendrauf kämen die Bretter. Im Saunaraum war keine Isolierschicht vorbereitet. Der Nachbar erklärte, sie würde dort nur feucht.

»Dafür ist die Wasserisolierung gedacht«, sagte ich.

»Dies ist eine Hofsauna«, sagte er, und ich begriff nicht, was das mit Wasserisolierung und vor allem ihrem Fehlen zu tun hatte. Er bewunderte seinen Leimholzbalken, der jetzt eingezogen war und schmuck und gerade wirkte. Wobei der Balken auch schon das einzige Schnurgerade in der ganzen Hütte war.

»Und total überflüssig …«, schnaubte er. »Rat mal, wie der Fußboden in unserem Wohnzimmer festgemacht ist.«

Ich erriet es nicht.

»Überhaupt nicht, er schwebt größtenteils in der Luft. Halleluja!«

»Tatsächlich?«, wunderte ich mich.

»Trotzdem hält er schon seit Jahrzehnten, bald ein ganzes Jahrhundert. Für die ganze Chose wurden ganze fünf Nägel verwendet. Fünf!«

»Fünf Nägel und zwei Fische«, sagte ich. Dieser Gedanke kam mir, da wir hier nun mal mit heiligen Dingen zu tun hatten.

»Fische nicht, aber ein paar mumifizierte Mäuse«, sagte er. Er trat in die Hütte, um einen weiteren Sack zu leeren. Aus den Fenstern wirbelte eine Wolke von Sägemehl und Staub. Beim Herauskommen war der Nachbar wieder ein bisschen weißer geworden. Nachdem er abgehustet und die Nase geschnaubt hatte, sagte er: »Ein spannendes architektonisches Wohnzimmerdetail war, dass etwa ein Drittel der Isolierung aus Erde und Kies bestand.«

»Eine vorurteilsfreie Lösung«, bestätigte ich.

»Sie beweist, dass Bretter auch ohne Nägel halten und dass man als Isolierung warme Gedanken verwenden kann.«

Ich betrachtete das Sägemehl mit den schwarzen Sprenkeln. Mich schauderte. Der Nachbar fing an, die Fußbodenbretter einzusetzen. Er machte die Dinge in der falschen Reihenfolge: Das Dach war noch gar nicht fertig, als Schutz diente nur eine Plane. Ich wies ihn darauf hin, aber er sagte, dass er die bestellte Lieferung mit den passgerecht gesägten Brettern nicht bekommen hatte.

»Bretter?«, rief ich. »Machst du das Dach aus Brettern?«

Er sah darin kein Problem und erklärte, dass die Dächer früher oft aus Brettern gemacht wurden.

»Früher wurden auch Menschen wegen Hexerei verbrannt, aber das bedeutet noch lange nicht, dass es vernünftig war«, sagte ich.

Er winkte ab und konzentrierte sich auf seine Bretter. Im Raum war es nach wie vor so staubig, dass ich nach Hause ging und aus einer momentanen Eingebung heraus einen Leserbrief an die Lokalzeitung schrieb. Darin warnte ich vor dem Hantavirus und beschrieb sehr lebendig, wie schlimm die Infektion vor allem für Kinder war. Ich wies besonders darauf hin, dass Mäusekot in Sägemehl beim Einatmen gefährlich war, eine Art biologische Bombe, die im schlimmsten Fall zu einem qualvollen Tod führte. Als Unterschrift wählte ich das Pseudonym »Für die Kinder«.

Ich schickte den Brief per E-Mail ab und betonte im Anschreiben, dass ich ihn nicht unter meinem eigenen Namen veröffentlichen wolle, weil mich das Thema persönlich sehr berühre, ich es dennoch als aktuelle Warnung publik machen wolle, da die Leute im Sommer ja viel renovierten.

Die Zeitung erschien zwei Tage später, und mein Artikel war verdientermaßen gut platziert in der Spalte mit den Leserzuschriften. Ich war zufrieden mit meiner Wortwahl, auch wenn die Redaktion den Text ein wenig gekürzt hatte, was die Qualität insgesamt beeinträchtigte. Ich fragte mich, welches Echo der Artikel beim Nachbarn haben würde.

26

Meine Zuschrift war gelesen worden, und wie. Und sorgfältig! Ich kam nebenan gerade dazu, als die Nachbarsfrau ihrem Mann laut daraus vorlas. Der hörte verärgert zu. Sie wirkte sehr ernst und las noch einmal die Stelle »Die Sterblichkeit ist recht hoch, null Komma eins Prozent der Erkrankten, das hört sich vielleicht nicht hoch an, aber fragen Sie mal die null Komma eins Prozent danach.«

»Und wenn sich die Kinder infizieren?«, fragte sie. »Die Sache ist tatsächlich ernst. Und du selbst hast auch keinen Atemschutz benutzt. Diese Saunahütte ist unser Ruin.«

Er versuchte zu beschwichtigen, zog aber nur den Zorn seiner Frau auf sich. Sie erhoffte sich Unterstützung bei mir.

»Sag du als Mann der Vernunft ihm doch, dass es der reine Wahnsinn ist. Die Gesundheit aufs Spiel zu setzen, nur um ein paar Groschen zu sparen!«

Ich fand es schön zu hören, dass ich ihrer Meinung nach ein »Mann der Vernunft« war. Das entsprach meiner eigenen Meinung. Gern war ich auf ihrer Seite.

»Ja, man sollte anständiges Isoliermaterial verwenden«, sagte ich.

»Da hörst du es«, sagte sie zu ihrem Mann. »Was sollen wir machen, wenn jemand stirbt?«

»Ihn beerdigen«, schlug er vor, denn er war vergnatzt und konnte seine Zunge nicht im Zaum halten.

Das hätte er lieber tun sollen. Seine Frau brachte kein Wort heraus, drehte sich um und ging.

Der Nachbar begriff, dass er dumm reagiert hatte, konnte es aber nicht mehr rückgängig machen. Das Eheleben bewirkt bei den Menschen, dass sie nicht mehr imstande sind, Dinge ungeschehen zu machen. Ich persönlich hätte nie einer solchen Frau gegenüber derartigen Blödsinn von mir gegeben. Ich sah den Nachbarn an und versuchte ihn zu trösten.

»Eine Beerdigung ist ganz sicher nicht nötig.«

»Hm.«

»Wenn etwas Zeit vergangen ist, hört auch das Schweigen im Walde wieder auf.«

»Die Frauen!«, sagte der Nachbar.

»Die Frauen«, erwiderte ich und kostete das Wort auf der Zunge. Es schmeckte rund und weich, fruchtig und ein wenig exotisch. Und es duftete angenehm. Ich hatte das Wort schon lange nicht mehr so gekostet.

Der Nachbar seufzte und setzte seine Arbeit fort. Der Fußboden war fertig, jetzt brachte er die Deckenpaneele an. In seiner Ehe mochte es Stolpersteine geben, aber die Arbeit ging voran, das musste gesagt werden. Allerdings war er schlechter Laune und verfluchte die Produkte der finnischen Forstindustrie.

»Das hier sind reine Deibel«, sagte er, während er versuchte, die Paneele zu befestigen. Wenn sie an einem Ende saßen, lösten sie sich am anderen wieder. Ich beobachtete seine Bemühungen und bestätigte, dass es schwierig zu sein schien.

»Es läuft irgendwie so, dass man die Paneele im Geschäft schön verpackt kauft, aber wenn man das Paket zu Hause öffnet, hört man ein ›Boing‹, und jedes Paneel wird zum Propeller«, sagte er.

»Einen fünf Meter langen Propeller kann man nicht in den Spund reinkriegen«, fuhr er fort und wirkte nun ebenfalls so, als würde er bald in Tränen ausbrechen. Der Streit mit seiner Frau hatte ihn aufgewühlt. Vielleicht machte ihm auch dieses endlose Projekt zu schaffen, er konnte nur die Gründe für seinen Verdruss nicht so klar analysieren wie seine Frau. Frauen sehen in diesen Dingen klarer. Sie projizieren ihre Probleme nicht in Wandpaneele. Wütend schleuderte der Nachbar ein Paneel nach unten. Es war eingerissen.

»Das sind keine Produkte der Forst- sondern der Papierindustrie. Sogar Weihnachtspapier ist stabiler«, schnaubte er und prophezeite, dass sich die Spunde in zwei Monaten verziehen würden, weil das Holz überhaupt nicht trocken gewesen war.

Er setzte sich hin und versuchte sich zu beruhigen. Das war nicht ganz leicht. Anscheinend hatte sich eine Menge Frust in puncto Holzwaren bei ihm angestaut.

»Einer der größten Missstände auf dieser Welt ist, dass man Bretter nicht von der Rolle kaufen kann. Braucht man sie in Drei-Meter-Länge, gibt es nur fünf Komma fünf Meter lange. Braucht man vier Meter lange, dann sind sie auf sechs Meter Länge zurechtgesägt. Deshalb kostet sämtliches Holz in der Praxis mindestens doppelt so viel, wie nötig wäre«, schimpfte er.

»Man sollte in der Planungsphase verharren«, schlug ich vor. »Dann ist noch nichts verdorben. Jede Naht ist dicht, die Wolle am richtigen Platz, die Fenster sind eingepasst, die Feinarbeiten klappen perfekt, die Sonne scheint durch saubere Fenster auf eine taufrische Einrichtung.«

Der Nachbar gab zu, dass mein Gedanke sonderbar vernünftig klang. Wenn man nichts macht, kann einem nichts misslingen. Das Weltbild des Pessimisten.

»Man muss seine Einstellung ändern«, sagte er und stand auf. »Man muss zufrieden sein mit dem, was gelingt und sich nicht in das verbeißen, was nicht gelingt.« Er begab sich wieder in den Kampf mit seinen Paneelen. Das nächste ließ sich mühelos einpassen. Die Welt gab zuweilen trügerische Signale, dass die Dinge ins Laufen kamen.

Der Nachbar wunderte sich direkt, dass es gerade so einfach geklappt hatte. Er war über den Streit von vorhin noch nicht hinweg, aber statt dass er hinging und sich mit seiner Frau aussöhnte, fing er an, mir alles zu erklären. Mir schien, dass gerade aus diesem Verhalten viele Probleme herrührten: Erst spricht man nicht, und wenn man es dann tut, spricht man mit den falschen Leuten.

Er erzählte, dass sie in letzter Zeit mehr als sonst gestritten hätten. Über kleine und große Dinge. Auf die eine oder andere Weise war allerdings die Saunahütte ständiges Thema. Sie war eine Art Haustroll geworden, der ihnen überallhin folgte: an den Esstisch, ins Bett, in den Morgen und den Abend, in die Gedanken und in die Ideen, die sich noch nicht mal zu Gedanken verdichtet hatten.

»Im Leben gibt es auch solche Phasen. Es ist schwer, gewiss, aber vorübergehend«, sagte er, doch als Nächstes folgte: »Allerdings könnte man auch vom anderen ein bisschen Engagement erwarten.«

»Das Leben ist vorrübergehend«, sagte ich und überlegte, wie vorübergehend es tatsächlich war. Jeder Moment war wichtig und jeder Moment war wertvoll, und man hatte keine Zeit zu vergeuden. Wie gewohnt war der Nachbar anderer Meinung. Er fand, dass das Leben lang und etappenreich war, sodass sich für alles Zeit fand, man musste nur warten können.

»Zum Beispiel verstehe ich absolut nicht, warum sich Menschen trennen«, sagte er.

»Weil sie einander nicht ertragen können?«

»Nun ja, vielleicht deshalb«, gab er zu. »Aber ebenso oft will man einfach etwas Neues haben und ausprobieren, und deshalb schafft man sich eine neue Frau oder einen neuen Mann an.«

Ich sah darin nichts Besonderes.

Der Nachbar erklärte: »Völlig neu sind nur Neugeborene, und deshalb muss man sich beim Partnerwechsel praktisch mit Gebrauchten begnügen. Das wiederum ist ein bisschen so wie beim Kauf eines Gebrauchtwagens – sicher sein kann man sich einzig und allein darin, dass sich bald die Fehler zeigen werden.«

»Stimmt schon irgendwie«, sagte ich und überlegte, ob das auf mich selbst zutraf. Es ist kein Naturgesetz, dass der Mensch Fehler hat. Ebenso gut kann es sich auch darum handeln, dass derjenige, der die Fehler sieht, zu anspruchsvoll ist.

Der Nachbar empfahl, diese Dinge langfristiger zu betrachten. Seiner Meinung nach konnte man während einer langen Partnerbeziehung mit sehr vielen Menschen liiert sein – auch ohne Seitensprünge.

»Eine Person kann viele sein«, sagte er und befestigte das Paneel mit seinem Tacker. Er schwankte bedrohlich auf dem kleinen Hocker, weshalb ich beiseitetrat, damit er nicht auf mich drauffiele.

»Denken wir nur mal an mich. So ein gewöhnlicher Mann mittleren Alters.«

Ich musterte ihn. Die Beschreibung entsprach der Wahrheit.

»Ich bin aber nicht immer so gewesen. Meine Frau traf zunächst auf einen naiven, schmächtigen jungen Poeten, der eine runde, zu große Brille trug. Etwas später wohnte sie dann mit einem Forschertyp zusammen, der von morgens bis abends Bücher las, von denen er nicht die Bohne verstand. Einer ihrer Männer war sehr sozial und vorurteilsfrei, äußerst gesellig. Hatte sämtliche Filme der Welt gesehen, kannte vermutlich Godard persönlich. Wo mag der wohl geblieben sein?«

Ich blickte mich um. Solch ein Mann war hier nie aufgetaucht.

»Dann war da ein Rockfan, der im Sommer nicht arbeiten mochte, sondern lieber in der Stadt herumhing und in Bars und auf Festivals anzutreffen war. Irgendwann geriet meine Frau auch mal an einen Sportlertyp.«

»Und jetzt?«, fragte ich.

Er musterte seine Kleidung und sich selbst. »Jetzt hat sie einen, den sie gar nicht vorzeigen mag. Ein bisschen übergewichtig, wenig Haare.«

Er wies darauf hin, dass ihr noch mindestens der hutzelige Alte und der Zombie bevorstanden, bei deren Anblick sie sich früher geschüttelt hätte, wenn sie sie in ihrem Bett vorgefunden hätte. Wahrscheinlich würde auch ein schusseliger Tattergreis noch mit in die Sammlung passen. So einer, der übers Wetter und über Dahlien redete.

27

Der Nachbar infizierte sich nicht mit dem Hantavirus. Stattdessen fing er an, die Fenster zu reparieren, die er sich von der Mülldeponie geholt und mit denen das ganze Theater angefangen hatte. Der alte Anstrich musste entfernt und die meisten Scheiben mussten neu verkittet werden, einige waren auch kaputt, sodass er sie ersetzen musste. Das alles machte er selbst.

Mit einem Heißluftgebläse, einem Spachtel und Hartnäckigkeit entfernte er zunächst den alten Farbanstrich. Dann kratzte er den verrotteten Kitt ab und trug neuen auf. Das schien nicht gerade einfach zu sein. Kitt sollte so verteilt werden, dass jede Seite der Scheibe mit einer einzigen Bewegung fertig wird. Der Nachbar brauchte immer mindestens fünf, und in der Folge war die Spur nicht besonders gleichmäßig. Am Ende war er genervt.

»Ich kann es einfach nicht«, sagte er.

»Tja«, erwiderte ich.

»Ich verstehe nicht, warum ich das mache.«

»Tja.«

»Nie läuft es so, wie es laufen sollte. In einem Moment ist alles prima und im nächsten hat man alles verpfuscht. Da schleift und lackiert man ein Brett und befestigt es am Ende mit der Lackseite zur Wand. Man sagt sich, man schlägt dort und dort noch einen Nagel ein, und dann reißt das Brett.«

»Die Grunderfahrung eines Finnen ist die, dass er im Winter bei Frost die Zunge an die Eisenstange der Schaukel drückt und begreift, dass er nicht mehr loskommt«, sagte ich. »Du verfügst über viele dieser Grunderfahrungen.«

»Stimmt. Aber ich bin nicht der Einzige«, erwiderte er. »Es ist in den Genen. Bei meiner Tochter haben wir sowohl Emils als auch Aschenputtels Gene festgestellt.«

Er erzählte davon, dass am Vortag auf der Tanzbühne eine Kinderdisco stattfinden sollte, und nach wochenlanger darwinistischer Kleiderwahl war alles fertig gewesen, das Gesicht hübsch geschminkt und an den Füßen zierliche Tanzschuhe. Auf dem Hof hatte die Kürbiskutsche gewartet, und dann wäre doch um ein Haar alles schiefgegangen.

»Unser Aschenputtel kehrte den inneren Emil heraus und probierte aus, ob die Tanzschuhe in die Stiefel passten.«

»Passten sie?«, fragte ich.

»Ja, aber hinterher gingen die Stiefel nicht wieder ab.«

Ich begann zu verstehen, warum die Vorpubertät so genannt wird. Nämlich damit sich die Eltern nicht irrtümlich einbilden, es handele sich dabei um die Pubertät, die in ein paar Jahren vorbei sein wird. Sinn des genannten Terminus ist es, daran zu erinnern, dass das Eigentliche noch nicht mal begonnen hat.

Der Nachbar fing wieder an zu kitten. Zuweilen gelang ihm eine ganze Fensterseite recht ordentlich. Ich erzählte ihm von einem Untersuchungsergebnis, dem zufolge man zehntausend Stunden üben muss, um eine Sache zu beherrschen.

»Neuntausendneunhundertfünfundneunzig Stunden habe ich noch vor mir«, sagte er.

»Fenster kann man auch im Geschäft kaufen«, erinnerte ich ihn.

»Nicht solche.«

Darin hatte er recht. Kein einziger Baumarkt wäre bereit, die Dinger anzubieten. Von irgendwoher kam ein Ball angerollt. Das Kind kam, um ihn zu holen. Es trat gegen den Ball, aber der rollte in eine ganz andere Richtung als beabsichtigt und kam den Glasscheiben gefährlich nahe. Der Nachbar knurrte, das Kind solle gefälligst drinnen spielen.

Er sah ihm nach und fragte mich: »Warum habt ihr euch nie Kinder angeschafft?«

Das war eine aufdringliche Frage, aber der Nachbar war manchmal so, hatte keinen Sinn für Anstand. Ich erzählte ihm den Grund, sagte aber, dass ich mich nicht nach Kindern gesehnt habe.

»An den Kindern sieht man, wie man altert«, meinte er.

»Eben.«

»Der Mensch braucht eine Perspektive«, gab er zu bedenken, »etwas, woran er die Dinge messen kann.«

»Schaff dir ein Bandmaß an.«

Aber er gab nicht auf. Gerade das war die schlechte Seite kindischer Menschen: Sie können es nicht lassen, anderen ihre Lebensweise aufzuschwatzen. Sie sind vom Glauben an das eigene Leben erfüllt und so sicher, dass sie recht haben, dass ihnen gar nicht in den Sinn kommt, andere könnten sich für ihre Wahrheit nicht interessieren. Irgendwie ist das auch verständlich: Wenn man glaubt, die Wahrheit zu kennen, warum soll man sie dann nicht auch an andere weitergeben? Gerade darauf basiert religiöser Fanatismus.

Der Nachbar kratzte sich die Bartstoppeln, und in seinem Gesicht blieb Kitt zurück. Vielleicht versuchte er, seine frühen Falten zu korrigieren. Seiner Meinung nach trugen Kinder auch dazu dabei, dass man nicht in einer bestimmten Routine erstarrte, denn das konnte man später noch tun. Kinder zeugten vom Lauf der Zeit und beschleunigten oder verlangsamten ihn. Zwanzig Jahre vergingen angeblich im Nu, und zwischen Windeln und Studentenmütze blieben nicht viele Jahre, obwohl es immerhin achtzehn waren. Ich fand, in diesen Dingen sollte man genau sein und nicht übertreiben.

»Andererseits, wenn man ein Baby mit Koliken die siebte Nacht hin und her trägt, kommt einem die Babyzeit, von der Kindheit ganz zu schweigen, mindestens um ein Viertel länger vor als die Halbwertszeit eines Uranisotops 238, und das sind immerhin vier Komma fünf Millionen Jahre«, sagte der Nachbar. Ich beschloss, diese Behauptung nachzuprüfen, sowie ich zu Hause wäre. Ich vermutete, dass die Halbwertszeit nicht ganz so lang war.

»Wenn man nicht ganz blind ist, merkt man auch ohne Kinder, wie die Zeit vergeht«, sagte ich.

»Aber es ist viel deutlicher spürbar ohne Kinder. Mit Kindern kann man sich quasi langsam daran gewöhnen und das Altern als etwas Natürliches empfinden, auch die eigene Jugend verschwindet nicht ganz, sondern überträgt sich einfach auf die nächste Generation«, erklärte der Nachbar.

»Zu altern ist eine gute Sache, denn nur sie führt zu einem langen Leben«, sagte ich. »Dazu braucht man keine Kinder.«

Er gab zu, dass es sich auch so verhalten mochte. Wegen meiner Frau ärgerte mich seine Gedankenlosigkeit. Ganz als wäre Kinderlosigkeit immer eine Wahl, noch dazu die falsche.

Der Nachbar fing an, seine Fensterrahmen zu streichen. Die frische Farbe überdeckte das alte Holz.

28

Allmählich war die Saunahütte fertig. Ich musste zugeben, dass sie nicht übel aussah. Sie war kompakt, ragte über den Steinen in die Höhe wie eine kleine Kirche. Und war die Sauna nicht auch gerade das, ein Ort, an dem man stumm und nackt dem großen Mysterium, dem eigenen Ich, begegnete? Zwar gab es noch eine Menge zu tun, aber ein Schwitzbad würde man nehmen können, sobald das Dach komplett fertig wäre. Der Nachbar hatte der Industrialisierung, die Anfang des neunzehnten Jahrhunderts in Britannien eingesetzt hatte, soweit Tribut gezollt, als er für das Dach Teerpappe verwendet hatte. Auf die Teerpappe wollte er allerdings Bretter nageln, damit nur ja niemand etwas von seinem kurzzeitigen Lichtblick erfuhr.

Er turnte oben auf dem Dach herum und nagelte die Bretter fest. In der einen Hand hielt er den Tacker und in der anderen das Brett, und wie er dort so hin und her wankte, erinnerte er an Al Pacino in der Schlussszene des Films »Scarface – Toni, das Narbengesicht«. Ich sah ihm von unten zu und wunderte mich, warum er kein Sicherungsseil benutzte.

»Ich falle sowieso nicht«, sagte er.

»Du solltest aber eines haben«, sagte ich.

Seine Frau erschien und war absolut einer Meinung mit

mir.»Ein Seil umgelegt oder runter vom Dach«, sagte sie mit ziemlich strenger Stimme.

Der Nachbar murmelte etwas in sich hinein, zog es aber vor zu gehorchen. Er legte den Tacker aus der Hand, kam herunter, holte ein Seil aus dem Stall und kletterte wieder hinauf. Dort oben schlang er ein Ende des Seils um den Schornstein und das andere Ende um Schultern und Brustkorb wie einen Sicherheitsgurt.

»Ist es jetzt gut?«, rief er.

Ich nickte. Die Sicherheitsbestimmungen waren in der Tat dazu da, dass man sie befolgte. Ich unterhielt mich unten mit seiner Frau. Sie erzählte, sie habe sich bei einer Pflanzentauschbörse neue mehrjährige Pflanzen besorgt. Ich tat interessiert, sodass sie beim Thema blieb: Sie wisse nicht, um welche Pflanzen es sich handele. Ich erzählte ihr, dass ich mich einigermaßen auskenne und ihr bei der Identifizierung helfen könne. Darauf lächelte sie erfreut und zeigte mir, wo die Pflanzen waren. Sie hatte wirklich hübsche Hände.

Wir hatten nur wenige Schritte getan, als hinter uns ein schreckliches Getöse zu hören war. Der Blick zurück offenbarte uns, dass der Nachbar über sein Sicherungsseil gestolpert war und jetzt das steile Dach hinunterrollte. Das Seil stoppte ihn kurz vor der Regentraufe, aber infolge der Erschütterung schoss der Tacker los. »Tsup« war zu hören, und der Nachbar zuckte. Das Seil war schlecht befestigt, sodass er einen Moment wie leblos da hing, bis er über die Traufe rutschte und nach unten fiel. Die Höhe betrug etwa drei Meter, und das war genug: Er rührte sich nicht. Seine Augen waren geschlossen, und er blutete. Woher das Blut kam, ließ sich schwer ausmachen, aber es war eine beträchtliche Menge.

Seine Frau schrie auf. Mich schwindelte. Mechanisch tastete ich in der Tasche nach dem Handy und wählte den Notruf. Als Quelle für den Blutfluss machte ich den Unterbauch aus. Ich forderte die Nachbarin auf, Verbandsmaterial zu holen, zog mein Hemd aus und drückte es auf die Wunde. Ich kontrollierte, ob der Mann atmete. Mir schien, dass dies der Fall war, aber ganz sicher war ich mir nicht. Ich drückte einige Male auf seinen Brustkorb und horchte erneut, lagerte seinen Kopf besser. Jetzt atmete er wenigstens hörbar. Es bestand kein Grund, ihn künstlich zu beatmen. Darüber war ich froh.

Der Krankenwagen kam innerhalb einer Viertelstunde, was eine ganz ordentliche Leistung war. Der Nachbar war noch bewusstlos, als man ihn ins Auto hob, aber er atmete weiterhin.

Die Kinder verfolgten das Geschehen entsetzt. Ihre Mutter weinte. Ich legte den Arm um sie, versuchte etwas Tröstliches zu sagen, war dazu aber außerstande. Das Sicherungsseil war zwischen uns wie eine Fessel – das Unglück wäre vielleicht nicht passiert, wenn wir nicht auf der Benutzung des Seils bestanden hätten. Jetzt baumelte es aus der Regentraufe der Saunahütte. Ich drückte die Nachbarin fester an mich. Sie konnte sich so weit sammeln, dass sie sich zum Mitfahren bereitmachte. Ich versprach, mich währenddessen um die Kinder zu kümmern. Ich hätte nie geglaubt, dass ich je etwas derartiges versprechen würde, aber jetzt hatte ich keine andere Wahl.

Ich dachte daran, wie zynisch es war, dass jemand über sein Sicherungsseil stolperte. Ebenso machte ich mir Gedanken, wo die Unsterblichkeit des Menschen blieb. Als Jugendlicher war man unsterblich, aber als älterer Mensch durfte man nicht mehr zu hoch hinaufklettern.

Die Nachbarin erklärte den Kindern, wohin sie fahren wollte, und versprach ihnen, dass sie im späteren Tagesverlauf mitkommen dürften, jetzt wäre die Personenzahl zu groß. Die Kinder waren verängstigt, eines weinte. Ihre Mutter nahm ihnen das Versprechen ab, mir zu gehorchen, und stieg in den Krankenwagen.

Ich stellte mir vor, ich wäre ein Vater von sechs Kindern. Der Gedanke war beängstigend. Die Verantwortung war riesig, und ich erkannte erstmals in aller Klarheit, wie absolut sorglos der Nachbar in seinem Handeln war. Zu sterben, indem man sich versehentlich einen Nagel in den Leib tackerte, wäre ein Beweis für sträfliches Verkennen der Situation und nicht zuletzt ein selten unschickliches Benehmen. Die Kinder hätten niemanden mehr, der ihnen Hackfleischsoße machte, und keine Saunahütte der Welt war das wert.

Einige Stunden später rief die Nachbarin an. Ihr Mann war operiert worden, man hatte den Nagel entfernt, aber sein Zustand war ernst. Der Nagel hatte Eingeweide verletzt, und man hatte ihn vorläufig in ein künstliches Koma versetzt. Andererseits hatte das Sicherungsseil den Sturz gebremst. Die Idee war also nicht nur schlecht gewesen, dachte ich ein wenig beruhigt.

Als die Nachbarin nach Hause kam, sah sie verweint aus, bemühte sich jedoch, es vor den Kindern zu verbergen. Ich versuchte sie mit den Worten zu trösten, dass es auch hätte noch schlimmer ausgehen können, denn so pflegt man ja im Allgemeinen zu sagen. Ich versprach, zur Verfügung zu stehen, falls sie etwas brauchte. In schwierigen Zeiten war ein guter Freund wichtig.

»Vielleicht Hilfe im Haushalt? Ich könnte meinetwegen Staub saugen«, schlug ich vor.

»Staub saugen?«

»Das war nur ein Beispiel«, sagte ich.

Sie sah mich an, und ihr Blick verriet, dass sie meinen Vorschlag nicht recht verstand. Vielleicht befand sie sich im Schockzustand. So etwas kann bei großer Aufregung passieren. Nur wenigen gelingt es, einen kühlen Kopf und klare Gedanken zu bewahren. Ich hatte immer geglaubt, dass ich einer von ihnen wäre, doch der Tod meiner Frau hatte gezeigt, dass es nicht stimmte. Ich nickte zum Abschied und ging nach Hause. Die Nachbarin bedankte sich, dass ich nach den Kindern gesehen hatte.

»Keine Ursache«, sagte ich. »Wir haben übrigens Pfannkuchen gebacken, sie sind im Kühlschrank.«

Zu Hause ging ich das Ereignis in Gedanken noch einmal durch, und mein Herz war schwer. Trotz all seinen Mängeln war der Nachbar ein anständiger Kerl. Gewiss hatte er das Unglück durch sein Verhalten selbst verursacht, trotzdem wünscht man so etwas natürlich niemandem. Ich überlegte, wie es sich wohl anfühlte, wenn so ein neunzig Millimeter langes Geschoss aus dem Tacker die Bauchdecke durchschlug. Der bloße Gedanke ließ mich schaudern. In der Armee wurden die Soldaten aufgefordert, dem Feind in den Bauch zu schießen, weil das Ziel leicht zu treffen war und man den anderen so am sichersten kampfunfähig machte. Natürlich bewirkte ein Schuss ins Herz das noch sicherer.

Für diese Tacker müssten die Benutzer eine Genehmigung haben, genau wie für Jagdwaffen. Beides sollte nicht jedermann in die Hände geraten dürfen. Ich öffnete eine Bierdose und setzte mich, um mir die Sportsendung anzusehen.

Es fiel mir schwer, mich auf die Ergebnislisten zu konzentrieren. Im Sport wird von Traumwürfen gesprochen. Der Nachbar hatte einen Traumsprung hingelegt. Wie würde es seiner Familie ergehen, wenn er stürbe? Die Sauna würde jedenfalls nicht fertig werden. Und seine Frau wohl kaum hier wohnen bleiben. Keinesfalls könnte sie die ganze Arbeit im Haus und auf dem Grundstück bewältigen. Obwohl ich natürlich helfen könnte. Zu zweit würde es klappen. Vielleicht sogar besser als mit ihrem Mann, denn ich war eher ein Teamarbeiter als er.

Die Sportsendung endete mit den Ergebnissen der Pferderennen. Ich begreife nicht, warum die gezeigt werden müssen, es ist doch kein Sport, auf jemandes Rücken zu sitzen und ihn anzutreiben, dass er schneller laufen soll.

Und dann noch die Namen dieser Pferde! Man sollte denken, dass auch schon die Dopingbehörden darauf aufmerksam geworden sind, denn so was kann sich wirklich keiner in nüchternem Zustand ausdenken. Zum Beispiel »Aino's sweet honey«. Der Name würde eher zu einem Bienenstock als zu einem Pferd passen.

Ich schaltete den Fernseher aus und ging auf den Hof. Der Wind wehte mir sanft ins Gesicht, und die Welt hatte sich beruhigt. Nach der Sportsendung pflegt sie sich stets zu beruhigen.

Ich blickte hinüber zum Nachbarn. Dort schlief man jetzt bestimmt nicht gut. Der August hatte begonnen.

29

Am Morgen sah ich, wie die Nachbarsfrau ihre gesamte Kinderschar ins Auto lud und davonfuhr. Sicherlich ins Krankenhaus. Ich überlegte, wann wohl für mich der Zeitpunkt gekommen wäre, den Nachbarn zu besuchen. Vermutlich nicht, bevor er aus dem Koma erwacht wäre. Und müsste ich etwas mitnehmen? Blumen jedenfalls nicht. Nicht für einen Mann. Höchstens Schokolade, obwohl er davon vermutlich nicht viel essen konnte, wenn er einen Nagel im Bauch gehabt hatte. Die Zeitschrift *Welt der Technik* dürfte eine sichere Wahl sein, Hauptsache, sie enthielt keinen Tackervergleichstest. Wenn ich Pech hätte, würde es so kommen.

Endlich, nach mehreren Stunden, kehrte das Auto wieder zurück. Ich ging sofort rüber, um Neuigkeiten zu hören. Die Nachbarin sah womöglich noch blasser aus. Sie hatte in der vergangenen Nacht nicht geschlafen und wirkte, als habe sie ihre Handlungsfähigkeit eingebüßt.

»Keine Veränderung«, erzählte sie.

»Aber auch nicht zum Schlechteren hin«, sagte ich. Jedes Ding hat auch seine positive Seite.

Sie lächelte ein wenig. Man kann es auch immer so sehen, dass das Glas halb voll ist. Erneut bot ich meine Hilfe an. Sie nickte und sagte, sie wolle den Kindern jetzt etwas zu essen machen. Mich lud sie nicht ein. Ich fragte, ob man ihren Mann besuchen dürfe, aber sie bedeutete mir, dass dies zumindest vorläufig noch nicht möglich sei. Er lag auf der Intensivstation, und dort durften nur nahe Verwandte hinein.

Wir waren so verschieden, der Nachbar und ich, dass man uns nie und nimmer für nahe Verwandte halten würde.

Ich ging nach Hause. Im Gehen betrachtete ich den Hof, und so mancher Punkt oder Gegenstand war mir dort vertraut, gehörte gewissermaßen zu meinem Leben: Das Holzmoped des Jungen, das am Stall lehnte, der Schuppen, die Schlittenkufen und das ganze Chaos. Ich machte einen Umweg zur Sauna. Sie wirkte fertig, aber das Sicherungsseil, das vom Dach herunterhing, zeugte von ihrer Unvollständigkeit. So war das Leben, es blieb immer ein wenig unvollständig oder aber zu klein.

Ich warf einen Blick ins Innere. Die Bänke fehlten noch, ebenso der Ofen. Durchs Fenster sah man den Teich. Ein guter Ort, um einer Frau den Rücken zu waschen und hinauszuschauen. Das Licht spiegelte sich in den alten handgefertigten Glasscheiben wie Meereswellen und machte die Glasstruktur sichtbar. Fabrikgefertigte Fenster haben so etwas nicht aufzuweisen. Ich ließ meine Hand über einen Balken wandern. Moos schaute aus den Ritzen zwischen den Holzbalken hervor wie Behaarung. Meine Gedanken führten mich in unruhige Wasser, aber ich kümmerte mich nicht darum, ließ mich einfach auf ihren Wellen treiben. Wie konnte ich mich denn meinen Gedanken widersetzen! Todesangst schlich sich aus irgendeiner Ecke heran, und ich dachte wieder an den Nagel und daran, wie wenig manchmal nötig war. Leben oder Tod? Sofern man die Wahl hatte, klang Leben auf jeden Fall besser.

Plötzlich malte ich mir aus, wie ich hier mit der Nachbarsfrau saunieren würde. Wir würden nebeneinandersitzen, und sie würde sich an die Balkenwand lehnen. Das Licht wäre nur ein schwaches Dämmern, wir wären in ein anderes Jahrhundert versetzt, wie es in solchen Saunas passierte. Ich würde Wasser auf die Steine gießen und verstohlen den Körper der Frau betrachten. Sie würde sich auf die unterste Bank setzen, einen Eimer mit warmem Wasser füllen und ihr Haar waschen. Schließlich würde sie das Wasser über sich ausgießen, um die letzte Seife von sich abzuspülen, dabei würde sie den Arm heben und die Augen schließen, und währenddessen könnte ich ihre Brüste und ihren Körper einige Sekunden lang betrachten, ohne dass sie es sähe. Ich würde noch einmal Wasser auf die Steine schütten und ihr dann bald zum Abkühlen nach draußen auf die Terrasse folgen. Erfrischt würden wir dasitzen und zum Ufer hinüberblicken.

Als ich nach Hause ging, warf ich nochmals einen Blick aufs Dach der Sauna, dabei fiel mir ein, dass dies nicht das erste Mal gewesen war, dass der Nachbar derart unfreiwillig den Abgang gemacht hatte. Im vergangenen Sommer war er vom Dach seines Hauses gefallen. Damals hatte er darüber noch Witze machen können. Er sagte, dass man, während man vier Meter nach unten fällt, über alles Mögliche nachdenken kann. Etwa auf halber Strecke, gerade wenn man die Dachrinne zu fassen gekriegt hat, kann man sich sagen, dass man diesen dämlichen Kerl doch hätte besser befestigen sollen. Und kurz darauf, während man am Küchenfenster vorbeisegelt, kann man versuchen der Frau zuzurufen, dass sie heute ein Gedeck weniger auflegen kann. Und schließlich, kurz bevor man unten aufschlägt, kommt einem noch zwangsläufig der Gedanke, dass Rasen als Hofbelag in vielerlei Hinsicht praktischer oder zumindest weicher wäre als Steine.

Damals war es nicht sehr schlimm ausgegangen: Die Schulter und der Stolz hatten ein wenig gelitten, aber sonst war das Leben weitergegangen.

Der Nachbar sagte später, jene Episode hätte ihn in der Überzeugung bestärkt, dass es generell nicht lohnte, Gerüste zu bauen, weil man sowieso herunterfiel. Das hatte die gleiche durchgeknallte Logik wie der Verzicht auf Sicherungsseile.

Ich beschloss, am nächsten Tag beim Nachbarn den Rasen zu mähen. Das wäre eine schöne Geste, und außerdem konnte sein Rasen einen Schnitt dringend gebrauchen. Der Hausherr hatte schon seit Langem keine Zeit mehr für so etwas Irdisches wie die Alltagsroutine gehabt. Seine Routine widmete er dem Bauprojekt.

So öffnete ich denn gleich nach dem Aufstehen die Garagentür und holte meinen Rasenmäher heraus. Ein selbst fahrender Husqvarna. Gutes Gerät, häckselte das Gras zu Mus, so wie seinerzeit die Musketen von Husqvarna Schwedens Feinde zerhäckselt hatten. Ich schätze Unternehmen, die eine lange Tradition haben. Husqvarnas gibt es seit Ende des siebzehnten Jahrhunderts, wenngleich damals noch keine Rasenmäher hergestellt wurden.

Ich kontrollierte, ob Benzin im Tank war, und zog. Die Maschine sprang sofort an. Zunächst fuhr ich über den eigenen Rasen, damit es nachher so aussah, als wäre das Umsetzen auf den Rasen des Nachbarn eine spontane Idee gewesen.

Allerdings musste ich seinen Rasen erst von herumliegenden Gegenständen befreien. Ich warf die Sachen in den Sandkasten. Als ich an die eigentliche Arbeit gehen konnte, fuhr ich sorgfältig und in geraden Bahnen. Ich beschloss, die Ränder später mit dem Kantenschneider zu trimmen. Es war viel Rasenfläche vorhanden, aber am frühen Morgen brannte die Sonne noch nicht oder machte die Arbeit anderweitig unangenehm. Ich war energiegeladen, näherte mich ganz allmählich dem Nachbarhaus so wie die Gesellschaftsordnung den Barbaren – bildlich gesprochen. Aber zweifellos leistete mein Rasenmäher saubere Arbeit, und der von mir gestutzte Teil ließ sich durchaus für Demonstrationszwecke verwenden. Als ich fast fertig war, entdeckte ich die Nachbarsfrau auf dem Balkon ihres Hauses. Sie war im Morgenmantel und sah aus, als sei sie gerade erst erwacht. Verwundert betrachtete sie mein Treiben. Ich tat, als würde ich sie nicht bemerken, und fuhr die letzte Runde zu Ende, ehe ich die Maschine ausschaltete. Erst dann grüßte ich.

»Morgen!«

»Morgen. Was machst du da?«, fragte sie.

»Mein Rasen war zu schnell fertig, und so habe ich hier weitergemacht«, erwiderte ich. »Du hast jetzt bestimmt anderes zu bedenken. Dafür sind Nachbarn da!«

»Ach ja?«, wunderte sie sich. Sie war tatsächlich gerade erst aufgewacht. Ich hob die Hand an die Mütze. Ich war zu allem bereit.

»Wenn du einen guten Rasenmäher brauchst, hier hast du einen«, sagte ich, Rokka nachahmend, der immer mein großes Vorbild gewesen war. Ein Killer, aber ein Familienvater. Ich war allerdings kein Familienvater. Und auch kein Killer.

»Danke. Das wäre nicht nötig gewesen. Willst du Kaffee?«

Ich wollte.

Ich betrat das morgendliche Haus. Dort roch es nach einer kinderreichen Familie: nach warmem Atem, verwuschelten Haaren und nach Frühstück. Die älteren Kinder schliefen noch, die beiden jüngsten sahen sich Kinderprogramme an. Die Nachbarin hatte sich fertig angezogen, ehe sie heruntergekommen war. Sie bedeutete mir, mich zu setzen, und stellte zwei Becher auf den Tisch. Sie hatte selbst noch gar nicht gefrühstückt. Für mich war es bereits das zweite Mal; ich fühlte mich außerordentlich munter. Ich goss mir Milch in den Kaffee und sah zu, wie sie sich eine Brotscheibe zurechtmachte. Die Brotscheibe sagt fast alles über den Menschen aus. Die Tatsache, ob er Toast- oder Roggenbrot isst. Was er sich draufschmiert, ob er Butter, eine Light-Sorte oder richtigen Käse nimmt. Die Nachbarin war eine Frau nach meinem Geschmack: Sie aß getoastetes Roggenbrot, das sie mit Tomate belegte.

Ich erzählte ihr, dass ich im späteren Tagesverlauf noch die Kanten des Rasens schneiden wollte.

»So wird es schön sauber«, sagte ich.

»Wir werden ins Krankenhaus fahren«, erwiderte sie. Ich nickte, versuchte aber das Thema zu wechseln. Das Krankenhaus passte nicht recht zu einem munter fröhlichen Sommermorgen. Ich erzählte, dass ich auf dem Hof eine Schlange getötet habe. Besorgt sah sie mich an. Sie mochte keine Schlangen und hatte auch Angst wegen der Kinder.

»Jetzt ist sie tot«, versicherte ich.

Mit solch kleinen Dingen vermag man Sicherheit in der Umgebung zu schaffen, und gerade dazu sind die Männer da, dachte ich zufrieden. Die Welt wäre ein sehr sicherer Ort, wenn es nur Männer gäbe. Allerdings auch langweilig, so ganz ohne Frauen. Ich schielte heimlich auf die Brüste der Nachbarin. Sehr langweilig.

Ich glaube, dass sie meinen Blick bemerkt hatte, denn sie sah an sich herunter, so als wollte sie prüfen, ob mit ihrer Bluse alles in Ordnung war. Ich wurde verlegen und errötete – in meinem Alter sollte man eigentlich wissen, dass man nicht heimlich gucken kann, wenn man dem anderen gegenübersitzt. Die Nachbarin wischte sich zum Schein Krümel von der Bluse und stand auf, um Saft zu holen. Ich betrachtete sie: Von hinten klappte es, da war der Blick nicht so leicht zu bemerken.

Ich bedankte mich für den Kaffee und brach auf. Auf dem Hof schritt ich rasch aus und blickte nicht zurück, obwohl ich es gern getan hätte.

30

Noch nie war der Hof des Nachbarn so gut in Ordnung wie in jenen Tagen. Ich räumte auf, sortierte Gegenstände und Bretter, sammelte das Werkzeug des Nachbarn zusammen und brachte es, damit es nicht draußen nass wurde, in den Stall, wo er sich eine Tischlerecke eingerichtet hat. Mir schien, dass ich seiner Frau nähergekommen bin, denn wir haben uns viel unterhalten. Sie hat mir sogar aus ihrem Leben erzählt, und solche Dinge vertraut man ja nicht jedem an. Ich glaube, dass sie mich mag.

Die Nachbarsfrau stammte ursprünglich aus Kalanti. Von ihrer Ausbildung her war sie Ingenieurin, hatte diesen Beruf aber kaum ausgeübt, da sie wegen der Kinder zu Hause geblieben war. Ingenieurin! Das erklärte weitgehend diese seelische Verbindung, die ich zwischen uns sah. Sie war spezialisiert auf Datenverkehr, was natürlich nicht so toll war wie ein Ingenieur, der in der Papier- oder Seeverkehrsindustrie tätig war, passte aber gut zu einer Frau. Ein Historiker und eine Ingenieurin bildeten ein gutes Gespann! Der eine wusste, wie die Dinge waren, der andere, wie man sie korrigierte.

Die Tage vergingen und begannen sich angenehm zu ähneln, wie immer, wenn das Leben auf gute Weise zum Alltag wird. Bis die Nachbarin verkündete, dass ein Besuch im Krankenhaus möglich sei. Ihr Mann war auf die normale Station verlegt worden, und er konnte bereits sprechen, wenn es auch mit dem Essen immer noch nicht klappte.

Zum Krankenhaus waren es einige Dutzend Kilometer, sodass ich das Auto nahm. Es war schwierig, einen Parkplatz zu finden, und ich begann mich schon über die Mühe zu ärgern, die der Nachbar mir so unbeabsichtigt verursachte. Schließlich stellte ich das Auto vor der Geburtenstation ab, auf einem Platz, der zu halbstündigem Parken berechtigte. Ich sagte mir, dass er jedenfalls nicht für Erstgebärende vorgesehen war.

Ich ging herum auf die Vorderseite des Krankenhauses und fuhr mit dem Fahrstuhl in die richtige Etage hinauf. Der Krankenhausgeruch weckte Erinnerungen, die ich mir lieber erspart hätte. Ich erkundigte mich nach der Zimmernummer des Nachbarn, klopfte an die Tür und trat ein.

Er hatte ein eigenes Zimmer, einen Fernseher und alles. So eines hatte auch meine Frau gehabt. Auf dem Tisch stand ein Blumenstrauß, die Betttücher waren blau, die Autos draußen weit entfernt, trotzdem drang ihr Brummen bis hier herauf. Ich überreichte meine Schokoladentafel. Der Nachbar dankte und legte sie in die Schublade. Er hatte Block und Bleistift vor sich.

»Was machst du?«, fragte ich.

»Eine Liste.«

»Wovon?«

»Von alldem, was ich im Leben gelernt habe.«

»Warum?«

»Ich hatte so das Gefühl, dass ich es auflisten sollte.«

Er reichte mir den Schreibblock. Dort stand Folgendes geschrieben:

Wenn man vierzig wird, hat man schon allerlei begriffen.

Man zieht sich warm an, wenn es kalt ist. Man weiß, wenn bestimmte Kleidungsstücke im Augenblick nicht modern sind, sind sie es jedenfalls morgen wieder. Man hat gelernt, dass es beim Feuermachen wichtig ist, das Holz so aufzuschichten, dass die Luft von unten her zirkulieren kann. Man weiß ebenfalls, dass bei roter Wäsche Vorsicht geboten ist, ob es sich nun um die Aufarbeitung des Bürgerkriegs oder um Kleidungsstücke handelt.

Und dann ist da die Arbeit: Man erledigt sie, indem man einfach anfängt.

Bei Computerproblemen hilft es oft, wenn man das Gerät neu startet. Die Garantiezeit bei Haushaltsgeräten entspricht genau ihrer Haltbarkeitsdauer. Die Zahlen des Forschungszentrums der Lohnempfänger fallen immer anders aus als die des Forschungszentrums der Arbeitgeber, obwohl in beiden absolut objektive Wissenschaftler tätig sind. Die Werftindustrie ist niemals zufrieden: Immer hat sie zu viel oder zu wenig Arbeit.

Im Allgemeinen bekommt man im Leben das, was man sich wünscht, nur nicht dann, wenn man es sich wünscht.

Sicherungen können kaputt sein, auch wenn sie heil aussehen. Die Montageanleitungen für Möbel sind der beste Beweis für die Existenz des Teufels. Es gibt kein noch so großes Loch, das sich nicht mit Spachtelmasse stopfen ließe. Gewöhnliches Holz eignet sich als Zaunpfahl nicht so gut wie imprägniertes. Ein Bretterfußboden ist etwa ein Jahr lang schön, dann dunkelt er nach. Beim Rasenmäher wird Viertaktbenzin verwendet, bei der Motorsäge Zweitaktbenzin, nicht umgekehrt.

Im Allgemeinen sollte man sich nicht groß in die Angelegenheiten anderer Leute einmischen. Manchmal muss man es dennoch riskieren.

Beim Zurücksetzen mit dem Auto muss man vorsichtig sein. Spaghetti muss man umrühren. Mäuse kann man nicht besiegen. Flugameisen sind ek-

lig, aber rasch wieder weg. Mauern ist schwer. Auch Zimmermannsarbeit ist schwer. Nur Abreißen ist nicht schwer, außer dann, wenn es schwer ist.

Zumeist ist es klug, seinen Stolz hinunterzuschlucken und sich zu entschuldigen. Fast ebenso häufig ist es eine kleinere Mühe, einem Dümmeren gegenüber nachzugeben.

Kaum etwas ist so dringend, dass man es nicht auch später erledigen könnte. Was das Kindermachen und das Spielen mit Kindern anbetrifft, sollte man jedoch nicht zögern.

Mit vierzig kennt man die schlechte Seite von Billigem: dass es nämlich billig ist. Und von Teurem: dass es teuer ist. Man kommt auch durchs Leben, indem man zwischen beiden schwankt.

Erbsensuppe kriegt man leicht aus der Dose, wenn man ein Loch in den Boden der Dose macht. Ein anständiger Mensch gibt keine Zwiebel an den Salat.

Mit vierzig weiß man, dass es witzlos ist, sich auf der Schwedenfähre eine halbe Stunde vor Ankunft im Hafen fertig angezogen hinzustellen und auf den Ausstieg zu warten, aber man tut es trotzdem.

Die einen handeln, die anderen reden, nur die Letzteren machen keine Fehler.

Im Allgemeinen lohnt es nicht, Dinge sehr stark zu befestigen, weil man sie sowieso bald wieder abreißen muss. Nur an Menschen sollte man sich fest binden, damit man weiß, wo man steht.

Man weiß, dass man mit Ausdauer alles erreichen kann und dass man, wenn man angefangen hat, schon einen Schritt weiter ist, aber man weiß auch, dass die Gabe der Ausdauer nicht allen Menschen vergönnt ist und dass diejenigen, die sie besitzen, so ausdauernd sind, dass sie es nie schaffen, sich über ihre Erfolge zu freuen.

Das Beste daran vierzig zu sein, ist, dass man, wenn man fleißig geübt hat, sich selbst schon ebenso gut lesen kann wie andere.

Ich gab ihm das Blatt Papier zurück.

»Ist ja allerlei, was man so kann«, sagte ich.

»Stimmt.«

»Tut es noch weh?«

»Ganz verflucht.«

»Aber du lebst.«

»Du hast zu Hause geholfen, hab ich gehört. Danke.«

»Es war mir ein Vergnügen«, erwiderte ich.

Ich hielt es im Krankenhaus nicht lange aus, sodass ich dem Nachbarn gute Besserung wünschte und nach Hause fuhr.

31

Der Zustand des Nachbarn besserte sich rasch, und man würde ihn bald entlassen. Das Leben würde wieder seinen alten Gang gehen. Ich blickte hinüber auf den Nachbarhof, auf dem frühmorgens ein grüner Volvo vorgefahren war. Er gehörte den Eltern des Nachbarn. Sie wollten mit ihren Enkelkindern in die Hauptstadt fahren, in ein Hotel mit Schwimmbad. Der Nachbar hatte den Ausflug im Winter versprochen, zu einem Zeitpunkt, da der Sommer stets sehr fern zu sein scheint. Jetzt konnte er nicht fahren, sodass die Großeltern einsprangen. Ich beobachtete, wie sie sich zur Abfahrt bereit machten und zwischen Auto und Haus hin und her liefen, weil ständig noch etwas geholt und eingepackt werden musste. Die Nachbarin blieb zurück und winkte. Sie fuhr nicht mit. Ich konnte sie verstehen. Ich würde auch nicht mit dreihundert anderen Leuten zusammen im selben Wasserbecken planschen mögen.

Als das Auto hinter der Kurve verschwand, lauschte ich, ob es stiller würde in der Gegend. O doch, das wurde es. Die Nachbarin war noch draußen und räumte auf, stellte ein paar Fahrräder unter die Überdachung, warf Spielzeug in den Sandkasten und Müll in den Mülleimer, trug Kleidungsstücke nach drinnen. Ich harkte zum Schein meinen Hof und beobachtete sie heimlich. Sie genoss es sicherlich, dass sie mal allein sein konnte.

Ich blieb auf meiner Seite und pusselte herum, aber so, dass mich die Nachbarin auch bestimmt sah. Zwischendurch ging sie nach drinnen und kam dann wieder heraus. Sie hatte ein Buch und ein Getränk dabei und setzte sich in die Hängeschaukel, um zu lesen. Ich ging ins Haus und sah mir durchs Fernglas an, was sie las. Einen Krimi. Ich ging wieder hinaus und nahm ebenfalls ein Buch mit. Als sie ihre Lektüre irgendwann beendete und aufstand, hielt ich meine Gelegenheit für gekommen und rief ihr einen Gruß zu, so als hätte ich sie eben erst entdeckt. Ich ging zu ihr.

»Die anderen sind alle abgefahren?«

»Nach Helsinki, sie kommen morgen zurück«, sagte sie und warf einen kleinen Bagger in den Sandkasten.

»Da hast du es mal schön ruhig.«

»Ich will einfach gar nichts tun und die Zeit genießen.«

»Das ist ein kluger Gedanke«, sagte ich.

Der Teich glitzerte auffallend. Ich trat an die Mauer und spähte hinein. Die Grube war voller Wasser, und zu allem Überfluss war auch die Reinigungsmaßnahme des Nachbarn geglückt: Das Wasser war klar wie vor Griechenlands Inseln. Ich weiß es, denn ich bin oft dort gewesen. Ich hob die Brauen und schaute erstaunt. Die Nachbarin trat zu mir und sagte, sie selbst sei auch überrascht, aber man müsse seinen Augen einfach trauen.

Ich sah sie an.

»Darin könnte man ja baden!«

»Bitte, tu dir keinen Zwang an«, sagte sie.

»Ob das Wasser kalt ist?«, fragte ich zweifelnd.

»Siebzehn Grad.«

Ich hätte sie am liebsten gefragt, ob sie mir beim Baden Gesellschaft leisten würde, traute mich aber nicht. Außerdem hörte sich die Wassertemperatur kalt an.

»Ich kann auch mitkommen. Es ist ein heißer Tag«, sagte sie und verursachte damit einen Stromschlag, dass ich regelrecht wankte. Ein triumphierendes Lächeln durchzog mich und wärmte meine Adern, sodass ich sogar in ein Eisloch gesprungen wäre, wenn sie mich darum gebeten hätte. Ich weiß nicht, ob sie es bemerkte. Ich sagte, dass ich meine Badehose holen wolle.

Ich ging ins Haus und versuchte zu überlegen, wo ich meine Badehose gelassen hatte. Ich ging nie baden und brauchte sie somit faktisch nie. Ich suchte zwischen der Unterwäsche, dort war sie nicht. Dann sah ich dort nach, wo mein Sportzeug lag. Keine Badehose. Ich riss den Inhalt des ganzen Kleiderschranks heraus, ohne Ergebnis. Ich versuchte nachzudenken, wann ich die Badehose zuletzt benutzt hatte, es fiel mir nicht ein. Ich begann zu verzweifeln. Eine Gelegenheit, wie sie sich jetzt bot, durfte man sich nicht entgehen lassen. Ich durchsuchte das Badezimmer, den Handtuchschrank, sogar die Reinigungskammer. Ich sah im Schrank meiner Frau nach. Dort lag ihr Badeanzug. Ich musterte ihn prüfend. Ein schwarzer Einteiler mit drei gelben Streifen an der Seite. Es gab keine Alternative, also zog ich ihn an; er passte eigentlich recht gut, wenngleich er über der Brust locker saß. Ich nahm ein Handtuch und ging nach draußen. Ich betrachtete meine Waden, sie waren behaart, und ich überlegte, ob ich zurückgehen und sie rasieren sollte. Dazu war keine Zeit. Ich musste baden gehen, die Nachbarin wartete bestimmt schon. Ich ging rüber und spürte dabei eine seltsame Beklemmung, fühlte, dass etwas nicht im Lot war. Ich sah, dass sie auf mich wartete. Sie musterte mich beifällig und schlug vor, dass wir Hand in Hand ins Wasser springen sollten.

Ich schrak in meinem Baden-Baden-Stuhl zusammen, musterte meine Kleidung. Normal. Kein Badeanzug meiner Frau. Ich war normal. Ich blickte nach nebenan: Die Nachbarin las immer noch in ihrer Schaukel. Mein Herz hämmerte. Das Leben hängt die ganze Zeit am seidenen Faden – die Grenze des sozialen Selbstmords ist so nah, dass ein kleiner Schritt genügt um sie zu überqueren, so klein wie der, der einen zum Kleiderschrank führt.

Die Nachbarin beendete ihre Lektüre, stand auf und reckte sich. Auch sie war anscheinend eingeschlafen; wir hatten tatsächlich viel gemeinsam. Ich hielt meine Gelegenheit für gekommen, rief einen Gruß und ging zu ihr.

»Die anderen sind alle abgefahren?«

»Nach Helsinki, sie kommen morgen zurück«, sagte sie und warf einen kleinen Bagger in den Sandkasten. Ich spürte, dass ich diesen Augenblick bereits erlebt hatte und dachte bei mir, dass ich ihn auch künftig wiederholen könnte.

»Da hast du es mal schön ruhig.«

»Ja. Ich habe vor, gar nichts zu tun. Nach langer Zeit hat sich auch meine Stimmung wieder gebessert.«

Ich malte mir aus, wie es wäre, mit ihr zusammen gar nichts zu tun, und grübelte fieberhaft, wie ich die Zeit anhalten könnte. Mir fiel nichts ein. Sie fragte mich, ob ich ein Glas Saft wolle. Ich wollte.

Sie brachte den Saft auf einem Tablett. Erdbeersaft mit Eisstücken darin. Ich bedankte mich. Wir kosteten den Saft, und ich betrachtete den Teich, der auffallend glitzerte. Ich ging hin: Das Wasser war klar. Die Reinigungsmaßnahme des Nachbarn war geglückt. Ich äußerte meine Verwunderung laut. Die Nachbarin trat zu mir und sagte, sie sei selbst erstaunt. Das Wasser sah geradezu verlockend aus.

»Aber kalt ist es«, sagte sie.

»Hast du schon darin gebadet?«, fragte ich.

»Das tue ich dann später von der Sauna aus, falls die je fertig wird.«

»Heute Abend ist Vollmond. Da könnte man ein Mondscheinbad nehmen«, sagte ich.

»Ach ja?«

»Ich weiß es deshalb, weil ich bei Vollmond immer schlecht schlafe.«

»Ist das nicht nur ein Aberglaube?«, meinte sie zweifelnd.

»Trotzdem schlafe ich schlecht.«

»Vielleicht sollte man es mal ausprobieren«, sagte sie.

»Wir sehen uns um Mitternacht«, sagte ich halb im Scherz.

Ich stellte sie mir vor, wie sie über eine Mondbrücke schwamm. Eine helle Gestalt im dunklen Wasser, dazu die Düfte und Geräusche der Sommernacht, Stille und Feuchtigkeit, innere Gelassenheit. Und wie sie aus dem Wasser stieg, sich abtrocknete und zum Schluss das Handtuch wie einen Turban um den Kopf schlang und nackt und aufrecht ins Haus zurückging.

Die Welt hatte viel Platz für Gedanken und Fantasien.

Die Nachbarin lachte und sagte, dass sie unabhängig vom Vollmond schlecht schlafe.

»In einer großen Familie geschieht nachts allerlei, und im selben Bett liegen so viele Menschen, dass man einfach nicht ruhig schlafen kann. Wenn das lange genug andauert, verlernt man es ganz und gar.«

Ich dachte an Betten. Das Bett sagt viel aus über eine Beziehung. Anfangs passt man gemeinsam in ein Einzelbett. Teilweise kommt das natürlich daher, dass zu jenem Zeitpunkt beide zusammen ungefähr so breit sind wie später jeder einzelne allein. Aber der wichtigste Grund für die Eintracht ist Liebe. Als ich das erste Mal mit einer Frau, mit meiner Frau, zusammen war, lagen wir in ihrer Studentenwohnung im Einzelbett. Wir schliefen darin ein Jahr lang und fanden es nicht eng. Das Schlafen in der Löffelchenstellung hat viel für sich. Ich dachte mit Wärme an jene Zeit, da der andere einem so nah war, als würde man in derselben Haut stecken. Wenn man dann mehr Geld hat, schafft man sich ein Anderthalb-Bett an. Das ist fürstlich breit und erlaubt auch mal, beim Schlafen auf der anderen Seite zu liegen. Schließlich erwirbt man ein Doppelbett, was gleichzeitig die Ouvertüre dazu ist, dass man sich vom anderen entfernt. Nach und nach schläft man immer weiter auseinander an den Rändern des Bettes, es ist wie mit Nachbarstaaten, die man ganz gern mal besucht, aber ebenso gern kehrt man wieder nach Hause und in seine eigene Betthälfte zurück.

Familien mit Kindern sind anscheinend eine Sache für sich, da aus dem Zwei-Personen-Bett eines für drei oder vier Personen wird und einem dauernd jemand gegen den Kopf tritt. Die Nachbarin befand sich in dieser Lebensphase. Wenn das lange genug andauert, schaffen sich manche zwei Betten an verschiedenen Adressen an, manchmal sogar in verschiedenen Städten. Das löst kaum das Problem, denn die Zeiten sind vorbei, da man den Kopf aufs Kissen legt und erst wieder aufwacht, wenn morgens der Wecker klingelt.

Der Saft war alle, aber ich mochte nicht um Nachschub bitten.

»Wir sehen uns beim Mondscheinschwimmen«, erinnerte ich die Nachbarin und versuchte meiner Stimme einen scherzhaften Ton zu verleihen, der zugleich herausfordernd war, aber trotzdem so, dass man das Ganze als Scherz deuten konnte.

»Ja, ja«, sagte sie und ging ebenfalls nach drinnen.

Mir war nicht klar, was sie damit meinte. Die Frauen sind so: Sie können es nicht direkt sagen, sondern reden um die Sache herum und in Rätseln und erwarten, dass die Männer deuten können, was sie jeweils wollen, obwohl der Mensch ja die Sprache eben dazu entwickelt hat, dass er mit ihrer Hilfe von seinen Gedanken, Wünschen und Hoffnungen erzählen kann.

Ich interpretierte es so, dass sich die Nachbarin zu meinem Vorschlag positiv verhielt.

32

Der Abend kam langsam und mit Mühe wie ein alter Mensch. Ich saß unruhig am Küchentisch und stellte mein Fernglas auf die Fenster des Nachbarhauses ein. Die Sonne schien so stark, dass ich nichts sah und mir das Geschehen ausmalen musste. Das verlieh ihm möglicherweise mehr Würze.

Ich war nervös wegen der Wendung, die die Dinge genommen hatten. Nervös und froh. Ich putzte mir viele Male die Zähne. Ich duschte, und während ich mich abtrocknete betrachtete ich mich im Spiegel, um mich zu vergewissern, ob ich immer noch gut aussah. Innerlich kam es mir so vor, aber mit dem Spiegel war schwer streiten. Genau und objektiv betrachtet, war ich nicht mehr sehr jung. Tränensäcke, leicht erschlaffte Wangenhaut, beginnende Falten, Bartwuchs, der an einen Stoppelacker erinnerte und aus dem der jugendliche Flaum längst verschwunden war. Ein sehniger Körper, aber auf eine ältliche, zähe Art, so wie Wacholder oder eine Krüppelbirke. Würde die Nachbarin diese Figur mögen?

Zwar war ich ja eigentlich noch nicht alt, gewiss nicht, aber die Richtung war klar. Es galt, keine Sommer mehr zu vergeuden. Der Mensch altert, und je älter er wird, desto verrückter wird er auch. Deshalb muss man das Leben beim Schopf packen, solange man noch die Möglichkeit dazu hat. Ich dachte an meinen Großvater. Er lebte lange und hielt seine Verwandten jahrelang mit seinen Vorhängeschlössern als geistige Geiseln. Jeder Ort war mit einem großen Vorhängeschloss gesichert. Die Schlüssel zu allen Schlössern waren ständig verschwunden, und in jeweils unterschiedlicher Zusammensetzung suchten Gruppen von Verwandten danach. Einmal sollten alte Kleidungsstücke aus dem Lager geholt werden, das so voll war, dass nicht mal mehr eine Fliege hineinpasste. Der Schlüssel war natürlich verschwunden, das waren die Deibel ja immer. Da sich die Schlüssel nicht fanden, folgerte der Alte, dass sie gestohlen worden waren, so wie auch die Kleidungsstücke.

Ich tröstete ihn damit, dass sich so ein Räuber doch wahrlich eine kleine Beute verdient hat, wenn er erst durch die Außentür eindringt, dann durch die Tür des Luftschutzraumes, durch die des Stahlgitters, danach mit dem Dietrich die Truhe öffnet und Unterhosen aus dem Jahr 1964 stiehlt, zum Schluss die anderen Sachen aber wieder so ordentlich hinlegt, wie er sie vorgefunden hatte.

Würde ich genau so werden? Das war ein beunruhigender Gedanke. Zwischen meinem Großvater und mir gab es allerdings einen wesentlichen Unterschied: Ich bewahrte hinter Schloss und Riegel nur wichtige und wertvolle Dinge auf.

Als es auf elf Uhr zuging, begann es in meinem Bauch zu kneifen, ja er krampfte regelrecht. Ich versuchte mich hinzulegen, aber das half nicht, denn in liegender Stellung hämmerte mein Herz so laut, dass ich meine Gedanken nicht hörte. Ich stand auf und trank ein Glas Wasser. Mein Magen beruhigte sich. Ich wanderte unruhig durchs Haus und wartete auf Mitternacht. Ich benahm mich, als wollte ich zum ersten Mal verreisen.

Hinaus in die neue Welt, die bekannt und unbekannt zugleich ist und an deren Horizont ein seltsames und faszinierendes Licht schimmert, das einen lockt, weiter und immer weiter zu gehen.

Auch die längste Stunde endet irgendwann. Wenn mir Missgeschicke passieren, sage ich mir oft, dass eine Zeit kommen wird, da auch dieser Moment nur eine Erinnerung sein wird. Das hilft, die Dinge in die richtige Perspektive zu rücken. Als es auf Mitternacht zuging, dachte ich, dass es mit dem Ende des nun bald beginnenden Moments keine Eile hätte.

Ich hatte meine Badehose nicht gefunden, aber das passte eigentlich recht gut zu der Szene, die ich mir vorstellte. Im weichen Licht des Mondes würde Nacktheit nichts ausmachen. Ich schlang mir ein Handtuch um die Hüften, zog Pantoffeln an und betrat das Nachbargrundstück, als die Uhr zwölf schlug.

Ich ging zum Teich und sah mich suchend nach der Nachbarin um. Bald würde sie über den Rasen kommen, eingehüllt in ein weißes Handtuch, dass sie fallen lassen würde, kurz bevor sie mich erreichte. Ich würde ihre Brüste und die dunkle Stelle zwischen den Beinen sehen. Wir würden uns da im Gras küssen, im Mondschein, in der Sommernacht.

Ich durchlebte die Vorstellung in Gedanken und spürte, wie sich unter meinem Handtuch etwas tat. Aber wie sehr ich auch meinen Blick in jeden Punkt auf dem Hof bohrte, ich konnte sie nicht entdecken.

Ich wartete einen Augenblick und noch einen zweiten. Wo war sie?

Zehn Minuten später beschloss ich, im Haus nachzusehen. Vielleicht war sie eingeschlafen. Ich legte mein Handtuch um die Schulten und ging quer über den Nachbarhof. Die Nacht war ein bisschen kühl, sodass es vielleicht sowieso besser war, wenn wir uns drinnen trafen. Womöglich wartete sie schon auf mich in ihrem Zimmer. Ich stellte mich unter das Schlafzimmerfenster. Die Gardinen waren zugezogen, aber der Fensterflügel stand einen Spalt offen.

»Emilia!«, rief ich. »Emilia! Ich bin es!«

Nichts geschah. Ich nahm einen kleinen Erdklumpen auf und warf ihn ans Fenster. Er traf nicht das Glas, sondern sauste direkt ins Zimmer. Kein Erfolg. Ich rief erneut, jetzt etwas lauter. »Emilia!«

Im Zimmer flammte Licht auf. Die Gardine wurde zur Seite gezogen, und ich sah das Gesicht der Nachbarin. Ich winkte ihr zu. Über dem Feld hing ländlicher Friede, der Weizen stand schon hoch, war fast reif. Die Nachbarin steckte den Kopf aus dem Fenster und musterte mich in meiner Nacktheit. Ich blickte nach oben wie eine zum Sprung bereite Katze. Die Nachbarin suchte nach Worten und fand sie schließlich.

»O je«, sagte sie und sah mich an, den Kopf ein wenig schräg geneigt, so als wäre sie verärgert über ein kleines Missgeschick im Alltag. Dann schloss sie das Fenster. Sie knallte es nicht zu, sie schloss es einfach.

Es dauerte einen Moment, ehe ich ihre Worte und das, was geschehen war, begriff. In mein Bewusstsein drangen schlagartig die Fakten: Ich stand splitternackt unter ihrem Fenster, und sie hatte das Fenster geschlossen. Was bedeutete das? Hatte sie das Fenster zugemacht, um herunterzukommen und die Tür zu öffnen? Wohl kaum.

Ich hatte falsch verstanden. Meine Scharfsichtigkeit hatte mich im entscheidenden Moment getäuscht. Gerade als ich glaubte, alles zu bekommen, was ich mir wünschte. Ich wandte den Blick vom Fenster ab und sah mein nacktes Ich. Helle Zehen auf dem grünen Rasen. Ich spürte die Feuchtigkeit des Grases. Nach dieser Szene würde jeder einzelne Schritt, den ich machte, so lang sein, dass die Ewigkeit hineinpasste. Hundert Meter, wie beim Marathon.

Wind blies vom Feld her und ließ meine Hoffnungen, Träume und Zukunftspläne davonfliegen. Ich versuchte mir einzureden, dass eine Zeit kommen würde, da all dies nur eine Erinnerung war. Aber das war schwer zu glauben. Ich ging zu meinem Haus. Am Teich dachte ich über die Möglichkeit nach, mich zu ertränken, aber ich glaubte nicht, dass ich dazu fähig wäre. Auch war das Wasser so kalt.

Zu Hause lag ich im Bett und erwog die Alternativen. Meine Gedanken wanderten zu jenen Momenten in meinem Leben, in denen ich hatte sterben oder verschwinden wollen und die ich gern loswürde. Sie waren alle trivial verglichen mit dem heutigen. Als kleiner Junge hatte ich mir mal etwas vom Kiosk geholt und war hinterher wieder heimgegangen. Bald darauf stand ein jugendlicher Krimineller, ein paar Jahre älter als ich, vor der Tür. Er war zur selben Zeit am Kiosk gewesen und behauptete, ich hätte seine Handschuhe geklaut und in den Graben geschmissen. Ich begriff gar nicht, wovon er sprach. Ich hatte seine Handschuhe nicht angefasst. Er hörte nicht zu. Ich wusste, dass es nicht dabei bleiben würde. Angst nahm mich in ihren Würgegriff, als ich mir überlegte, wie elend mein Leben werden würde. Die Handschuhe würden für den Rest meines Lebens vor mir baumeln und herumspuken. In den Pausen müsste ich dem Kerl ausweichen. Nach draußen würde ich mich gar nicht mehr wagen. In die Fremdenlegion käme ich noch nicht mal mit dreizehn. Die Angst hielt zwei Jahre an. Ein zweijähriges falsches Urteil. Ein anderes Mal war ich beim Ladendiebstahl erwischt worden und wartete zwei Monate lang, dass der Polizist mir die Anzeige nach Hause schickte. Jeden Tag sah ich im Briefkasten nach, ob das Behördenschreiben schon gekommen war. Zwei Monate Angst wegen einer C-Kassette.

Sie waren zahlreich, jene Momente, in denen man nicht weiterwusste und die Nacht lang wie der Tod war.

Was, wenn ich einfach vergessen würde? Wenn ich so täte, als sei nichts passiert, dann wäre vielleicht auch nichts passiert. Letztlich zeigt sich die Welt jeweils so, wie wir sie uns zurechtbasteln. Ein Baum, der im Wald umstürzt, existiert nicht, wenn niemand ihn sieht.

Aber die Nachbarin hatte meine weiße, nackte Gestalt im Mondschein gesehen.

Mich schauderte vor diesem Bild.

In meinem Inneren befand sich ein Klumpen, der meinen Atem lähmte. Ich überlegte, ob ich die Nachbarin anrufen und mit ihr über die Sache reden, ihr alles erklären sollte. Worte könnten die Brechstange sein, mit der die entgleiste Welt wieder in ihre Spur gehoben werden könnte.

Ich hatte ihre Nummer. Ich hatte sie mir bei der Auskunft besorgt und in meinem Handy unter dem Namen Emppu gespeichert. Ich weiß nicht, warum. Sie wurde nicht Emppu genannt, aber es klang irgendwie nach Vertrautheit. Ich drückte auf Grün und hielt das Gerät ans Ohr. Ich wusste nicht, was ich sagen würde, aber ich nahm an, dass sich alles aus sich selbst entwickeln würde. Gott würde mir die Worte eingeben.

Ich begriff nicht, warum ich auch noch Gott da hineinzog.

Das Telefon klingelte lange und schaltete schließlich auf den Anrufbeantworter um. Ich hörte die Stimme der Nachbarin. Ich seufzte tief und schaltete das Handy aus.

Aber sofort beschlich mich der schreckliche Verdacht, dass mein Seufzer aufs Band gelangt war und als Keuchen interpretiert werden könnte. Ich wäre ein Exhibitionist und ein Keucher. Alles wurde nur immer schlimmer. Ich starrte auf das Telefon und überlegte, ob ich erneut anrufen und alles erklären sollte. Die Frauen erkannten gewiss den Unterschied zwischen Seufzen und Keuchen. Man musste nur aufpassen, dass der Atem gleichmäßig war. Das war schwierig, weil das Herz so heftig klopfte.

Ich rief an. Diesmal wurde ich meine Erklärung los – dass der vorige Anruf ein Fehler gewesen war. Anschließend hielt ich mein Telefon in der Hand und wartete, dass es klingelte. Vielleicht hatte die Nachbarin so tief geschlafen, dass sie erst aufgewacht war, als ich bereits aufgelegt hatte. Sie würde verstehen, dass ich mich entschuldigen wollte. Womöglich würde sie zu dem Schluss kommen, dass sie selbst übereilt gehandelt hatte. Wir würden uns am Telefon unterhalten, und sie würde mir erzählen, wie sie ins Bett gegangen war, aber nicht schlafen konnte. Mein Besuch hatte Dämme in ihr geöffnet, von deren Existenz sie gar keine Ahnung gehabt hatte. Dass sie gern über alles reden und sich klar werden wollte, was all das bedeutete. Dass sie jetzt sofort zu mir kommen würde.

Aber das Telefon klingelte nicht.

33

Am Morgen sah ich, dass die Nachbarin wegfuhr. Ich vermutete, dass sie ins Krankenhaus wollte, sie fuhr jeden Tag dorthin. Würde sie ihrem Mann von den nächtlichen Ereignissen erzählen? Wenn sie es tat, was würde er wohl denken? Würde er wütend werden? Er war ein recht gemütvoller Mensch – vielleicht hätte er Verständnis. Außerdem zeugte all das ja nur davon, dass seine Frau begehrt und zugleich treu war, beides Dinge, die einen Mann zufrieden machen sollten. Eigentlich hatte ich ihm einen Dienst erwiesen.

Ich goss mir einen Kaffee ein und ging nach draußen. Die Hofsauna des Nachbarn prangte schmuck in der Morgensonne. Sie war, bis auf den allerletzten Schliff, fertig. Ich betrachtete die Wasseroberfläche des Teichs, die sich seltsam wellte. Es herrschte kein Wind, sodass ich nach dem Verursacher der Wellen Ausschau hielt. Schließlich schoss er am gegenüberliegenden Ufer wie ein Korken an die Oberfläche. Ein Haubentaucher. Er schwamm eine Weile herum, tauchte längs des Ufers, suchte wohl nach Nahrung oder wollte sich vielleicht nur erfrischen. Schließlich flog er weg. Wie praktisch es doch wäre, wenn man fliegen könnte. Ich hätte letzte Nacht ganz einfach auf dem Fensterbrett der Nachbarin landen können. Hätte sie mich auch in dem Falle abgewiesen? Ich würde es nie erfahren.

Ich trat in die Saunahütte. Alles war fast fertig, es fehlte nur der Fußboden, aber die Bretter lagen bereits bereit und mussten nur noch verlegt werden. An den Fenstern fehlten die Leisten, aber auch sie waren bereits gekauft und lehnten an der Wand. Die Tür wirkte massiv. Das Werkzeug lag im Aufenthaltsraum und wartete nur darauf, benutzt zu werden. Ich berührte die kleine Kreissäge. Aus einer spontanen Idee heraus maß ich ein Fußbodenbrett aus, kappte es auf die passende Länge und setzte es ein. Das erste war immer leicht, dann wurde es schwieriger, da man das Brett in den Spund hineinbekommen musste. Hatte man es an einem Ende geschafft, guckte das andere raus, und umgekehrt. Es erforderte Können. Ich schraubte das erste Brett fest. Man muss sie anschrauben, damit sie auch bestimmt fest liegen. Ich sägte das zweite Brett zurecht und drückte es in den Spund, es rastete ein, als ich ein bisschen mit dem Hammer nachhalf, einen Fußboden zu verlegen ist eine erotische Angelegenheit, obwohl gerade jetzt Erotik meinem Leben ferner war denn je.

Ich schraubte das Brett fest und sägte das dritte zu. Es war reichlich bemessen und wollte einfach nicht in den Spund hinein. Mit dem Hammer konnte ich nicht hart zuschlagen, ich wollte den Spund nicht beschädigen. Ich drückte ein kleines Holzstück auf dieses dritte Brett, sodass ich darauf hämmern und den Spund schonen konnte. Eine gute Erfindung. Das Brett glitt in seine Höhle. Ich verlegte noch einige weitere, und der Fußboden nahm langsam Form an. Die Kiefer war hell und sauber, die Aststellen brachten Rhythmus und Farbe in die Textur des Holzes. Der Fußboden würde schön werden.

Ich verlegte ein weiteres Brett.

Sobald der Fußboden fertig wäre, müssten nur noch die Bretter versiegelt und dann der Ofen hereingebracht werden. Arbeit für einen Tag. Ein Klacks, wie mir plötzlich schien. Vielleicht übertrug sich das Gemüt des Nachbarn über seine Werkzeuge wie eine Grippe. Sonnenlicht lugte durch das kleine Fenster, dem der Nachbar eine ganz besondere Form gegeben hatte: Es erweiterte sich nach innen, etwa so wie ein Trichter, und bewirkte einen ganz besonderen Lichteinfall. Dies war keine ganz gewöhnliche Sauna.

Ich war so in die Arbeit vertieft, dass ich nicht merkte, dass das Auto des Nachbarn zurückkehrte. Mein Gehämmer war wohl bis zum Haus hin zu hören, denn plötzlich spürte ich, dass mich jemand ansah und drehte mich um. Emilia stand in der Tür.

Ich wusste nicht, was ich sagen sollte. Ich fürchtete, was immer es auch wäre, es würde die falsche Wirkung haben. Ehe Emilia etwas sagen konnte, hörte ich, wie draußen jemand mühsam die Stufen zur Terrasse hochstieg. Emilia wich zur Seite, und ihr Mann hinkte, von Krücken gestützt, herein. Er wirkte abgemagert und ausgezehrt. Er grüßte irgendwie lahm. Ich sah Emilia an, um herauszufinden, ob sie ihm etwas erzählt hatte, aber sie blickte auf den Teich. Ich konnte nur das Beste hoffen.

»Ich dachte, ich helfe ein bisschen«, sagte ich und zeigte dem Nachbarn den Akkuschrauber. »Wo du doch jetzt geschwächt bist.«

»Ein Mann mit eisernem Magen«, sagte er und grinste. Das Atmen schien ihm Mühe zu machen. Das Leben tut weh, dachte ich und spürte auch in mir einen Schmerz, verursacht durch etwas Namenloses, Ungewohntes, nicht Ausgereiftes.

»Ich habe gehört, dass du hier auch anderweitig geholfen hast«, sagte der Nachbar.

Ich musterte ihn scharf. War das eine Spitze gewesen? Welche Art von Hilfe hatte er gemeint? Das Anwärmen des Ehebettes? Das war allerdings nur ein Gedanke geblieben.

Mir gefiel dieses Gespräch nicht. Ich sah Emilia an, die sich uns wieder zugewandt hatte. Sie lächelte mich an, und da wusste ich, dass sie nicht geredet hatte.

»Ich habe das Gras ein wenig gestutzt«, sagte ich.

»Danke. Du bist ein wahrer Freund.«

»Ja«, sagte ich und hoffte, dass dieses Thema rasch beendet würde. »Wie geht es dir?«

»Bin immer noch am Leben«, sagte er. »Habe bloß so verflucht starke Schmerzen. Diät, Schmerztabletten und Flüssigkeit.«

Emilia erklärte, sie wolle gehen, um Essen zu machen. Bald würden die Kinder nach Hause kommen. Ich sah ihr nach und sah eine Zukunft entschwinden, wie sie einem im Leben nicht oft begegnet. Man sollte sie zu nutzen wissen.

Der Nachbar lehnte sich an die Wand und seufzte tief. Er musterte seine Saunahütte, die ihn fast das Leben gekostet hätte. Aber gebrochen hatte sie ihn nicht. Er begann über seinen Schmerzmittelvorrat zu sinnieren.

»Ich dachte immer, nur Frauen haben solche Fläschchen und Röhrchen, aber jetzt habe ich sogar noch mehr. Der einzige Unterschied ist der, dass mit den Röhrchen der Frauen das Wohlbefinden gefördert wird, während mit denen der Männer das Unwohlsein bekämpft wird. In der Nachttischschublade meiner Frau finden sich Cremes für jeden Finger, ich selbst habe nur Dreifachmedikamente.«

»Das ist das Los der Männer«, erwiderte ich. »Sie bringen es nicht fertig, ihren Leiden vorzubeugen.«

Der Nachbar tat mir leid, weil er das Ausmaß seines Glückes nicht erkannte und auch nicht, wie zerbrechlich es unter Umständen war. Ich tat mir außerdem selbst leid.

Prüfend musterte der Nachbar den Schornstein der Saunahütte und erging sich in Erinnerungen daran, wie er vor einigen Wochen den Betonmischer gespielt hatte.

»Mörtel enthält irgendeine ätzende Substanz, und wenn die Haut damit in Berührung kommt, ändert sie den Verlauf der Evolution derart, dass die Hände an Krokodilleder erinnern«, sagte er mit Blick auf seine Pranken. »Als ich mir dann noch nebenbei mit dem Hammer auf die Finger schlug und mir mit dem Messer kleine Wunden beibrachte, waren meine Hände am Ende in so schlimmem Zustand, dass ich sie nicht mal zu Fäusten ballen konnte.«

Erneut glaubte ich, einen versteckten Hinweis in dem Satz zu erkennen: Warum wollte er seine Hände zu Fäusten ballen?

»Da half nichts anderes, als heimlich an die Vorräte meiner Frau zu gehen und Handcreme aufzutragen«, fuhr er fort. »Die Auswahl war schwierig. Es gab extra etwas für die Hände, fürs Gesicht, für den Körper, für die Lippen. Es gab Milch, Lotion, Butter.«

Er schwieg eine Weile und betrachtete wieder seine Hände. Auch ich betrachtete die meinen, die ziemlich weich waren.

»Ich landete bei der Butter«, sagte er. »Sie half natürlich überhaupt nicht, aber als Folge rochen die Säurehände nach Pfirsich.«

Ich schnupperte an meinen Händen, die jetzt nach Harz rochen und schwarz und beschmiert waren. Das würde selbst mit Seife nicht abgehen.

Der Nachbar erzählte, dass er persönlich überhaupt keine Pflegeprodukte besaß, auf seinem Nachttisch stand lediglich eine größere Dose mit einer blauen Substanz, auf deren Etikett ein Pferd abgebildet war.

»Pferdebalsam, Viagra für Pferde?«, fragte ich.

»Pferdeliniment. Gedacht für die Muskelpflege bei Pferden, ist aber auch für Menschen geeignet.«

»Frauen würden wohl kaum Produkte verwenden, die für Kühe gedacht sind«, vermutete ich, denn aus irgendeinem Grunde waren mir Kühe eingefallen.

»Doch, Melkfett verwenden sie«, sagte der Nachbar, als würde er vom Wetter reden.

Ich wusste nicht, ob er es ernst meinte. Das wusste man bei ihm nie. Bei Frauen allerdings auch nicht. Sicher war ich mir jedoch darin, dass Emilia kein Melkfett verwendete. Eine Frau wie sie hatte kein Euter.

Der Nachbar richtete sich im Stehen auf und stöhnte vor Schmerz. Er sagte, er wolle sich hinlegen.

»Ich mache noch ein bisschen hier beim Fußboden weiter«, sagte ich und war froh, eine Weile allein sein zu können.

»Danke«, sagte er erfreut und schleppte sich zum Haus.

Ich machte mich an die Arbeit. Bald hörte ich erneut Schritte auf der Terrasse. Ich drehte mich um und sah Emilia. Sie stand ernst in der Tür und lächelte nervös, wusste nicht recht, wo sie hinschauen sollte. Ich erhob mich und wartete ab, was sie wollte.

»Wegen gestern …«, sagte sie.

Ich gab einen unbestimmten Laut von mir.

»Es ist nichts passiert«, sagte sie.

»Nein, gar nichts«, erwiderte ich.

Sie kam näher und sah mich an. Wir standen uns auf Kussabstand gegenüber. So etwas registriert ein Mann immer. Frauen anscheinend weniger.

34

Am nächsten Tag machte ich den Fußboden fertig und fing an, die Bänke zusammenzubauen. Der Nachbar saß dabei, leistete mir Gesellschaft und sagte mir, wie er die Bänke haben wollte. Ich selbst hätte sie anders gemacht, aber ich mochte ihm nicht widersprechen. Die Sitzflächen wurden aus gehobelter Erle gefertigt, die Stützkonstruktionen aus geschälter Kiefer, so dick wie ein männliches Handgelenk. Das Ergebnis war klobig, aber auf altmodische Art gemütlich.

Als alles fertig war, musste noch der Saunaofen an seinen Platz. Der Ofen war ein Zugeständnis des Nachbarn an die Moderne: neu, edel und schwer, denn es gab viel zu heizen. In den Schwitzraum passten zehn Personen auf einen Schlag, besonders, wenn ein Teil davon Kinder waren.

Der Nachbar saß auf einem Hocker am Fenster und blickte zum Haus hinüber. Die Kinder freuten sich über die Rückkehr ihres Vaters und rannten und wuselten draußen herum. Er beobachtete sie irgendwie ernst und erklärte, dass Menschen an Häuser erinnerten.

»Menschen passen entweder an bestimmte Orte oder auch nicht. Genauso wie Häuser. Unsere Kinder haben diesbezüglich Pech gehabt. Sie wurden in der falschen Familie geboren oder zumindest im falschen Milieu.«

Ich wuchtete den Ofen herein und antwortete nicht.

»Unser Ältester ist ruhig und grüblerisch veranlagt, er mag Gespräche am Kaffeetisch«, sagte der Nachbar. »Er müsste unbedingt im Stadtzentrum wohnen, in einem Jugendstilhaus und als einziges Kind eines Pensionärspaares. Den lieben langen Tag würde man dort Kuchen essen und plaudern.«

Ich sah auf den Hof hinaus, der Älteste war nicht zu sehen. Vielleicht saß er am Kaffeetisch.

»Die Tochter wiederum ist äußerst sozial und braucht ständig was zu tun. Sie müsste in einer Eigenheimsiedlung wohnen, wo in jedem Haus Kinder leben und der Garten gerade groß genug ist, dass man Gruben schaufeln kann«, sinnierte der Nachbar. »In der Welt des Erstklässlers hingegen hat nichts anderes Platz als das Moped, sodass er in einem Viertel leben müsste, in dem er am Supermarkt herumlungern und mit seinesgleichen durch die Gegend knattern kann.«

Hier war ich mit ihm einer Meinung.

»Und die Jüngsten?«, fragte ich.

»Zu früh, um das zu sagen. Kann sein, dass dem Klapperstorch da ein Fehler unterlaufen ist und er einige der Kinder zur richtigen Adresse gebracht hat. Zumindest erinnern sie insofern an Landmaschinen, als sie an ihren Gummistiefeln ebenso viel Dreck herumschleppen wie ein ausgewachsener Traktor.«

»Und du?«, fragte ich.

Er antwortete nicht. Ihn schien etwas zu beschäftigen, mit dem er nicht recht herausrückte. Ich wollte nicht wissen, was es war, sodass ich nicht nachbohrte. Stattdessen schichtete ich Steine auf den Ofen. Die größten nach unten, die kleineren nach oben. Es müssen genügend Steine daliegen, aber nicht zu viele. Der Nachbar hatte sie auf seinem Hof gesammelt, was natürlich ein Fehler war, denn die Steine muss man im Baumarkt kaufen. Nur dort bekommt man die richtigen. Ich machte eine entsprechende Bemerkung, aber er war anderer Meinung.

»Eine Gesellschaft, in der man Steine im Laden kaufen muss, ist lebensunfähig«, sagte er, und ich hörte aus seiner Stimme echte Verärgerung heraus.

Zwei Kinder tauchten an der Saunatür auf, sie waren etwa vier und sechs Jahre alt. Sie erklärten, sie wollten Blaubeeren pflücken. Das jüngere der beiden hatte eine Pudelmütze auf, obwohl wir mindestens zwanzig Grad hatten. Der Vater wollte wissen, wozu die Mütze nötig sei.

»Na, guck mal, wenn Wespen auf meinen Kopf kommen, dann wird es ihnen da furchtbar heiß.«

Ich hob ein wenig die Brauen, sagte aber nichts. Zu manchen Dingen kann man einfach nichts sagen. Ich schichtete die letzten Steine auf und begnügte mich damit, die Wespen zu bedauern, denen bald furchtbar heiß werden würde. Als alles fertig war, trat ich ein paar Schritte zurück und betrachtete das Ergebnis meiner Arbeit.

»Wollen wir ihn anheizen?«, fragte ich.

»Ich darf noch nicht saunieren«, erwiderte der Nachbar. »Das gefällt der Operationsnarbe nicht.«

Ich war enttäuscht. Der Nachbar war egoistisch, wie ich fand, denn wir anderen hätten ja saunieren können. Er sah mir offenbar an, dass ich anderer Meinung war, und so tröstete er mich damit, dass es in einer Woche schon anders aussähe.

»Inzwischen kann man hier auch alles fertig einrichten, die Tische und das andere Zeug aufstellen.«

»Du willst einrichten?«, fragte ich.

»Ich natürlich nicht. Emilia.«

Ich überlegte, wie sich die Saunahütte wohl unter Emilias Händen gestalten würde. Obwohl gar nicht viel hineinpasste, der Aufenthaltsraum war nicht groß.

Der Nachbar erzählte, dass er wieder ins Krankenhaus müsse. Seine Genesung wurde genau beobachtet. Oder vielleicht konnte das Personal einfach nicht genug kriegen von einem Mann, der es fertiggebracht hatte, mit einem Nageltacker auf sich selbst zu schießen. So was begegnete ihnen nicht oft.

»Du bist vermutlich eine echte Seltenheit«, sagte ich.

»Nicht wirklich. Solche Unfälle passieren finnischen Männern in jedem Jahr zu Dutzenden, obwohl man es nicht glauben sollte.«

»Ein Sportvolk«, erwiderte ich. Ein Finne will alles selber machen, ob er nun die Fähigkeiten hat oder nicht. In diesem Lichte besehen, ist es geradezu verwunderlich, dass überhaupt noch Männer existieren. Man sollte denken, dass sie sich durch ihren eigenen Pfusch längst ausgerottet hätten.

Der Nachbar erhob sich offenbar in der falschen Haltung, denn sein Gesicht verzerrte sich vor Schmerz. Er blieb eine Weile stehen und lehnte sich an die Wand, um Kräfte zu sammeln.

»So ist es dann wohl, wenn man alt ist«, meinte er.

»Das Alter kommt nicht allein«, erwiderte ich.

»Es kommt auch nicht zu zweit oder zu dritt, sondern in einer so großen Horde, das man unter ihr zermalmt wird.«

Er konnte seine selbst geschossene Bauchwunde wieder ausrichten und somit auch wieder atmen. Er erklärte, dass zum Altern nicht unbedingt Gebrechlichkeit gehöre.

»Das erste Anzeichen fürs Altern ist, dass man Freude an Landschaften hat. Wenn der begeisterte Satz ›Schau nur die herrliche Laubfärbung!‹ ein Echo und keinen Brechreiz in einem auslöst, dann ist die Jugend dahin. Das zweite deutliche Zeichen für Senilität ist, dass man alte Bäume zu schätzen beginnt. Immer öfter ertappt man sich dabei, wie man sagt: Das ist aber mal eine prächtige Eiche, oder: Diese Kiefer dort ist mindestens dreißig Meter hoch, oho.«

Er horchte auf den Wald und behauptete, zur Senilität gehörte auch das Interesse für Vogelstimmen.

»Reif fürs Hospiz ist man dann, wenn man echtes Interesse an Familienforschung zeigt, aber so weit bin ich noch nicht«, sagte er.

Ich war nicht ganz einverstanden. »Das hängt davon ab, wie interessant die Familie ist, in die man hineingeboren wurde«, merkte ich an. »In meiner Familie gibt es zum Beispiel einen Zweig, der direkt auf Jaakko Ilkka zurückgeht.«

Er überhörte die Bemerkung und erzählte, dass er neuerdings Gefallen an den Weihnachts- und Frühjahrsfeiern in der Schule fand.

»Da kommen einem als gestandenem Mann glatt die Tränen, wenn zwanzig Kinder mit hellem Blick vom kleinen Sperling singen, obwohl ich nicht mal weiß, wie so ein Sperling aussieht. Oder man denke nur an die Theaterstücke, die die Kinder selbst geschrieben haben und bei denen die einzige Schwäche des Manuskripts darin liegt, dass die Weihnachtsferien noch vor dem Stück enden.«

»In der Oberstufe ist es einfacher«, sagte ich. »Da wollen alle nur weg von der Feier.«

»Auch die Turnvorführungen der sechsten Klasse sind bemerkenswert«, fuhr der Nachbar fort, wieder ohne sich um mich zu kümmern. »Es gibt zwei Versionen, in der einen führen die Mädchen, die schon recht erwachsene Körpermaße aufweisen, einen Wichtelmanntanz vor, für den dieselben Gesetzmäßigkeiten gelten wie für Chorgesang, nur dass hier die Lautstärke dadurch ersetzt wurde, dass sich niemand an die Choreografie erinnert. In der anderen Version ist die Wichtelmanntradition vergessen, und die Bewegungen sind von Madonna geliehen, was ein ebenso unvergessliches Ergebnis garantiert.«

Er schüttelte den Kopf. »Und weißt du, warum das so herzerfrischend ist? Weil darin alles Wesentliche konzentriert ist, was wir an geriatrischen Fällen schätzen: Die Darbietungen symbolisieren Kontinuität, gleichförmige Jahre, Wiederholung des Lebens. Die Erkenntnis, dass Jahr für Jahr jede Generation ebenso grauenhaft unmusikalisch ist wie die vorige, zeugt von der Illusion, dass das Leben beherrschbar und vorhersehbar sei.«

Ich überlegte, ob das Leben beherrschbar und vorhersehbar war.

Der Nachbar machte sich zum Arzt auf, deshalb verfügte auch ich mich zu mir nach Hause. Dort schaltete ich die schon vorbereitete Kaffeemaschine ein und sah durchs Fenster zu, wie sich der Nachbar ins Auto setzte, ein wenig mühsam, aber aus eigener Kraft. Emilia stand daneben, und es schien, als würden sie über etwas streiten, vielleicht darüber, ob er fahren durfte oder nicht. In diesen Dingen war er eigensinnig, das dürfte ihm eines Tages noch zum Verhängnis werden. Männer sollten zuerst auf ihre Mutter und später auf ihre Ehefrau hören. Der Nachbar hörte nicht, sondern schlug die Autotür zu und fuhr davon.

Emilia stand da und sah ihm nach, dann ging sie zur Sauna. Rasch zog ich mir ein sauberes Hemd an und kämmte mich. Aus dem Spiegel sah mir ein Mann entgegen, den die warme Glut inneren Feuers umgab.

Als ich mich dem Saunagebäude näherte, betrachtete ich sein mitteleuropäisch hohes Dach und dachte daran, wie es allein durch seine steile Form das Leben vieler Menschen beeinflusst hatte. Wäre es niedriger und flacher, wäre der Nachbar nicht heruntergefallen. Doch jedes Missgeschick bedeutet auch eine Chance, und man weiß nie, wohin etwas führt, sodass der Sturz womöglich noch ganz neue Konstellationen, helle und ungeahnte, nach sich zöge.

Ich spähte durch das kleine Fenster in den Schwitzraum. Das Holz der Wände schimmerte noch neu und hell, aber es würde rasch nachdunkeln. Die Bänke waren noch unbenutzt, sauber und rein. Auch ihr Glanz würde bald verblassen, sie würden sich zurechtziehen, gemeinsam mit den Balken, würden ihre endgültige Position finden, darin »Fuß fassen« wie die Menschen in ihrem Leben.

Ich hüstelte, um anzukündigen, dass ich mich näherte. Ich trat auf die Terrasse, und Emilia lugte aus der Tür. Sie blickte erst mich an und dann an mir vorbei, wie um zu prüfen, ob sonst noch jemand da war. Solche Blicke erkennt man. Aber niemand sonst war da. Die Kinder befanden sich wer weiß wo. Ich sah Emilia an und versuchte normal zu lächeln. Es fiel mir schwer.

»Was machst du?«, fragte ich.

»Ich müsste die Möbel hereinholen. Sie sind alle im Stall, falls du beim Tragen helfen willst.«

Ich ging zum Stall, erleichtert darüber, nicht reden zu müssen. Wenn die Hände beschäftigt sind, muss man sich keine Gedanken darüber machen, mit welchen Worten man die Luft füllt. Emilia zeigte mir den Weg. Ich betrachtete sie, während sie vor mir her ging. Ihre Bluse war kurz und entblößte einen Teil des Rückens. Schmale Taille, runder Hintern.

»Die hier«, sagte sie und zeigte auf ein paar Stühle, einen Tisch, einen Sessel und eine Anderthalb-Rahmenmatratze.

Ich machte mich an die Arbeit, Emilia half. Es dauerte nicht lange, und alles war zur Hütte geschafft. Als Letztes trugen wir das Bett, und als es sich an Ort und Stelle befand, setzte ich mich auf seine Kante. Ich blickte aus dem Fenster und sah die Oberfläche des Teiches und den Himmel, der sich darin spiegelte, kurz aufleuchtete und mit dem Wind verschwand wie ein Traumbild. Das Leben ist zu oft die Summe von ungenutzten Möglichkeiten, Versagen und mangelnder Courage. Man bekommt nichts, wenn man nicht fragt und sich nimmt, was man will.

Emilia war mit dem Tisch beschäftigt und rückte ihn vorteilhafter zurecht. Er war alt und stabil, grau gebeizt. Die Fasern der Tischplatte waren zu sehen, und ich dachte bei mir, dass genauso auch sichtbar sein sollte, was sich bei den Menschen unter der Oberfläche verbarg.

»Man müsste die Menschen beizen«, sagte ich. Emilia sah mich erstaunt an. »Damit man sieht, wie sie sind«, fuhr ich fort und lächelte vorsichtig. Solche Gespräche sind schwierig. Man verheddert sich leicht in seinen eigenen Gedanken.

Emilia verstand bis zu einem gewissen Grad meine Botschaft, wurde ernst und näherte sich dem Thema aus einer anderen Richtung:

»Als wir uns begegneten, war Jan ein ganz anderer Mann«, sagte sie.

»Das waren wir alle«, erwiderte ich. »Der Mensch verändert sich.«

»Manchmal ist es, als wäre ich gar nicht da. Als wäre ich nur eine Art Erholungs- oder Ruhepunkt inmitten wichtigerer und interessanterer Beschäftigungen.«

»Ist es das, worüber ihr streitet?«

»Die Menschen streiten ja nie über das, worüber sie streiten«, erwiderte sie und stellte die Stühle einander genau gegenüber. Gerade das mag ich an ihr: In ihrer Welt sind die Dinge rechtwinkelig.

Sie musterte den Raum, nickte entschlossen zu einem ihrer Gedanken und ging ins Haus, um einen Teppich zu holen.

Ich blieb auf der Bettkante sitzen und zitterte vor Anspannung. Bedeutete das, was sie eben gesagt hatte, nicht gerade, dass sie bereit war, die Dinge neu zu überdenken? Wenn sich die nächtliche Szene jetzt abspielen würde, würde Emilia bestimmt ihre Tür öffnen.

Ich war mir meiner Sache so sicher, wie es ein Mann nur sein kann. Als ich dann sah, dass sie zurückkam, beschloss ich, den Dingen ihren Lauf zu lassen. Ich stand auf und trat vor die Tür. Emilia sah mich fragend an. Ich trat einen Schritt näher, nahm sie fest in die Arme und hob sie hoch. Dann trat ich mit ihr über die Schwelle.

35

Emilia war schwerer als ich gedacht hatte, außerdem hatte sie einen Flickenteppich im Arm, sodass ich schwankte und wir gemeinsam in die Hütte fielen, sie zuunterst und ich auf sie drauf, zwischen uns der Flickenteppich. Sie schrie auf vor Schmerz, und ich stand rasch auf. Erschrocken sah ich sie an, ihr Gesicht war schmerzverzerrt, und aus ihren Augen flossen Tränen. Sie hielt sich die Schulter.

»Ist sie ausgerenkt?«, fragte ich. »Entschuldige. Bitte verzeih mir. Ich …«

Sie schüttelte den Kopf und schloss die Augen, versuchte gleichmäßig zu atmen und den Schmerz unter Kontrolle zu bekommen. Meine Hände pendelten über ihr wie die eines Wunderheilers, da ich sie nicht mehr zu berühren wagte, jedoch das Gefühl hatte, trotzdem etwas tun zu müssen.

»Ich muss unbedingt ins Gesundheitszentrum«, sagte sie mit weinerlicher Stimme. »Die Schulter war nie ganz in Ordnung, und jetzt ist wirklich irgendwas Schlimmes passiert.«

»Soll ich dich fahren?«

»Ruf ein Taxi. Sieh inzwischen nach den Kindern«, brachte sie heraus.

Die Zentrale meldete sich gelangweilt und kündigte an, dass der Wagen in zehn Minuten da sei. Ich versuchte Emilia aufzuhelfen, aber sie wehrte mich mit ihrem gesunden Arm zornig ab und stand allein auf, indem sie sich am Stuhl abstützte. Dann ging sie zum Haus, um den Kindern zu sagen, dass sie eine Weile weg sein würde. Sie stützte ihren kranken Arm mit dem gesunden und holte sich von drinnen ein Tuch. Ich blieb ihr auf den Fersen wie ein Hund, demütig, bereit, notfalls vom Dach zu springen, wenn sie nur den Vorfall vergessen und mir verzeihen würde. Meine Haltung war gebeugt, und ich hielt ungewollt die Hände vor mir wie Pfoten. Ich hätte ihr geholfen, eine Schlinge um den Arm zu legen, denn ich hatte auch das gelernt, aber ihre Miene sagte mir, dass Hilfe nicht erwünscht war.

Emilia sprach nichts, sah mich auch nicht an. Als endlich das Taxi kam, winkte sie den Kindern zu. Bis zu mir reichte ihr Gruß nicht. Durchs Autofenster sah sie mich jedoch an, und ich glaubte ein leichtes Nicken zu erkennen. Vielleicht ließ der Schmerz jetzt nach.

»Ist Mama krank?«, fragte der Fünfjährige.

»Nicht ernsthaft, sie kommt ganz bald zurück«, versicherte ich.

»Hat sie gespuckt?«, wollte der Junge weiter wissen.

»Nein.«

»Dann ist es keine Tramödie«, sagte er und widmete sich wieder seinem Spiel.

Das Kind irrte sich. Gerade um eine Tragödie handelte es sich in diesem Falle.

Ich überlegte, was geschehen wäre, wenn ich nicht geschwankt wäre. Was Emilia gesagt hätte, wenn ich sie zum Bett getragen hätte. Bei den Frauen wusste man das nie. Einerseits wollen sie Romantik, aber dann sagen sie nicht, was sie darunter verstehen. Wäre es romantisch gewesen, sie über die Schwelle zu tragen? Ich würde es nicht erfahren.

Ich war am Boden zerstört, aber die Kinder blieben ziemlich ungerührt. Für sie waren Fahrten zum Gesundheitszentrum Alltag. Zuletzt waren sie dort gewesen, als der Nachbar auf seinem Rasen Speerwurf geübt und den Speer nach dem letzten Wurf dort versehentlich stecken gelassen hatte. Rings um den Speer waren ungefähr fünfzig Meter Rasen nach allen Seiten gewesen, aber das hatte den Jüngsten der Familie nicht daran gehindert, in vollem Tempo direkt in das Sportgerät hineinzulaufen und es sich fast in die Lunge zu spießen. Ins Auge war der Speer zum Glück nicht eingedrungen, was auch gar nicht möglich gewesen wäre, weil das Kind nicht in die Richtung geschaut hatte, in die es lief.

Der Apfel fällt nicht weit vom Stamm, sagte ich mir und fühlte mich unwohl bei dem Gedanken, was wäre, wenn sich eines der Kinder jetzt verletzen würde und auch wir noch ins Gesundheitszentrum fahren müssten. Ich musste mächtig aufpassen.

Die Kinder schienen gut untereinander klarzukommen, sodass ich mich bald in der Sauna wiederfand. Der Flickenteppich lag zusammengedrückt auf dem Fußboden. Ich rollte ihn aus und brachte ihn an seinen Platz. Es war ein ganz gewöhnlich aussehender Teppich, doch gerade er war schuld an diesem Unglück.

Ein Auto fuhr auf den Hof. Ich lugte aus der Tür und sah, dass der Nachbar von seinem Termin im Krankenhaus zurückgekehrt war. Erstmals wurde mir bewusst, dass ich das Geschehene auch ihm würde erklären müssen.

Wie sollte das gehen? Sollte ich sagen, ich habe deine Frau gepackt, um sie zum Bett zu tragen, bin aber gestolpert, und sie hat sich die Schulter zerschmettert? Oder vielleicht die leicht abgemilderte Variante: Wir trugen einen sehr schweren Teppich, sie schwankte, fiel hin, und dabei verletzte sie sich die Schulter und ist jetzt im Gesundheitszentrum?

Es war ein Problem.

Vielleicht war es am besten, unbemerkt nach Hause zu schleichen und so zu tun, als wäre nichts gewesen. Der Nachbar stieg aus dem Auto und ging zum Haus. Auf halbem Weg kam ihm der Erstklässler entgegengelaufen und erzählte ihm etwas. Die Körpersprache des Nachbarn kündete von Verwirrung. Er stellte anscheinend eine Zusatzfrage und sah sich dann um, so als suche er etwas. Mich, vermutete ich.

Er zückte sein Handy und telefonierte, bestimmt rief er seine Frau an. Sie antwortete nicht. Er rief erneut an, diesmal mich. Ich drückte den roten Knopf und nahm das Gespräch nicht an. Er blickte zu meinem Haus herüber, sagte dann etwas zu dem Kind, und es rannte hinein. Bald kamen alle Kinder heraus, und der Nachbar ließ sie ins Auto einsteigen. Ich beobachtete durchs Saunafenster, wie sie abfuhren. Ich sog das Dämmerlicht des Saunaraums in mich auf und wünschte mir, ich könnte mich darin auflösen, die Konturen verlieren, überall und nirgends sein. Die ganze Klarheit, die mein Leben stets bestimmt hatte, war weg. Es half mir nicht, dass ich die Jahreszahl einer jeden großen Schlacht der Geschichte kannte, alle großen Ideen der Menschheit erklären konnte und den Grund für Napoleons Vernichtung besser verstand als manch anderer. Der Mensch möchte so gern Risto der Forsche sein und endet doch im Allgemeinen als Risto der Zerknirschte, den das Leben über Gebühr beutelt.

Ich betrachtete den Saunaofen, und gleichsam zerstreut, aus einer spontanen Eingebung heraus, entzündete ich ein Feuer darin. Draußen vor der Hütte lagen in rauen Mengen vom Bau übrig gebliebene Holzreste. Ich legte zuunterst einige größere Klötze zu einem Quadrat aus, darauf schichtete ich kleinere in mehreren Lagen. Mitten hinein steckte ich ein paar dünne Stäbchen, die ich anzündete. Sie waren trocken und brannten gleich beim ersten Versuch. Bald erhellte Feuerschein den Raum. Als sämtliches Holz brannte, nahm ich den Eimer und holte Wasser aus dem Teich. Ich füllte den Warmwasserbehälter des Ofens und schließlich auch noch die anderen Eimer. Draußen roch es nach Rauch, heimeligem, Geborgenheit ausstrahlendem Rauch. Es roch nach Saunieren, Baden und nach Birkenquasten. Ich zog mich aus, setzte mich auf die Bank und wartete, dass es wärmer würde.

Der Ofen war groß und effektiv. Nach einer halben Stunde herrschte schon leidliche Hitze, und, wie es schien, würde man in dieser Sauna gute Schwitzbäder nehmen können. Ich schüttete Wasser auf den Ofen, und er knackte, war noch nicht bereit zu zischen. Ich lehnte mich an die Balken und konnte beinah all jene Menschen verstehen, die Bäume umarmten.

Nach einer Weile beobachtete ich durchs Fenster, dass das Auto des Nachbarn zurückkam. Auch Emilia stieg aus, sie trug den Arm in einer Schlinge. Beide blieben stehen und schnupperten, der Nachbar entdeckte als Erster den Rauch, der aus dem Schornstein der Sauna aufstieg. Er sagte etwas zu Emilia und kam herüber. Seine Schritte waren langsam.

Der Nachbar stieg die Stufen hoch und betrat die Terrasse. Er lugte durchs Fenster herein, sah mich und machte sich dann kurz hinter der Tür zu schaffen. Dann ging die Tür auf, und er trat nackt herein. Er stand eine Weile da, um die Augen an das Schummerlicht zu gewöhnen. Ich sah seine Operationsnarbe, die überraschend klein war. Schließlich kam er wortlos zu mir auf die Bank. Er goss Wasser auf, immer noch kein richtiges Zischen.

»Hier warst du also? Ich habe versucht anzurufen«, sagte er endlich, und es klang zornig.

»Der Akku im Handy ist leer«, erwiderte ich. »Ich habe nur noch deine Rücklichter gesehen, als du abfuhrst.«

»Du solltest auf die Kinder aufpassen.«

»Ich habe aufgepasst, dass sie nicht in den Teich liefen.«

Er nickte, und ich sah, dass er sich beruhigte. Ich hatte getan, worum man mich gebeten hatte. Den Kindern ging es gut, das war das Wichtigste. Das Ergebnis zählte.

Die Sauna machte stumm, wobei ich ohnehin nichts zu sagen hatte. Ich wartete einfach ab.

»Emilia hat erzählt, was passiert ist.«

Ich musterte einen Riss im Deckenbalken und antwortete nicht.

»Welch ein Glück, dass du da warst«, fuhr er fort.

Ich wandte mich zu ihm und begriff nicht, was er sagte, aber im Bruchteil einer Sekunde hatte das limbische System meines Gehirns den Satz so interpretiert, dass mir noch eine vorläufig im Dunkeln liegende Chance blieb, mit heiler Haut davonzukommen.

»Die Steine sind glatt bei Feuchtigkeit«, sagte er und deutete nach draußen, wo er geschliffene Granitplatten, Schieferplatten ähnelnd, zu einer Art Gehweg ausgelegt hatte. »Emilia hatte schon immer Probleme mit der Schulter. Ob sie ohne deine Hilfe überhaupt hochgekommen wäre?«

»Das wäre sie bestimmt«, antwortete ich ausweichend und begriff immer noch nicht, was Sache war.

»Was die Sauna anbetrifft, warst du recht eigenmächtig«, sagte er leicht indigniert und warf mir einen Blick zu.

Ich antwortete nicht. Ich nahm an, dass er selbst gern als Erster seine Sauna geheizt hätte. Doch was spielte es letztlich für eine Rolle, die Sauna würde ewig dort stehen, und er könnte sie künftig jeden Tag heizen, wenn er wollte.

»Sie ist ja auch ein bisschen dein Werk«, sagte er schließlich, und es klang versöhnlich.

»Ich will deine Sauna nicht«, beeilte ich mich zu sagen, und ich fühlte mich bedrückt, so als hätte ich im Blaubeerwald eine Pudelmütze auf. Ich ging nach draußen, um mich abzukühlen, glaubte aber nicht, dass es helfen würde. Die Pudelmütze war drinnen im Kopf.

Der Nachbar folgte mir und sagte, dass er wegen der Narbe nicht länger zu saunieren wage, lobte aber die Saunastimmung.

»Es ist wie im Mutterleib, nur geräumiger.«

Ich sah den Mann an, der die Saunaheizgeschichte einfach abgehakt hatte und jetzt Freude und Stolz und durch die Sauna verursachte gute Laune ausstrahlte. Er hielt sich nicht mit alten Geschichten auf. Stattdessen blickte er zum Teich, hinter dem eine kleine Wiese lag, dann begannen die Felder. Seine Augen begannen zu leuchten, und er zeigte nach drüben.

»Dort würde ein Söllerspeicher hinpassen.«

Ich war perplex. Konnte es etwas Nutzloseres geben? Mir fiel nichts ein.

Die Tür des Hauses öffnete sich, und Emilia trat heraus. Sie blickte zur Sauna herüber, tat ein paar Schritte, überlegte es sich dann anders und ging wieder hinein. Ich sah ihr nach und durchlebte noch einmal jene kurzen Momente, die ich von ihrem Leben hatte genießen dürfen.

»Was sagt Emilia dazu?«, fragte ich.

»Zum Bau eines Söllerspeichers? Keine Ahnung. Alle mögen doch Söllerspeicher.«